Alexandre Dumas

Pauline

*Édition présentée, établie et annotée
par Anne-Marie Callet-Bianco*
Maître de conférences à l'Université d'Angers

Gallimard

PRÉFACE

Un roman contemporain

Au printemps 1838, quand paraît chez le libraire Dumont un roman intitulé Pauline, *racontant les malheurs d'une jeune fille mariée à un personnage énigmatique qui se révèle être un assassin, Dumas est encore un néophyte en matière romanesque. C'est la scène qui lui vaut une grande notoriété :* Henri III et sa cour *a triomphé à la Comédie-Française en 1829, puis* Christine *à l'Odéon en 1830 ; à la Porte-Saint-Martin,* Antony *obtient un gros succès de scandale en 1831 ainsi que* La Tour de Nesle *en 1832... Dans ces années fiévreuses qui voient l'irruption du drame romantique, le genre théâtral est le genre noble par excellence ; c'est là qu'il faut briller, et tout écrivain se veut d'abord dramaturge.*

Dumas n'a donc pas grand-chose à son actif comme romancier, mis à part quelques scènes historiques, intitulées Chroniques de France, *dans lesquelles il a voulu faire revivre le règne de Charles VI. Il découvre alors l'*Histoire de la conquête de l'Angleterre par les Normands *et les* Récits des temps mérovingiens *d'Augustin Thierry, qui le marquent profondément, et se voudrait en quelque sorte le Walter Scott français, tout entier tourné vers la résurrection du passé. Manquerait-il d'in-*

térêt pour son époque ? À cette question, un petit recueil paru en 1826 et intitulé Nouvelles contemporaines *permet de répondre par la négative. Coup d'essai plus qu'honorable, cette œuvre de jeunesse introduit des motifs qui seront repris et développés dans la production ultérieure. Elle contient les germes des grands romans à venir.*

Mais que signifie l'adjectif contemporain *pour Dumas ? L'action de la première de ces nouvelles,* Laurette, *se situe en 1813, pendant les guerres napoléoniennes ; la seconde,* Blanche de Beaulieu, *relate les sombres épisodes de la Terreur vendéenne, en 1793. D'emblée, il apparaît que Dumas choisit comme époque de référence celle de son père, mort prématurément en 1806. En témoignent les deux lignes placées en exergue du recueil : « Fils d'un soldat, j'aime à choisir mes héros dans les rangs de l'armée », ainsi que la présence, sous le nom de d'Hervilly, du général Dumas lui-même*[1]. *Mais la troisième nouvelle,* Marie, *se situe en 1826, et présente réellement un caractère contemporain : Dumas laisse tomber les héros mythiques des temps napoléoniens et s'attache aux jeunes gens de son âge et de son temps. Il n'est plus question de soldats ni de guerres, mais de jeunes dandys Restauration et de duels d'honneur : chaque génération affronte la mort à sa manière. Le duel est d'ailleurs un thème récurrent chez Dumas*[2], *notamment dans* Pauline, *dont le prologue (c'est tout un symbole) se déroule dans une salle d'armes. Mais sans doute plus que la parenté thématique relativement ténue, l'évolution de l'écriture est intéressante :* Marie *est une sorte*

1. Il lui rendra son véritable nom dans la réécriture qu'il fera de cette nouvelle en 1831, sous le titre de *La Rose rouge*.
2. N'oublions pas que Dumas lui-même s'est battu plusieurs fois. Outre le duel à la fin de *Pauline*, on pense à ceux de *Monte-Cristo* et de *Salvator*, dont un épisode paraît largement inspiré de *Marie*. Et il faut compter aussi les innombrables duels des romans historiques.

*d'ébauche, l'exploitation facile d'un poncif, la jeune
fille séduite et abandonnée, que Dumas réécrira et
enrichira en 1832. Intitulée* Le Cocher de cabriolet,
*cette deuxième version témoigne d'un sens de la narra-
tion beaucoup plus affirmé, utilisant la technique du
récit rapporté; c'est le cocher Cantillon qui raconte
l'histoire à Dumas lui-même, ce qui permet des changements d'éclairage. On retrouvera cette construction
dans* Pauline, *avec une variante encore plus complexe.*

*Mais en 1838, le temps des gammes est terminé, le
moment est mûr pour un véritable roman contemporain.* Antony, *déjà, avait marqué l'irruption de l'actualité au théâtre;* Pauline *va l'introduire dans la
sphère romanesque. Et c'est sans doute ce qui fait son
originalité et son intérêt : Dumas se met en scène, en
exploitant le récit de son voyage en Suisse, déjà publié[1],
il fait apparaître ses amis, évoque la vie parisienne, les
salons qu'il fréquente, les artistes qu'il connaît... Pauline traduit le regard qu'un jeune auteur à succès porte
sur son époque.*

Héritage gothique et influences romantiques

*Cependant, à sa parution, l'œuvre n'est pas perçue
sous cet éclairage. Les critiques y voient plutôt une
variation sur le thème de Barbe-Bleue ou un roman
«noir» dans la lignée d'Ann Radcliffe ou de Horace
Walpole. Et certes, à première lecture, la parenté s'impose, tant le roman utilise le magasin aux accessoires
du roman «gothique» : nuit, abbaye en ruines avec souterrains obligés, château isolé truffé de passages secrets,
brigands impitoyables, héroïne enterrée vivante... Il
exploite également ce qui sera plus tard un motif privi-*

---

1. Il est coutumier du procédé, et aime à tirer tout le profit possible d'un même texte.

*légié du roman policier, la substitution de cadavres.
Mais d'autres influences se font sentir, sous le patro-
nage de monuments du* Sturm *und* Drang *et du
romantisme : Goethe, Schiller, Byron[1] sont invoqués à
propos du diabolique comte Horace. La figure de Don
Juan est également mobilisée et réactualisée, comme
une réinterprétation du mythe.*

Pauline se trouve donc riche d'un héritage complexe et hétérogène. La source gothique se fond dans
le fleuve romantique ; le roman s'en inspire, puis s'en
détache et prend son autonomie par rapport à un
genre déjà vieilli pour se réclamer d'une nouvelle
génération littéraire.

Des émotions en différé

La construction de Pauline *se fait d'emblée remarquer par son caractère complexe et achevé. Le roman
s'organise en trois paliers principaux qui font appel à
des narrateurs différents, selon le principe du récit
enchâssé. Après une brève introduction, le narrateur,
qui se présente comme Dumas lui-même, donne la
parole à un de ses amis, Alfred de Nerval (clin d'œil à
son ami Gérard), qui lui raconte au cours de quelles
circonstances mystérieuses et rocambolesques il a
sauvé la vie à Pauline de Meulien, enterrée vivante
dans les souterrains de l'abbaye de Grand-Pré. Il laisse
ensuite parler sa protégée qui lui explique comment sa
vie a basculé en quelques mois du bonheur au cauche-
mar, puis reprend la parole pour évoquer les derniers
instants de la vie de Pauline. Chaque partie du roman
soulève une énigme qui sera résolue dans une autre :
qui est cette femme aperçue en Suisse, puis en Italie ?*

---

1. On retrouvera ces auteurs dans la Bibliographie, à la rubrique
« Influences ».

Comment est-elle morte à Sesto Calende? Alfred de Nerval, promu narrateur, répond à ces questions en deux
temps, au début et à la fin du roman. De même, son
aventure suscite de nombreuses interrogations: qui
sont ces brigands qui dévastent la région du Havre?
Quel sombre drame se joue au château de Burcy? Qui
est cette femme dans son cercueil présentée fausse-
ment comme Pauline? Que se passe-t-il dans les souterrains de l'abbaye de Grand-Pré? C'est à Pauline
qu'il revient de faire la lumière sur tout cela en relatant sa rencontre avec le mystérieux comte Horace,
son mariage et les terribles péripéties qui lui font suite.
Mais chaque récit, en apportant des réponses, condi-
tionne la lecture et orchestre les émotions du public.
Contrairement à ce qui se passe dans l'univers gothique,
la peur est vite désamorcée et n'est pas le moteur prin-
cipal de la lecture: c'est ainsi qu'on frémit à l'évocation
de l'héroïne enfermée vivante dans les souterrains,
mais tout en sachant qu'elle a été délivrée par Nerval.
La terreur suscitée normalement par une telle évocation a reçu à l'avance son antidote, si bien que le sentiment dominant du lecteur est plutôt la pitié ou la
sympathie. De même, l'introduction, qui montre la
tombe de Pauline au bord du lac Majeur, interdit tout
espoir pour la jeune femme dans la dernière partie du
roman. L'ultime question ne porte pas sur sa guérison,
mais sur ses sentiments envers Alfred.

   Pauline ne se prête donc pas à la même lecture que
les romans noirs. Le mécanisme fondamental qui
régit l'émotion du lecteur n'est pas le frisson, mais la
mélancolie romantique. C'est ce que confirme la personnalité des principaux protagonistes.

Le roman de la victime

En effet, bien plus qu'une cousine de Justine[1], d'Émilie[2] ou de Clarisse Harlowe[3], Pauline se présente comme une figure typiquement romantique. C'est une riche héritière, reine de la société parisienne de la fin des années 1820, jeune, belle, pure et naïve. Cette naïveté explique son désarroi devant le sentiment que lui inspire Horace de Beuzeval : amour, peur, fascination, elle ne le sait pas trop elle-même et se livre à lui sans bien comprendre comment elle en est arrivée là. En guise d'explication, elle invoque le climat général de son époque :

Le grand malheur de notre époque est la recherche du romanesque et le mépris du simple. Plus la société se dépoétise, plus les imaginations actives demandent cet extraordinaire, qui tous les jours disparaît du monde pour se réfugier au théâtre ou dans les romans ; de là cet intérêt fascinateur qu'exercent sur tout ce qui les entoure les caractères exceptionnels[4].

Pauline est donc bien une « enfant du siècle », soumise au « vague des passions ». Par ailleurs, « pauvre oiseau sans défense », comme elle se définit elle-même, elle incarne aussi la faiblesse, ce que souligne Nerval, qui, en l'entendant chanter en public, évoque une « victime [conduite] à cet autel de la mélodie[5] ». À son triomphe mondain se surimpose dès le début une autre image qui annonce l'issue du roman. Au contraire de Zerline dont elle interprète le rôle dans le fameux duo

1. Sade, *Justine ou les malheurs de la vertu*, 1791.
2. Ann Radcliffe, *Les Mystères d'Udolphe*, 1794.
3. Richardson, *Clarisse Harlowe*, 1747-1748.
4. *Pauline*, chap. VIII.
5. Id., chap. VII.

Là ci darem la mano *(avec Horace en Don Giovanni)*, elle n'a pas le sursaut nécessaire qui lui permettrait d'échapper à son sort. Elle-même insiste largement sur sa soumission à la fatalité. C'est d'ailleurs cet argument qu'utilise Horace dans sa lettre de déclaration d'amour : « tout est inutile. Il y a des destinées qui peuvent ne se rencontrer jamais, mais qui, dès qu'elles se rencontrent, ne doivent plus se séparer[1]. » Il le réitère dans sa lettre d'adieu : « N'ayez donc aucun espoir de secours, car il serait inutile [...] Dans l'un ou l'autre cas, et quelque parti que vous preniez, à compter de cette heure, vous êtes morte[2]. » Pauline, comme beaucoup d'héroïnes de l'opéra romantique, est donc vouée à la mort. Mais ce qui est intéressant dans son cas, c'est que cela se fait en deux temps ; la mort sociale précède largement la mort physique. Pauline reste près de deux ans en Angleterre avec Alfred de Nerval, exilée de France, sans famille, sans attaches, officiellement décédée. Il est assez difficile de comprendre ce qui la retient de dénoncer les crimes de son mari et de le livrer à la justice. Barbey d'Aurevilly exploitera plus tard ce thème, mais en lui donnant une cohérence idéologique et psychologique : la comtesse de Savigny du Bonheur dans le crime[3] protège son mari assassin par fanatisme aristocratique. Pauline, certes, invoque son horreur à l'idée de « voir le nom [qu'elle a] porté figurer dans quelque procès sanglant, l'homme [qu'elle a] appelé [s]on mari menacé d'une mort infâme[4] », mais cet argument n'est pas convaincant. Plus fondamentalement, Pauline obéit à une logique tragique paralysante qui lui interdit de renverser les rôles, de se venger et de faire rétablir la justice

1. *Pauline*, chap. ix.
2. Id., chap. xiii.
3. Cette nouvelle est écrite en 1871.
4. *Pauline*, chap. xiv.

Le bourreau et son mystère

Si les parents d'Horace de Beuzeval restent incon-nus, la filiation littéraire du personnage est claire-ment établie : on a là un parfait exemple de « l'homme fatal », sombre figure du romantisme européen exploi-tée tour à tour par Goethe, Schiller et Byron. Faust, Karl Moor, Conrad, Manfred, références établies par Pauline elle-même, donnent une certaine épaisseur à cette diabolique créature. On peut également penser, du côté de Balzac, à Henri de Marsay[1], à Maxime de Trailles[2]. Il y a aussi chez lui des traits d'Antony. Horace ne surgit pas ex nihilo, il reflète en lui tout un climat littéraire et philosophique, en se faisant l'in-terprète d'une critique radicale de la société de son temps, « où tout est mesquin, crimes et vertus, où tout est factice, visage et âme[3]... ». Mais alors que certains (Karl Moor, Conrad) choisissent de rompre sans appel avec la loi et de prendre la tête d'une contre-société, et que d'autres préfèrent le retrait et le refus du monde, l'originalité d'Horace est d'être à la fois dans la société parisienne de son temps, dont il pratique par-faitement les usages, et, secrètement, en dehors, dans ses activités criminelles. En cela, il est très proche de Jean Sbogar, le héros de Nodier. Ni brigand au grand cœur, ni « gentleman cambrioleur », Horace incarne, avec une duplicité diabolique, l'assassin-homme du monde, le « flibustier en gants jaunes et en carrosse », selon la formule frappante de Balzac[4]. Comment s'ex-

---

1. Voir *La Fille aux yeux d'or.*
2. Comme Horace, Maxime de Trailles évolue dans le grand monde, est joueur, se bat en duel, et jouit d'une fortune à l'origine mystérieuse. On le retrouve en particulier dans *Gobseck.* Voir notes p. 92 et p. 104.
3. *Pauline*, chap. VIII.
4. Voir la Préface de l'*Histoire des Treize.*

plique sa folie criminelle? Le personnage propose lui-même une explication physiologique de fantaisie, dont on ne sait s'il la prend au sérieux ou non: sa mère, attaquée par des brigands pendant sa grossesse, aurait été malgré elle témoin d'actes sanguinaires. Par ailleurs, pour avoir vécu en Inde, il se trouve empreint d'une touche de cruauté exotique. Mais le mystère demeure entier. C'est Pauline qui raconte l'histoire, et le lecteur n'en saura pas plus qu'elle: a-t-on affaire à un criminel endurci ou à une personnalité dédoublée? Horace est-il un docteur Jekyll? La réponse n'est pas nettement donnée, encore que les cauchemars du comte fassent valoir la seconde hypothèse. Plus que l'incarnation du Mal, il représente l'être en proie au démon.

Il fait donc partie de la race des Maudits: «Je ne suis pas un homme comme les autres hommes: à l'âge du plaisir, de l'insouciance et de la joie, j'ai beaucoup souffert, beaucoup pensé, beaucoup gémi», dit-il dans sa première lettre à Pauline. Et dans sa dernière: «il y a longtemps que je suis maudit.» Ce mélange de désespoir et de cynisme l'apparente à bon nombre de ses aînés: René, Manfred, Childe Harold... Mais cette malédiction reste sans explication. L'énigme que pose Horace reste entière jusqu'au bout. Peut-être faut-il chercher la solution dans un climat plus général.

Trois «enfants du siècle»

Pauline, Alfred et Horace sont en effet très représentatifs de leur époque, dont ils incarnent le fameux «mal du siècle». C'est particulièrement sensible chez Nerval, qui se caractérise avant tout par son désœuvrement. Rentier, sans activités, sans projets, sans ambitions, il met sa disponibilité au service de Pauline. C'est ainsi qu'il se place volontairement en retrait de la société, sans en souffrir aucunement. On pourrait alléguer que dans la logique romanesque, Alfred représente l'amoureux transi qui, après avoir sauvé la femme qu'il aime, se contente de rester à ses côtés en espérant une intimité plus grande. Mais on peut aussi souligner son caractère inactif (mis à part deux épisodes importants, le sauvetage de Pauline et le duel avec Horace) qui se satisfait très bien de l'immobilité. Alfred est sans doute à ce titre un bon spécimen de ces jeunes gens des années 1820-1830 pour lesquels l'avenir apparaît bouché[1] : la politique se fait sans eux, l'histoire ne leur offre pas de perspectives à leur mesure, le monde des affaires ne les intéresse pas... Il leur reste les voyages, la vie mondaine, l'amour, et l'art, pour ceux qui en sont capables.

Il reste aussi le crime, et c'est le choix qu'a fait Horace. Lui aussi, à sa manière, souffre d'une inadaptation profonde à la société de son temps, qui ne laisse pas libre cours à ses pulsions et ses appétits. D'où sa nostalgie pour la vie aventureuse et «primitive» qu'il a menée en Inde[2]. Horace serait-il un «sauvage» égaré sous des latitudes trop tempérées? Non, car il est complètement intégré au grand monde parisien, dans lequel il se comporte en dandy consommé. Mais il a décidé de se situer au-dessus de lois trop contraignantes pour une personnalité d'exception comme lui.

Cela dit, ses entreprises restent d'une portée limitée : à la différence de Karl Moor, par exemple, Horace ne crée pas de contre-société fonctionnant avec ses valeurs propres : il n'agit qu'avec deux amis, sans infiltration plus profonde, cultivant par là même une

1. Voir aussi, sur ce sujet, le début de *Ferragus* (Balzac).
2. Là aussi, on sent l'influence de la Préface de l'*Histoire des Treize*. Par ailleurs, Horace ressemble beaucoup physiquement au héros anonyme évoqué dans cette Préface qui confie au narrateur «de surprenantes tragédies familiales».

sorte d'individualisme aristocratique. De même, le motif de ses crimes apparaît essentiellement crapuleux, jamais politique : jusqu'à sa mort en duel, Horace est cantonné à la rubrique des faits divers. Il ne peut prétendre à l'influence occulte dont jouissent les Treize *de* Balzac. *Dumas, plus tard, se passionnera lui aussi pour les sociétés secrètes qui ébranlent l'ordre établi (la Compagnie de Jésus dans* Bragelonne, *la franc-maçonnerie et la pègre dans* Les Mohicans de Paris*). Mais dans* Pauline, *ce thème n'est pas encore ébauché.*

Horace et Pauline meurent tous deux sans postérité, Horace tué en duel par Alfred, et Pauline en proie à un mal mystérieux qui pourrait bien être tout simplement une incapacité à vivre. On peut sans doute y voir la traduction du destin d'une classe (l'aristocratie du faubourg Saint-Germain) incapable de se renouveler et de s'adapter à l'évolution du monde. La fin du roman traduit aussi la disparition ou tout du moins l'essoufflement de certains types littéraires. Les ténébreux révoltés comme Horace ne sont plus d'actualité : le nouveau héros du XIXᵉ siècle, c'est le jeune homme ambitieux et arriviste, Rastignac... ou d'Artagnan. De même, les jeunes filles chlorotiques et maladives[1] sont déjà en passe d'être remplacées par des héroïnes plus vivaces et passionnées, telles Mathilde de la Mole et Clélia Conti[2], ou par les mondaines rouées de La Comédie humaine. Pauline *n'est pas encore anachronique, mais il s'en faut de peu.*

---

1. Balzac, dans la Préface de *La Peau de chagrin* (1831), a déjà ironisé sur «les doux trésors de mélancolie contenus dans l'infirmerie littéraire».
2. Stendhal, *Le Rouge et le Noir* (1830) et *La Chartreuse de Parme* (1839).

Un roman d'amour?

On retrouve dans Pauline *le motif bien connu du trio amoureux, mais ce n'est pas là le plus important. Ce qui est plus intéressant, c'est le caractère que revêt ce sentiment, qui empreint le roman d'un pessimisme affirmé. Par le biais des différents protagonistes, l'amour est décrit comme indicible, mortifère et irréalisé.*

La difficulté d'exprimer son amour est flagrante chez Pauline : elle ne fait pas de déclaration explicite à Horace, qui prend les devants («Vous m'aimez! Merci, merci») et ne révèle sa passion à Alfred qu'au moment de mourir, ce qui témoigne de sa difficulté à se comprendre et à s'auto-analyser. Elle pratique pourtant largement l'introspection, mais sans résultat positif. Horace, au contraire, est beaucoup plus clair («Vous êtes la première femme que j'aie aimée, car je vous aime, Pauline»), mais moins loquace. Quant à Alfred, si le lecteur n'ignore rien de son amour pour Pauline, lui-même reste hésitant et avoue au chapitre XIV: «Désirais-je plus que je n'avais obtenu?... je ne sais ; il y avait tant de charme dans ma position que j'aurais peut-être craint qu'un bonheur plus grand ne la précipitât vers quelque dénouement fatal et inconnu.» Il s'abstient de signifier nettement ses sentiments à la principale intéressée, paralysé par sa propre indécision et son souci des convenances, et préfère l'entourer de «soins plus empressés» et d'«attentions plus respectueuses». Pauline est donc à ce titre un roman du non-dit.

Si l'amour n'ose se déclarer, c'est sans doute parce qu'il ne débouche que sur le néant et la mort. Aimer, pour Horace, équivaut à chasser (c'est au cours d'une partie de chasse que Pauline le rencontre, elle apprend ensuite ses prouesses de chasseur en Inde) ; l'issue de

la partie voit la mise à mort de la créature pourchas-
sée, tigresse ou jeune fille. Quant à Pauline, elle a de
l'amour une idée vide de toute consistance, qui s'ap-
parente à un refus du réel. Il est très significatif que
son mariage avec Horace ne change rien à l'impréci-
sion de ses sentiments ; c'est un sentiment désincarné
et stérile, une sorte de faux-semblant, comme l'hé-
roïne l'avoue ingénument elle-même :

Ma situation de jeune fille se trouvait donc à peine
changée, et ma vie était à peu près la même. Si cet
état n'était pas du bonheur, il y ressemblait tellement que l'on pouvait s'y tromper[1].

Ce refus du réel et du charnel se retrouve dans ses
relations de « frère et sœur » avec Alfred de Nerval.
Quand celui-ci évoque « l'espoir de jours plus heureux
encore », elle se dérobe :

Quant à ce bonheur plus grand que vous espérez, Alfred, je ne le comprends pas !... Notre bonheur, j'en suis certaine, tient à la pureté même de
nos relations[2].

Même s'il faut ici faire la part de la représentation
romantique de l'amour et de la femme, qui repose sur
la négation du corps et de la sexualité (tout en insis-
tant sur la beauté de l'héroïne), Pauline représente un
cas extrême. Le caractère éthéré d'Atala et d'Elvire
(celle de Lamartine) s'explique par un élan religieux,
qu'on ne retrouve pas chez elle. Quant à Dumas lui-
même, avec l'Adèle d'Antony, il nous avait habitués à
moins de timidité. Pauline est une sorte de coquille
vide bardée d'interdits sans fondements définis. La

---

1. *Pauline*, chap. X.
2. Id., chap. XIV.

même contradiction se retrouve dans la peinture de la société.

Une représentation de la société en trompe l'œil

Dans les romans gothiques, le décor est juste esquissé, et le monde social réduit à sa plus simple expression. Chez Ann Radcliffe, par exemple, la Naples du Confessionnal des pénitents noirs *ne donne lieu à aucune description pittoresque, et la société napolitaine est très stylisée, quasi inexistante. Dans* Pauline, *au contraire, on a beaucoup plus de précisions sur le milieu dans lequel se joue l'action, et une certaine diversité dans les décors, largement décrits. Les scènes proprement gothiques se situent en Normandie, dans une abbaye en ruine près d'un château isolé, mais d'importants passages mettent également en scène la haute société parisienne des années 1820-1830. Bals, soirées, concerts : il semble tout d'abord très difficile à admettre qu'une histoire sanglante et terrifiante puisse se dérouler avec un pareil arrière-fond. Cette société est présentée avec un réalisme affiché, renforcé par son caractère de contemporanéité : le narrateur (Dumas lui-même) connaît bien les protagonistes de l'histoire qu'il raconte, il dit avoir attendu pour publier son récit la mort de la mère de Pauline, certains noms sont abrégés parce qu'ils font référence à des personnes réelles (la comtesse Merlin, la princesse Belgiojoso, qui reçoivent dans leurs salons le Tout-Paris) ; à Trouville, l'auberge de Mme Oseraie existe réellement, et Dumas y a séjourné en juillet 1831... Tout cela ancre le lecteur dans une atmosphère de réel, et c'est d'ailleurs un des tours de force du roman que de développer un climat inquiétant dans un cadre qui a priori ne s'y prête pas, et de conjuguer gothique et réalisme, normalement incompatibles.*

Mais cette apparence n'est qu'un leurre, et la logique qui régit l'action n'est pas celle du monde réel. On a déjà vu que le silence de l'héroïne sur les crimes de son mari ne se comprenait que dans une perspective tragique : Pauline est par essence une victime qui s'incline devant la Fatalité, que celle-ci la conduise au mariage ou à la mort. De même, Alfred de Nerval, peu soucieux de la justice humaine, s'en tient au serment paralysant que Pauline lui a fait contracter. Nos deux héros refusent à la société le droit de rétablir l'ordre, sans pour autant s'empresser de le faire eux-mêmes. Il faut que Nerval soit indirectement menacé par le comte Horace (qui projette d'épouser sa sœur) pour qu'il se décide à intervenir, mais en duel, pas devant les tribunaux. Justice de caste ou justice divine ? La comparaison avec la fin de Jean Sbogar, qui voit l'exécution du criminel, est éclairante. Le rétablissement de l'ordre reste confidentiel. On peut par ailleurs noter certaines invraisemblances flagrantes : ainsi, la mère d'Alfred de Nerval s'apprête à donner sa fille en mariage au comte Horace malgré la rumeur suspecte qui l'entoure. De fait, le monde est peint comme un arrière-plan figé de l'action sans en être réellement partie prenante. Le jeune Dumas de 1838 ne maîtrise pas encore les arcanes de son époque.

La société a d'ailleurs peu de consistance dans la mesure où elle n'est évoquée que de manière partielle. Le récit de l'héroïne cantonne l'intrigue dans un univers bien délimité par les frontières du faubourg Saint-Germain ; les scènes normandes se déroulent en lieu clos, sans contact avec l'extérieur. Quant à l'Histoire, elle est totalement escamotée : les journées de juillet 1830 ne sont même pas mentionnées, seul le calendrier mondain est pris en compte. On peut certes alléguer que Pauline, comme la plupart des jeunes filles bien nées de son époque, n'a que peu de rapports avec la réalité. Mais le récit d'Alfred présente, à peu *de choses près, les mêmes caractéristiques. Il n'y a là que la peinture d'un microcosme réduit et figé, alors que Balzac, déjà (dans* Gobseck, *dans* Le Père Goriot*), s'intéresse aux rouages cachés qui relient toutes les fractions de la société. Dumas s'attaquera à une entreprise de la même envergure avec* Les Mohicans de Paris, *qui promènent le lecteur des salons aux bas-fonds. Mais ce sera beaucoup plus tard, en 1854.*

Enfin, cette société est décrite par des personnages qui vivent à sa marge. Sans la combattre ni la rejeter, Pauline et Alfred s'en extraient et l'ignorent pendant de longs mois ; en cela, ils se plient à l'imagerie romantique des amants isolés. Cet exil prend un caractère radical dans le cas de Pauline, présumée morte, et donc exilée pour l'éternité ; mais malgré quelques paroles de regrets, elle n'a pas l'idée de refuser cette mort sociale. Le message est clair : la fuite est la solution préférable à tout, le triomphe du Bien sur le Mal n'est pas un impératif très urgent, l'essentiel est de se soustraire aux événements et cela se fait au prix d'un simple déplacement géographique. Traverser la Manche suffit pour retrouver une apparence de quiétude.

Mais le monde reprend à la fin ses droits : les visées d'Horace sur sa sœur obligent Nerval à intervenir. Pauline en meurt, et sa disparition réintègre Alfred dans le commerce de ses semblables, via la salle d'armes : l'isolement s'avère finalement une impasse.

Dieu et la Providence

«Si Dieu, qui peut tout, pouvait donner l'oubli du passé, il n'y aurait dans le monde ni blasphémateurs, ni matérialistes, ni athées[1]», écrit le comte à Pauline. *Et de fait, au contraire de* Manfred, *de* Faust *ou du*

1. *Pauline,* chap. IX.

Dom Juan de Molière, Horace ne se présente pas comme un libre penseur ou un athée radical. On sent dans cette lettre de déclaration d'amour une sorte d'aspiration insatisfaite. De même, ses ultimes mots laissent transparaître des préoccupations du même ordre : « Il y a longtemps que je suis maudit et votre pardon ne me sauverait pas[1]. » Horace se soucie-t-il réellement de son salut, ou ne s'agit-il que de propos vides de consistance ? Dieu ne serait-il qu'une habitude de langage, utilisée pour ne pas effaroucher une jeune fille et sa famille ? On peut avancer cette hypothèse, mais sans en être parfaitement sûr.

Alfred de Nerval, lui, n'est pas un révolté, ni même un sceptique, et n'a donc aucune raison de blasphémer. Mais on remarque chez lui une grande imprécision sur le plan du vocabulaire. Il invoque indifféremment Dieu et la Providence, l'un et l'autre étant sentis comme synonymes, comme le montrent ses réflexions après le sauvetage de Pauline :

J'admirais par combien de détours cachés et de combinaisons diverses le hasard ou la Providence m'avait conduit à ce résultat [...] la peur de réflexion est la plus terrible. Il est vrai que c'est aussi la plus consolante, car, après nous avoir fait épuiser le cercle du doute, elle nous ramène à la foi qui arrache le monde des mains aveugles du hasard pour le remettre à la prescience de Dieu[2].

Quant à Pauline, si une certaine exaltation religieuse s'empare d'elle lors de son agonie dans les souterrains de l'abbaye de Grand-Pré, cela ne se reproduit pas lors de ses derniers moments en Italie. Pas de perspective chrétienne, pas de consolation à attendre

1. *Pauline*, chap. XIII.
2. Id., chap. V.

de la religion. La mort de l'héroïne est avant tout une scène sentimentale, et non pas un morceau choisi d'édification : la question des derniers sacrements ne se pose même pas.

Dieu, la Providence, la Fatalité : ce sont là des notions plutôt vides qui permettent à des héros passifs d'esquiver le problème de la responsabilité humaine. Horace, d'après sa propre logique, est soumis à une malédiction qui le conduit au crime. Alfred s'en remet au duel, c'est-à-dire à la justice divine ou au hasard, pour faire cesser les agissements du comte et protéger sa sœur. La tonalité générale de l'œuvre est largement fataliste.

Pauline *se révèle donc une œuvre profondément pessimiste*[1]*, marquée par l'impuissance, ou plus exactement le refus de l'action, où les personnages apparaissent paralysés, rivés sans conviction à des serments formels et un code d'honneur sans consistance. C'est le roman d'une jeunesse déboussolée qui tente de se faire une place dans une société «mesquine», trop consciente d'avoir manqué la grande épopée napoléonienne. Les héros conquérants ont cédé la place aux jeunes gens amers. C'est aussi un témoignage personnel reflétant le regard de Dumas sur la génération sans pères*[2] *(et donc sans repères) dont il fait partie.*

Mais en même temps que cette peinture désabusée, le roman affirme l'intérêt littéraire de ces années mouvantes, où tout est à réinventer. Douze ans après Marie, *six ans après* Le Cocher de cabriolet, *Dumas revient à*

---

1. Cette tonalité est rare chez Dumas, dont le tempérament est foncièrement optimiste. Mais il se plie là au goût de l'époque et «pose pour Manfred et Childe Harold», comme il le reconnaîtra plus tard dans ses *Mémoires.*
2. Horace, Pauline et Alfred sont tous trois orphelins de père. Par ailleurs, c'est d'un *oncle* qu'Alfred et Horace tiennent leurs fortunes.

son époque, avec le sentiment de lui devoir autre chose que des nouvelles. Pauline *peut être considérée à ce titre comme le premier pilier de l'ensemble qu'il consacrera à son siècle avec* Monte-Cristo *(1844) et* Les Mohicans de Paris *(1854-1859). Mais alors que ces deux grandes fresques sont peintes de manière rétrospective, parfois sous un éclairage nostalgique qui enrichit mais aussi déforme la réalité* [1], *l'intérêt de* Pauline *réside dans son caractère de quasi-immédiateté. En 1838, à mille lieues des* Scènes historiques *à base de couleur locale et de pittoresque facile, un jeune écrivain fait son entrée dans la modernité romanesque.*

Anne-Marie CALLET-BIANCO

---

1. Cette nostalgie est très nettement perceptible dans le premier chapitre des *Mohicans de Paris* : à cinquante-deux ans, Dumas s'attendrit sur le Paris de ses vingt-cinq ans.

Pauline

I

Vers la fin de l'année 1834, nous étions réunis un samedi soir dans un petit salon attenant à la salle d'armes de Grisier[1], écoutant, le fleuret à la main et le cigare à la bouche, les savantes théories de notre professeur, interrompues de temps en temps par des anecdotes à l'appui, lorsque la porte s'ouvrit et qu'Alfred de Nerval[2] entra.

Ceux qui ont lu mon *Voyage en Suisse* se rappelleront peut-être ce jeune homme qui servait de cavalier à une femme mystérieuse et voilée qui m'était apparue pour la première fois à Fluelen[3], lorsque je courais avec Francesco pour rejoindre la barque qui devait nous conduire à la pierre de Guillaume Tell : ils n'auront point oublié alors que, loin de m'attendre, Alfred de Nerval, que j'espérais avoir pour compagnon de voyage, avait hâté le départ des bateliers, et, quittant la rive au moment où j'en étais encore éloigné de trois cents pas, m'avait fait de la main un signe, à la fois d'adieu et d'amitié, que je traduisis par ces mots : « Pardon, cher ami, j'aurais grand plaisir à te revoir, mais je ne suis pas seul, et... » À ceci j'avais répondu par un autre signe qui voulait dire : « Je comprends parfaitement. » Et je m'étais arrêté et incliné en marque d'obéissance à cette décision, si sévère qu'elle me parût ; de sorte que, faute de

barque et de bateliers, ce ne fut que le lendemain
que je pus partir ; de retour à l'hôtel, j'avais alors
demandé si l'on connaissait cette femme, et l'on
m'avait répondu que tout ce qu'on savait d'elle, c'est
qu'elle paraissait fort souffrante et qu'elle s'appelait
Pauline[1].

J'avais oublié complètement cette rencontre, lorsqu'en allant visiter la source d'eau chaude qui ali-
mente les bains de Pfeffers[2], je vis venir, peut-être se
le rappellera-t-on encore, sous la longue galerie sou-
terraine, Alfred de Nerval, donnant le bras à cette
même femme que j'avais déjà entrevue à Fluelen, et
qui là m'avait manifesté son désir de rester inconnue, de la manière que j'ai racontée. Cette fois encore,
elle me parut désirer garder le même incognito, car
son premier mouvement fut de retourner en arrière :
malheureusement le chemin sur lequel nous mar-
chions ne permettait de s'écarter ni à droite ni à
gauche ; c'était une espèce de pont composé de deux
planches humides et glissantes, qui, au lieu d'être
jetées en travers d'un précipice, au fond duquel
grondait la Tamina sur un lit de marbre noir, lon-
geaient une des parois du souterrain, à quarante
pieds à peu près au-dessus du torrent, soutenues par
des poutres enfoncées dans le rocher. La mystérieuse
compagne de mon ami pensa donc que toute fuite
était impossible ; alors, prenant son parti, elle baissa
son voile et continua de s'avancer vers moi. Je racontai alors la singulière impression que me fit cette
femme blanche et légère comme une ombre, mar-
chant au bord de l'abîme sans plus paraître s'en
inquiéter que si elle appartenait déjà à un autre
monde. En la voyant s'approcher, je me rangeai
contre la muraille afin d'occuper le moins de place
possible. Alfred voulut la faire passer seule ; mais elle
refusa de quitter son bras, de sorte que nous nous

trouvâmes un instant à trois sur une largeur de deux
pieds tout au plus : mais cet instant fut prompt
comme un éclair ; cette femme étrange, pareille à
une de ces fées qui se penchent au bord des torrents
et font flotter leur écharpe dans l'écume des cas-
cades, s'inclina sur le précipice et passa comme par
miracle, mais pas si rapidement encore que je ne
pusse entrevoir son visage calme et doux, quoique
pâle et amaigri par la souffrance. Alors il me sembla
que ce n'était point la première fois que je voyais
cette figure ; il s'éveilla dans mon esprit un souvenir
vague d'une autre époque, une réminiscence de salons,
de bals, de fêtes ; il me semblait que j'avais connu
cette femme au visage si défait et si triste aujour-
d'hui, joyeuse, rougissante et couronnée de fleurs,
emportée au milieu des parfums et de la musique dans
quelque valse langoureuse ou quelque galop bondissant : où cela ? je n'en savais plus rien ; à quelle
époque ? il m'était impossible de le dire : c'était une
vision, un rêve, un écho de ma mémoire, qui n'avait
rien de précis et de réel et qui m'échappait comme si
j'eusse voulu saisir une vapeur. Je revins en me
promettant de la revoir, dussé-je être indiscret pour
parvenir à ce but ; mais, à mon retour, quoique je
n'eusse été absent qu'une demi-heure, ni Alfred ni
elle n'étaient déjà plus aux bains de Pfeffers.

Deux mois s'étaient écoulés depuis cette seconde
rencontre ; je me trouvais à Baveno[1], près du lac
Majeur : c'était par une belle soirée d'automne ; le
soleil venait de disparaître derrière la chaîne des
Alpes, et l'ombre montait à l'orient, qui commençait
à se parsemer d'étoiles. La fenêtre de ma chambre
donnait de plain-pied sur une terrasse toute couverte
de fleurs ; j'y descendis, et je me trouvai au milieu
d'une forêt de lauriers-roses, de myrtes et d'orangers. C'est une si douce chose que les fleurs, que ce

n'est point assez encore d'en être entouré, on veut en jouir de plus près, et, quelque part qu'on en trouve, fleurs des champs, fleurs de jardins, l'instinct de l'enfant, de la femme et de l'homme est de les arracher à leur tige et d'en faire un bouquet dont le parfum les suive et dont l'éclat soit à eux. Aussi ne résistai-je pas à la tentation ; je brisai quelques branches embaumées et j'allai m'appuyer sur la balustrade de granit rose qui domine le lac, dont elle n'est séparée que par la grande route qui va de Genève à Milan. J'y fus à peine, que la lune se leva du côté de Sesto, et que ses rayons commencèrent à glisser aux flancs des montagnes qui bornaient l'horizon et sur l'eau qui dormait à mes pieds, resplendissante et tranquille comme un immense miroir : tout était calme ; aucun bruit ne venait de la terre, du lac ni du ciel, et la nuit commençait sa course dans une majestueuse et mélancolique sérénité. Bientôt, d'un massif d'arbres qui s'élevait à ma gauche et dont les racines baignaient dans l'eau, le chant d'un rossignol s'élança harmonieux et tendre ; c'était le seul son qui veillât ; il se soutint un instant, brillant et cadencé, puis tout à coup il s'arrêta à la fin d'une roulade. Alors, comme si ce bruit en eût éveillé un autre d'une nature bien différente, le roulement lointain d'une voiture se fit entendre venant de Doma d'Ossola[1], puis le chant du rossignol reprit, et je n'écoutai plus que l'oiseau de Juliette. Lorsqu'il cessa, j'entendis de nouveau la voiture plus rapprochée ; elle venait rapidement ; cependant si rapide que fût sa course, mon mélodieux voisin eut encore le temps de reprendre sa nocturne prière. Mais cette fois, à peine eut-il lancé sa dernière note, qu'au tournant de la route j'aperçus une chaise de poste qui roulait, emportée par le galop de deux chevaux, sur le chemin qui passait devant l'auberge. À deux cents pas de nous, le postillon fit claquer bruyamment son fouet, afin d'avertir

son confrère de son arrivée. En effet, presque aussitôt la grosse porte de l'auberge grinça sur ses gonds,
et un nouvel attelage en sortit ; au même instant la
voiture s'arrêta au-dessous de la terrasse à la balustrade de laquelle j'étais accoudé.

La nuit, comme je l'ai dit, était si pure, si transpa-
rente et si parfumée, que les voyageurs, pour jouir
des douces émanations de l'air, avaient abaissé la
capote de la calèche. Ils étaient deux, un jeune homme
et une jeune femme : la jeune femme, enveloppée
dans un grand châle ou dans un manteau, et la tête
renversée en arrière sur le bras du jeune homme qui
la soutenait. En ce moment le postillon sortit avec
une lumière pour allumer les lanternes de la voiture,
un rayon de clarté passa sur la figure des voyageurs,
et je reconnus Alfred de Nerval et Pauline.

Toujours lui et toujours elle ! il semblait qu'une
puissance plus intelligente que le hasard nous poussait à la rencontre les uns des autres. Toujours elle,
mais si changée encore depuis Pfeffers, si pâle, si
mourante, que ce n'était plus qu'une ombre ; et
cependant ces traits flétris rappelèrent encore à mon
esprit cette vague image de femme qui dormait au
fond de ma mémoire, et qui, à chacune de ces apparitions, montait à sa surface, et glissait sur ma pensée comme sur le brouillard une rêverie d'Ossian[1]
J'étais tout près d'appeler Alfred ; mais je me rappelai combien sa compagne désirait ne pas être vue. Et
pourtant un sentiment de si mélancolique pitié m'entraînait vers elle que je voulus qu'elle sût du moins
que quelqu'un priait pour que son âme tremblante et
prête à s'envoler n'abandonnât pas sitôt avant l'heure
le corps gracieux qu'elle animait. Je pris une carte
de visite dans ma poche ; j'écrivis au dos avec mon
crayon : « Dieu garde les voyageurs, console les affli-
gés et guérisse les souffrants. » Je mis la carte au
milieu des branches d'orangers, de myrtes et de

roses que j'avais cueillies, et je laissai tomber le bouquet dans la voiture. Au même instant le postillon repartit, mais pas si rapidement que je n'aie eu le temps de voir Alfred se pencher en dehors de la voiture afin d'approcher ma carte de la lumière. Alors il se retourna de mon côté, me fit un signe de la main, et la calèche disparut à l'angle de la route.

Le bruit de la voiture s'éloigna, mais sans être interrompu cette fois par le chant du rossignol. J'eus beau me tourner du côté du buisson et rester une heure encore sur la terrasse, j'attendis vainement. Alors une pensée profondément triste me prit : je me figurai que cet oiseau qui avait chanté, c'était l'âme de la jeune fille qui avait dit son cantique d'adieu à la terre, et que, puisqu'il ne chantait plus, c'est qu'elle était déjà remontée au ciel.

La situation ravissante de l'auberge, placée entre les Alpes qui finissent et l'Italie qui commence, ce spectacle calme et en même temps animé du lac Majeur, avec ses trois îles[1], dont l'une est un jardin, l'autre un village et la troisième un palais, ces premières neiges de l'hiver qui couvraient les montagnes, et ces dernières chaleurs de l'automne qui venaient de la Méditerranée, tout cela me retint huit jours à Baveno ; puis je partis pour Arona, et d'Arona pour Sesto Calende.

Là m'attendait un dernier souvenir de Pauline ; là, l'étoile que j'avais vue filer à travers le ciel s'était éteinte ; là, ce pied si léger au bord du précipice avait heurté la tombe ; et jeunesse usée, beauté flétrie, cœur brisé, tout s'était englouti sous une pierre, voile du sépulcre, qui, fermé aussi mystérieusement sur ce cadavre que le voile de la vie avait été tiré sur le visage, n'avait laissé pour tout renseignement à la curiosité du monde que le prénom de *Pauline*.

J'allai voir cette tombe : au contraire des tombes italiennes, qui sont dans les églises, celle-ci s'élevait dans un charmant jardin, au haut d'une colline boisée, sur le versant qui regardait et dominait le lac. C'était le soir ; la pierre commençait à blanchir aux rayons de la lune : je m'assis près d'elle, forçant ma pensée à ressaisir tout ce qu'elle avait de souvenirs épars et flottants de cette jeune femme ; mais cette fois encore ma mémoire fut rebelle ; je ne pus réunir que des vapeurs sans forme, et non une statue aux contours arrêtés, et je renonçai à pénétrer ce mystère jusqu'au jour où je retrouverais Alfred de Nerval.

On comprendra facilement maintenant combien son apparition inattendue, au moment où je songeais le moins à lui, vint frapper tout à la fois mon esprit, mon cœur et mon imagination d'idées nouvelles ; en un instant je revis tout : cette barque qui m'échappait sur le lac ; ce pont souterrain, pareil à un vestibule de l'enfer, où les voyageurs semblent des ombres ; cette petite auberge de Baveno, au pied de laquelle était passée la voiture mortuaire ; puis enfin cette pierre blanchissante où, aux rayons de la lune glissant entre les branches des orangers et des lauriers-roses, on peut lire, pour toute épitaphe, le prénom de cette femme morte si jeune et probablement si malheureuse.

Aussi m'élançai-je vers Alfred comme un homme enfermé depuis longtemps dans un souterrain s'élance à la lumière qui entre par une porte que l'on ouvre ; il sourit tristement en me tendant la main, comme pour me dire qu'il me comprenait ; et ce fut alors moi qui fis un mouvement en arrière et qui me repliai en quelque sorte sur moi-même, afin qu'Alfred, vieil ami de quinze ans, ne prît pas pour un simple mouvement de curiosité, le sentiment qui m'avait poussé au-devant de lui.

Il entra. C'était un des bons élèves de Grisier, et cependant depuis près de trois ans il n'avait point

paru à la salle d'armes. La dernière fois qu'il y était
venu, il avait un duel pour le lendemain, et, ne
sachant encore à quelle arme il se battrait, il venait,
à tout hasard, *se refaire la main* avec le maître.
Depuis ce temps Grisier ne l'avait pas revu ; il avait
entendu dire seulement qu'il avait quitté la France
et habitait Londres.

Grisier, qui tient à la réputation de ses élèves
autant qu'à la sienne, n'eut pas plus tôt échangé avec
lui les compliments d'usage, qu'il lui mit un fleuret
dans la main, lui choisit parmi nous un adversaire de
sa force ; c'était, je m'en souviens, ce pauvre Labattut[1], qui partait pour l'Italie, et qui lui aussi allait
trouver à Pise une tombe ignorée et solitaire.

À la troisième passe, le fleuret de Labattut rencontra la poignée de l'arme de son adversaire, et, se
brisant à deux pouces au-dessous du bouton, alla,
en passant à travers la garde, déchirer la manche de
sa chemise, qui se teignit de sang. Labattut jeta aussitôt son fleuret ; il croyait, comme nous, Alfred
sérieusement blessé.

Heureusement ce n'était rien qu'une égratignure ;
mais, en relevant la manche de sa chemise, Alfred
nous découvrit une autre cicatrice qui avait dû être
plus sérieuse ; une balle de pistolet lui avait traversé
les chairs de l'épaule.

— Tiens ! lui dit Grisier avec étonnement, je ne
vous savais pas cette blessure ?

C'est que Grisier nous connaissait tous, comme
une nourrice son enfant ; pas un de ses élèves n'avait
une piqûre sur le corps dont il ne sût la date et la
cause. Il écrirait une histoire amoureuse bien amu-
sante et bien scandaleuse, j'en suis sûr, s'il voulait
raconter celle des coups d'épée dont il sait les antécédents ; mais cela ferait trop de bruit dans les
alcôves, et, par contrecoup, trop de tort à son établissement ; il en fera des mémoires posthumes

— C'est, lui répondit Alfred, que je l'ai reçue le lendemain du jour où je suis venu faire assaut avec vous, et que le jour où je l'ai reçue je suis parti pour l'Angleterre.

— Je vous avais bien dit de ne pas vous battre au pistolet. Thèse générale[1] : l'épée est l'arme du brave et du gentilhomme ; l'épée est la relique la plus précieuse, que l'histoire conserve des grands hommes qui ont illustré la patrie : on dit l'épée de Charlemagne, l'épée de Bayard, l'épée de Napoléon, qui est-ce qui a jamais parlé de leur pistolet ? Le pistolet est l'arme du brigand ; c'est le pistolet sous la gorge qu'on fait signer de fausses lettres de change ; c'est le pistolet à la main qu'on arrête une diligence au coin d'un bois ; c'est avec un pistolet que le banqueroutier se brûle la cervelle... Le pistolet !... fi donc !... L'épée, à la bonne heure ! c'est la compagne, c'est la confidente, c'est l'amie de l'homme ; elle garde son honneur ou elle le venge.

— Eh bien ! mais, avec cette conviction, répondit en souriant Alfred, comment vous êtes-vous battu il y a deux ans au pistolet ?

— Moi, c'est autre chose : je dois me battre à tout ce qu'on veut ; je suis maître d'armes ; et puis il y a des circonstances où l'on ne peut pas refuser les conditions qu'on vous impose...

— Eh bien ! je me suis trouvé dans une de ces circonstances, mon cher Grisier ; et vous voyez que je ne m'en suis pas mal tiré...

— Oui, avec une balle dans l'épaule.

— Cela valait toujours mieux qu'une balle dans le cœur.

— Et peut-on savoir la cause de ce duel ?

— Pardonnez-moi, mon cher Grisier, mais toute cette histoire est encore un secret ; plus tard vous la connaîtrez.

— Pauline ?... lui dis-je tout bas.

— Oui, me répondit-il.

— Nous la connaîtrons, bien sûr…? dit Grisier.

— Bien sûr, reprit Alfred; et la preuve, c'est que j'emmène souper Alexandre, et que je la lui raconterai ce soir; de sorte qu'un beau jour, lorsqu'il n'y aura plus d'inconvénient à ce qu'elle paraisse, vous la trouverez dans quelque volume intitulé *Contes bruns* ou *Contes bleus*[1]. Prenez donc patience jusque-là.

Force fut donc à Grisier de se résigner. Alfred m'emmena souper comme il me l'avait offert, et me raconta l'histoire de *Pauline*

Aujourd'hui le seul inconvénient qui existât à sa publication a disparu. La mère de Pauline est morte, et avec elle s'est éteinte la famille et le nom de cette malheureuse enfant, dont les aventures semblent empruntées à une époque ou à une localité bien étrangères à celles où nous vivons.

II

— Tu sais, me dit Alfred, que j'étudiais la peinture lorsque mon brave homme d'oncle mourut et nous laissa à ma sœur et à moi chacun trente mille livres de rente.

Je m'inclinai en signe d'adhésion à ce que me disait Alfred, et de respect pour l'ombre de celui qui avait fait une si belle action en prenant congé de ce monde.

— Dès lors, continua le narrateur, je ne me livrai plus à la peinture que comme à un délassement : je résolus de voyager, de voir l'Écosse, les Alpes, l'Italie[1] : je pris avec mon notaire des arrangements d'argent, et je partis pour le Havre, désirant commencer mes courses par l'Angleterre.

Au Havre j'appris que Dauzats et Jadin[2] étaient de l'autre côté de la Seine, dans un petit village nommé Trouville : je ne voulus pas quitter la France sans serrer la main à deux camarades d'atelier. Je pris le paquebot ; deux heures après j'étais à Honfleur et le lendemain matin à Trouville[3] : malheureusement ils étaient partis depuis la veille.

Tu connais ce petit port avec sa population de pêcheurs ; c'est un des plus pittoresques de la Normandie. J'y restai quelques jours, que j'employai à visiter les environs ; puis, le soir, assis au coin du feu de ma respectable hôtesse, Mme Oseraie[1], j'écoutais le récit d'aventures assez étranges, dont, depuis trois mois, les départements du Calvados, du Loiret et de la Manche étaient le théâtre. Il s'agissait de vols commis avec une adresse ou une audace merveilleuse : des voyageurs avaient disparu entre le village du Buisson et celui de Sallenelles. On avait retrouvé le postillon les yeux bandés et attaché à un arbre, la chaise de poste sur la grande route et les chevaux paissant tranquillement dans la prairie voisine. Un soir que le receveur général de Caen donnait à souper à un jeune homme de Paris nommé Horace de Beuzeval et à deux de ses amis qui étaient venus passer avec lui la saison des chasses dans le château de Burcy, distant de Trouville d'une quinzaine de lieues, on avait forcé sa caisse et enlevé une somme de 70 000 francs. Enfin le percepteur de Pont-l'Évêque, qui allait faire un versement de 12 000 francs à Lisieux, avait été assassiné, et son corps, jeté dans la Touques et repoussé par ce petit fleuve sur son rivage, avait seul révélé le meurtre, dont les auteurs étaient restés parfaitement inconnus, malgré l'activité de la police parisienne, qui, ayant commencé à s'inquiéter de ces brigandages, avait envoyé dans ces départements quelques-uns de ses plus habiles suppôts.

Ces événements, qu'éclairait de temps en temps un de ces incendies dont on ignorait la cause, et qu'à cette époque les journaux de l'opposition attribuaient au gouvernement[2], jetaient par toute la Normandie une terreur inconnue jusqu'alors dans ce bon pays, très renommé pour ses avocats et ses plaideurs, mais nullement pittoresque à l'endroit des brigands et des assassins. Quant à moi, j'avoue que je n'ajoutais pas grande foi à toutes ces histoires, qui me paraissaient appartenir plutôt aux gorges désertes de la Sierra ou aux montagnes incultes de

la Calabre qu'aux riches plaines de Falaise et aux fer-
tiles vallées de Pont-Audemer, parsemées de villages,
de châteaux et de métairies. Les voleurs m'étaient
toujours apparus au milieu d'une forêt ou au fond
d'une caverne. Or, dans tous les trois départements,
il n'y a pas un terrier qui mérite le nom de caverne
et pas une garenne qui ait la présomption de se présenter comme une forêt.

Cependant force me fut bientôt de croire à la réalité de ces récits : un riche Anglais, venant du Havre
et se rendant à Alençon, fut arrêté avec sa femme à
une demi-lieue de Dives, où il venait de relayer : le
postillon, bâillonné et garrotté, avait été jeté dans la
voiture à la place de ceux qu'il conduisait, et les chevaux, qui savaient leur route, étaient arrivés au train
ordinaire à Ranville, et s'étaient arrêtés à la poste,
où ils étaient restés tranquillement jusqu'au jour,
attendant qu'on les dételât : au jour, un garçon d'écurie, en ouvrant la grande porte, avait trouvé la
calèche encore attelée et ayant pour tout maître le
pauvre postillon bâillonné. Conduit aussitôt chez
le maire, cet homme déclara avoir été arrêté sur la
grande route par quatre hommes masqués qui, par
leur mise, semblaient appartenir à la dernière classe
de la société, lesquels l'avaient forcé de s'arrêter et
avaient fait descendre les voyageurs ; alors l'Anglais
ayant essayé de se défendre, un coup de pistolet avait
été tiré : presque aussitôt il avait entendu des gémis-
sements et des cris ; mais il n'avait rien vu, ayant la
face contre terre : d'ailleurs, un instant après, il avait
été bâillonné et jeté dans la voiture, qui l'avait amené
à la poste aussi directement que s'il eût conduit ses
chevaux, au lieu d'être conduit par eux. La gendarmerie se porta aussitôt vers l'endroit désigné comme
le lieu de la catastrophe : en effet on retrouva le
corps de l'Anglais dans un fossé : il était percé de
deux coups de poignard. Quant à sa femme, on n'en

découvrit aucune trace. Ce nouvel événement s'était passé à dix ou douze lieues à peine de Trouville ; le corps de la victime avait été transporté à Caen : il n'y avait donc plus moyen de douter, eussé-je même été aussi incrédule que saint Thomas, car je pouvais, en moins de cinq ou six heures, aller mettre comme lui le doigt dans les blessures.

Trois ou quatre jours après cet événement et la veille de mon départ, je résolus de faire une dernière visite aux côtes que j'allais quitter : je fis appareiller le bateau que j'avais loué pour un mois, comme à Paris on loue un remise[1] ; puis voyant le ciel pur et la journée à peu près certaine, je fis porter à bord mon dîner, mon bristol et mes crayons, et je mis à la voile, composant à moi seul tout mon équipage.

— En effet, interrompis-je, je connais tes prétentions comme marin, et je me rappelle que tu as fait ton apprentissage entre le pont des Tuileries et le pont de la Concorde, dans une embarcation au pavillon d'Amérique.

— Oui, continua Alfred en souriant ; mais cette fois ma prétention faillit m'être fatale : d'abord tout alla bien ; j'avais une petite barque de pêcheur à une seule voile, que je pouvais manœuvrer du gouvernail ; le vent venait du Havre et me faisait glisser sur la mer à peine agitée avec une rapidité vraiment merveilleuse. Je fis ainsi à peu près huit ou dix lieues dans l'espace de trois heures ; puis tout à coup le vent tomba, et l'océan devint calme comme un miroir. J'étais justement en face de l'embouchure de l'Orne : j'avais à ma droite le raz de Langrune et les rochers de Lion, et à ma gauche les ruines d'une espèce d'abbaye attenant au château de Burcy ; c'était un paysage tout composé ; je n'avais qu'à copier pour faire un tableau. J'abattis ma voile et je me mis à l'ouvrage.

J'étais tellement occupé de mon dessin que je ne saurais dire depuis combien de temps je travaillais

lorsque je sentis passer sur mon visage une de ces
brises chaudes qui annoncent l'approche d'un orage :
en même temps la mer changea de couleur, et de
verte qu'elle était devint gris de cendre. Je me retournai vers le large : un éclair sillonnait le ciel couvert
de nuages si noirs et si pressés, qu'il sembla fendre
une chaîne de montagnes ; je jugeai qu'il n'y avait
pas un instant à perdre : le vent, comme je l'avais
espéré en venant le matin, avait tourné avec le soleil ;
je hissai ma petite voile et je mis le cap sur Trouville
en serrant la côte afin de m'y faire échouer en cas de
danger. Mais je n'avais pas fait un quart de lieue que
je vis ma voile fasier[1] contre le mât ; j'abattis aussitôt
l'un et l'autre, car je me défiais de ce calme appa-
rent. En effet, au bout d'un instant, plusieurs courants se croisèrent, la mer commença à clapoter, un
coup de tonnerre se fit entendre ; c'était un avertissement à ne pas mépriser ; en effet, la bourrasque s'approchait avec la rapidité d'un cheval de course. Je
mis bas mon habit, je pris un aviron de chaque main
et je commençai à ramer vers le rivage.

J'avais à peu près deux lieues à faire avant de l'atteindre ; heureusement c'était l'heure du flux, et,
quoique le vent fût contraire, ou plutôt qu'il n'y eût
réellement point de vent, mais seulement des rafales
qui se croisaient en tous sens, la vague me poussait
vers la terre. De mon côté, je faisais merveille en
ramant de toutes mes forces ; cependant la tempête
allait encore plus vite que moi, de sorte qu'elle me
rejoignit. Pour comble de disgrâce, la nuit commençait à tomber ; cependant j'espérais encore toucher
le rivage avant que l'obscurité ne fût complète.

Je passai une heure terrible : mon bateau, soulevé
comme une coquille de noix, suivait toutes les ondu-
lations des vagues, remontant et retombant avec
elles. Je ramais toujours ; mais, voyant bientôt que je
m'épuisais inutilement, et prévoyant le cas où je

serais obligé de me sauver à la nage, je tirai mes
deux avirons de leurs crochets, je les jetai au fond de
la barque, auprès de la voile et du mât, et, ne gardant
que mon pantalon et ma chemise, je me débarrassai
de tout ce qui pouvait gêner mes mouvements. Deux
ou trois fois je fus sur le point de me jeter à la mer ;
mais la légèreté de la barque même me sauva ; elle
flottait comme un liège, et n'embarquait pas une
goutte d'eau ; seulement il y avait à craindre que d'un
moment à l'autre elle ne chavirât ; une fois je crus
sentir qu'elle touchait ; mais la sensation fut si rapide
et si légère, que je n'osai l'espérer. L'obscurité était
d'ailleurs tellement profonde, que je ne pouvais distinguer à vingt pas devant moi ; de sorte que j'igno-
rais à quelle distance j'étais encore du rivage. Tout à
coup j'éprouvai une violente secousse : il n'y avait
plus de doute cette fois, j'avais touché ; mais était-ce
contre un rocher ? était-ce contre le sable ? Une vague
m'avait remis à flot, et pendant quelques minutes je
me trouvai emporté avec une nouvelle violence.
Enfin la barque fut poussée en avant avec tant de
force, que, lorsque la mer se retira, la quille se trouva
engravée. Je ne perdis pas un instant, je pris mon
paletot et sautai par-dessus bord, abandonnant tout
le reste ; j'avais de l'eau seulement jusqu'aux genoux,
et, avant que la vague, que je voyais revenir comme
une montagne, ne m'eût rejoint, j'étais sur la grève.

Tu comprends que je ne perdis pas de temps : je
mis mon paletot sur mes épaules, et je m'avançai
rapidement vers la côte. Bientôt je sentis que je glis-
sais sur ces cailloux ronds, qu'on appelle du galet, et
qui indiquent les limites du flux ; je continuai de
monter quelque temps encore ; le terrain avait de
nouveau changé de nature ; je marchais dans ces
grandes herbes qui poussent sur les dunes : je n'avais
plus rien à craindre, je m'arrêtai.

C'est une magnifique chose que la mer vue la nuit

à la lueur de la foudre et pendant une tempête : c'est l'image du chaos et de la destruction ; c'est le seul élément à qui Dieu ait donné le pouvoir de se révolter contre lui en croisant ses vagues avec ses éclairs. L'océan semblait une immense chaîne de montagnes mouvantes, aux sommets confondus avec les nuages, et aux vallées profondes comme des abîmes ; à chaque éclat de tonnerre, une lueur blafarde serpentait de ces cimes à ces profondeurs, et allait s'éteindre dans des gouffres aussitôt fermés qu'ouverts, aussitôt ouverts que fermés. Je contemplais avec une terreur pleine de curiosité ce spectacle prodigieux, que Vernet[1] voulut voir et regarda inutilement du mât du vaisseau où il s'était fait attacher ; car jamais pinceau humain n'en pourra rendre l'épouvantable grandiose et la terrible majesté. Je serais resté toute la nuit peut-être, immobile, écoutant et regardant, si je n'avais senti tout à coup de larges gouttes de pluie fouetter mon visage. Quoique nous ne fussions encore qu'au milieu de septembre, les nuits étaient déjà froides ; je cherchais dans mon esprit où je pourrais trouver un abri contre cette pluie : je me souvins alors des ruines que j'avais aperçues de la mer, et qui ne devaient pas être éloignées du point de la côte où je me trouvais. En conséquence, je continuai de monter par une pente rapide : bientôt je me trouvai sur une espèce de plateau ; j'avançai toujours, car j'apercevais devant moi une masse noire que je ne pouvais distinguer, mais qui, quelle qu'elle fût, devait m'offrir un couvert. Enfin un éclair brilla, je reconnus le porche dégradé d'une chapelle ; j'entrai, et je me trouvai dans un cloître ; je cherchai l'endroit le moins écroulé, et je m'assis dans un angle à l'ombre d'un pilier, décidé à attendre là le jour ; car, ne connaissant pas la côte, je ne pouvais me hasarder par le temps qu'il faisait à me mettre en quête d'une habitation. D'ailleurs j'avais, dans mes chasses de la Ven-

dée et des Alpes, dans une chaumière bretonne ou
dans un chalet suisse, passé vingt nuits plus mau-
vaises encore que celle qui m'attendait; la seule
chose qui m'inquiétât était un certain tiraillement
d'estomac qui me rappelait que je n'avais rien pris
depuis dix heures du matin, quand tout à coup je me
rappelai que j'avais dit à Mme Oseraie de songer aux
poches de mon paletot: j'y portai vivement la main;
ma brave hôtesse avait suivi ma recommandation: je
trouvai dans l'une un petit pain et dans l'autre une
gourde pleine de rhum. C'était un souper parfaitement adapté à la circonstance; aussi, à peine l'eus-je
achevé que je sentis une douce chaleur renaître dans
mes membres, qui commençaient à s'engourdir; mes
idées, qui avaient pris une teinte sombre dans l'attente d'une veille affamée, se ranimèrent dès que le
besoin fut éteint; je sentis le sommeil qui allait venir,
conduit par la lassitude: je m'enveloppai dans mon
paletot; je m'établis contre mon pilier, et bientôt je
m'assoupis, bercé par le bruit de la mer qui venait se
briser contre le rivage et le sifflement du vent qui
s'engouffrait dans les ruines.

Je dormais depuis deux heures à peu près, lorsque
je fus réveillé par le bruit d'une porte qui se refermait
en grinçant sur ses gonds et en battant la muraille.
J'ouvris d'abord les yeux tout grands, comme il
arrive lorsqu'on est tiré d'un sommeil inquiet; puis
je me levai aussitôt, en prenant la précaution instinctive de me cacher derrière mon pilier... Mais j'eus
beau regarder autour de moi, je ne vis rien, je n'entendis rien; cependant je n'en restai pas moins sur
mes gardes, convaincu que le bruit qui m'avait réveillé
s'était bien réellement fait entendre et que l'illusion
d'un rêve ne m'avait pas trompé.

III

L orage était apaisé, et, quoique le ciel fût toujours chargé de nuages noirs, de temps en temps, dans leur intervalle, la lune parvenait à glisser un de ses rayons. Pendant un de ces moments de clarté rapide que l'obscurité venait bientôt éteindre, je détournai mes regards de cette porte que je croyais avoir entendue crier, pour les étendre autour de moi. J'étais, comme j'avais cru le distinguer malgré les ténèbres, au milieu d'une vieille abbaye en ruines : autant qu'on en pouvait juger par les restes encore debout, je me trouvais dans la chapelle : à ma droite et à ma gauche s'étendaient les deux corridors du cloître, soutenus par des arcades basses et cintrées, tandis qu'en face quelques pierres brisées et posées à plat au milieu de grandes herbes indiquaient le petit cimetière où les anciens habitants de ce cloître venaient se reposer de la vie au pied de la croix de pierre, mutilée et veuve de son Christ, mais encore debout.

Tu le sais, continua Alfred, et tous les hommes véritablement braves l'avoueront, les influences physiques ont un immense pouvoir sur les impressions de l'âme. Je venais d'échapper, la veille, à un orage terrible ; j'étais arrivé à moitié glacé au milieu de ruines inconnues ; je m'étais endormi d'un sommeil de fatigue, troublé bientôt par un bruit extraordinaire dans cette solitude ; enfin, à mon réveil, je me trouvais sur le théâtre même de ces vols et de ces assassinats qui, depuis deux mois, désolaient la Normandie ; je m'y trouvais seul, sans armes, et, comme je te le dis, dans une de ces dispositions d'esprit où les antécédents physiques empêchent le moral engourdi de reprendre toute son énergie. Tu ne trouveras donc rien d'étonnant à ce que tous ces récits du coin du feu me revinssent en mémoire et à ce que je restasse immobile et debout contre mon pilier, au lieu de me recoucher et d'essayer de me rendormir. Au reste, ma conviction était si grande qu'un bruit humain m'avait réveillé, que, tout en interrogeant les ténèbres des corridors et l'espace plus éclairé du cimetière, mes yeux revenaient constamment se fixer sur cette porte enfoncée dans la muraille, où j'étais certain que quelqu'un était entré : vingt fois j'eus le désir d'aller écouter à cette porte si je n'entendrais par quelque bruit qui pût éclaircir mes doutes ; mais il fallait, pour arriver jusqu'à elle, franchir un espace que les rayons de la lune éclairaient en plein. Or d'autres hommes pouvaient comme moi être cachés dans ce cloître, et n'échapper à mes regards que comme j'échappais aux leurs, c'est-à-dire en restant dans l'ombre et sans mouvement. Néanmoins, au bout d'un quart d'heure, tout ce désert était redevenu si calme et si silencieux, que je résolus de profiter du premier moment où un nuage obscurcirait la lune, pour franchir l'intervalle de quinze à vingt pas qui me séparait de cet enfoncement, et aller écouter à cette porte : ce moment ne se fit pas attendre ; la lune se voila bientôt, et l'obscurité fut si profonde que je pensai pouvoir me hasarder sans danger à accomplir ma résolution. Je me détachai donc lentement de ma colonne, à laquelle jusque-là j'étais resté adhérent comme une sculpture gothique ; puis, de pilier en pilier, retenant mon haleine, écoutant à chaque pas, je parvins enfin jusqu'au mur du corridor. Je le suivis un instant en m'appuyant contre lui ; enfin j'arrivai aux degrés qui conduisaient sous la voûte, je descendis trois marches, et je touchai la porte.

Pendant dix minutes, j'écoutai sans rien entendre, et peu à peu ma première conviction s'éteignit pour faire place au doute. J'en revenais à croire qu'un rêve m'avait trompé, et que j'étais le seul habitant de ces ruines qui m'avaient offert un asile : j'allais quitter la porte et rejoindre mon pilier, lorsque la lune reparut en éclairant de nouveau l'espace qu'il me fallait traverser pour retourner à mon poste ; j'allais me mettre en route, malgré cet inconvénient, qui pour moi avait cessé d'en être un, lorsqu'une pierre se détacha de la voûte et tomba. J'entendis le bruit qu'elle fit, et, quoique j'en connusse la cause, je tressaillis comme à un avertissement, et, au lieu de suivre mon premier sentiment, je demeurai encore un instant dans l'ombre que projetait la voûte en avançant au-dessus de ma tête. Tout à coup je crus distinguer derrière moi un bruit lointain et prolongé, pareil à celui que ferait une porte en se fermant au fond d'un souterrain ; bientôt des pas éloignés encore se firent entendre, puis se rapprochèrent ; on montait l'escalier profond auquel appartenaient les trois marches que j'avais descendues. En ce moment la lune disparut de nouveau. D'un seul bond je m'élançai dans le corridor, et, à reculons, les bras étendus derrière moi, l'œil fixé sur l'enfoncement que je venais de quitter, je regagnai ma colonne protectrice, et je repris ma place. Au bout d'un instant, le même grincement qui m'avait réveillé se fit entendre de nouveau ; la porte s'ouvrit et se referma ; puis un homme parut, sortant à moitié de l'ombre, s'arrêta un ins-

tant pour écouter et regarder autour de lui ; et, voyant
que tout était tranquille, il entra dans le corridor et
s'avança vers l'extrémité opposée à celle où je me
trouvais. Il n'eut pas fait dix pas que je le perdis de
vue, tant l'obscurité était épaisse. Au bout d'un instant la lune reparut de nouveau, et à l'extrémité du
petit cimetière j'aperçus le mystérieux inconnu, une
bêche à la main. Il enleva une ou deux pelletées de
terre, jeta un objet que je ne pus distinguer dans le
trou qu'il avait creusé, et, sans doute pour que toute
trace de ce qu'il venait de faire fût cachée aux
hommes, il laissa retomber sur l'endroit auquel il
avait confié son dépôt la pierre d'une tombe qu'il
avait soulevée. Ces précautions prises, il regarda de
nouveau autour de lui, et, ne voyant rien, n'entendant rien, il alla reposer sa bêche contre un des piliers
du cloître, et disparut sous une voûte.

Ce moment avait été court, et la scène que je viens
de raconter s'était passée à quelque distance de moi ;
cependant, malgré la rapidité de l'exécution et l'éloi-
gnement de l'acteur, j'avais pu distinguer un jeune
homme de vingt-huit à trente ans, aux cheveux blonds
et de moyenne taille. Il était vêtu d'un simple pantalon de toile bleue, pareil à celui que portent habituellement les paysans les jours de fête ; mais ce qui
indiquait qu'il appartenait à une autre classe que celle
que l'apparence première lui assignait, c'était un
couteau de chasse pendu à sa ceinture, et dont je vis
briller aux rayons de la lune la garde et l'extrémité.
Quant à sa figure, il m'eût été difficile d'en donner
le signalement précis ; mais cependant j'en avais
vu assez pour le reconnaître, s'il m'arrivait de le
rencontrer.

Tu comprends que cette scène étrange suffisait à
chasser pour le reste de la nuit, non seulement tout

espoir, mais encore toute idée de sommeil. Je restai donc debout sans éprouver un moment de fatigue, tout entier aux mille pensées qui se croisaient dans mon esprit et bien résolu à approfondir ce mystère ; mais pour le moment la chose était impossible : j'étais sans armes, comme je l'ai dit ; je n'avais ni la clef de cette porte ni une pince pour l'enfoncer ; puis il fallait penser si mieux ne valait pas faire une déposition que tenter par moi-même une aventure au bout de laquelle je pourrais bien, comme Don Quichotte, trouver quelque moulin à vent. En conséquence, dès que je vis blanchir le ciel, je repris le chemin du porche par lequel j'étais entré ; bientôt je me retrouvai sur la déclivité de la montagne : un vaste brouillard couvrait la mer ; je descendis sur la plage, et je m'assis en attendant qu'il fût dissipé. Au bout d'une demi-heure le soleil se leva, et ses premiers rayons fondirent la vapeur qui couvrait l'océan encore ému et furieux de l'orage de la veille.

J'avais espéré retrouver ma barque, que la marée montante avait dû jeter à la côte : en effet je l'aperçus échouée au milieu des galets : j'allai à elle ; mais, outre qu'en se retirant la mer me mettait dans l'impossibilité de la lancer à flot, une des planches du fond s'était brisée à l'angle d'une roche : il était donc inutile de penser à m'en servir pour retourner à Trouville. Heureusement la côte est abondante en pêcheurs, et une demi-heure ne s'était pas écoulée que j'aperçus un bateau. Bientôt il fut à portée de la voix, je fis signe et j'appelai : je fus vu et entendu, le bateau se dirigea de mon côté ; j'y transportai le mât, la voile et les avirons de ma barque qu'une nouvelle marée pouvait emporter ; quant à la carcasse, je l'abandonnai : son propriétaire viendrait voir lui-même si elle était encore en état de servir, et j'en serais quitte pour en payer la réparation partielle ou la perte entière.

Les pêcheurs, qui me rècueillaient comme un nouveau Robinson Crusoé, étaient justement de Trouville. Ils me reconnurent et me témoignèrent leur
joie de me retrouver vivant : ils m'avaient vu partir
la veille, et, sachant que je n'étais pas revenu, ils
m'avaient cru noyé. Je leur racontai mon naufrage ;
je leur dis que j'avais passé la nuit derrière un
rocher, et à mon tour je leur demandai comment on
nommait ces ruines, qui s'élevaient sur le sommet de
la montagne, et que nous commencions à apercevoir
en nous éloignant du rivage. Ils me répondirent que
c'étaient celles de l'abbaye de Grand-Pré, attenantes
au parc du château de Burcy, qu'habitait le comte
Horace de Beuzeval.

C'était la seconde fois que ce nom était prononcé
devant moi, et faisait tressaillir mon cœur en y rappelant un ancien souvenir. Le comte Horace de
Beuzeval était le mari de Mlle Pauline de Meulien.

— Pauline de Meulien ! m'écriai-je en interrompant Alfred, Pauline de Meulien !... Et toute ma
mémoire me revint... Oui, c'est bien cela... c'est
bien la femme que j'ai rencontrée avec toi en Suisse
et en Italie. Nous nous étions trouvés ensemble dans
les salons de la princesse B.[1], du duc de F.[2], de
Mme de M.[3]. Comment ne l'ai-je pas reconnue, toute
pâle et défaite qu'elle était ? Oh ! mais une femme
charmante, pleine de talents, de charmes et d'esprit ! De magnifiques cheveux noirs, avec des yeux
doux et fiers ! Pauvre enfant ! pauvre enfant ! Oh ! je
me la rappelle et je la reconnais maintenant.

— Oui, me dit Alfred d'une voix émue et étouffée,
oui... c'est cela... Elle aussi t'avait reconnu, et voilà
pourquoi elle te fuyait avec tant de soin. C'était un
ange de beauté, de grâce et de douceur : tu le sais,
car, ainsi que tu l'as dit, nous l'avons vue plus d'une

fois ensemble; mais ce que tu ne sais pas, c'est que je l'aimais alors de toute mon âme, que j'eusse certes tenté d'être son époux, si, à cette époque, j'avais eu la fortune que je possède aujourd'hui, et que je me suis tu, parce que j'étais pauvre comparativement à elle. Je compris donc que, si je continuais de la voir, je jouais tout mon bonheur à venir contre un regard dédaigneux ou un refus humiliant. Je partis pour l'Espagne; et pendant que j'étais à Madrid, j'appris que Mlle Pauline de Meulien avait épousé le comte Horace de Beuzeval.

Les nouvelles pensées que le nom que ces pêcheurs venaient de prononcer avait fait naître en moi commencèrent à effacer les impressions qu'avait jusqu'alors laissées dans mon esprit l'accident étrange de la nuit; d'ailleurs le jour, le soleil, le peu d'analogie qu'il y a entre notre vie habituelle et de pareilles aventures contribuaient à me faire regarder tout cela comme un songe. L'idée de faire une déposition était complètement évanouie; celle de tenter de tout éclaircir par moi-même m'était seule restée au fond du cœur; d'ailleurs je me reprochais cette terreur d'un moment dont je m'étais senti saisi, et je voulais me donner à moi-même une réparation qui me satisfît.

J'arrivai à Trouville vers les onze heures du matin. Tout le monde me fit fête: on me croyait ou noyé ou assassiné, et l'on était enchanté de voir que j'en étais quitte pour une courbature. En effet, je tombais de fatigue, et je me couchai en recommandant qu'on me réveillât à cinq heures du soir, et qu'on me tînt une voiture prête pour me conduire à Pont-l'Évêque, où je comptais aller coucher. Mes recommandations furent ponctuellement suivies, et à huit heures j'étais arrivé à ma destination. Le lendemain, à six heures du matin, je pris un cheval de poste, et, précédé de mon guide, je partis à franc étrier pour Dives. Mon intention était, arrivé à cette ville, de m'en aller en simple promeneur au bord de la mer, de suivre la côte jusqu'à ce que je rencontrasse les ruines de l'abbaye de Grand-Pré, et alors de visiter le jour, en simple amateur de paysage, ces localités que je désirais parfaitement étudier, afin de les reconnaître et d'y revenir pendant la nuit. Un incident imprévu détruisit ce plan, et me conduisit au même but par un autre chemin.

En arrivant chez le maître de poste de Dives, qui était en même temps le maire, je trouvai la gendarmerie à sa porte et toute la ville en révolution. Un nouveau meurtre venait encore d'être commis ; mais cette fois avec une audace sans pareille. Mme la comtesse de Beuzeval, arrivée quelques jours auparavant de Paris, venait d'être assassinée dans le parc même de son château, habité par le comte et deux ou trois de ses amis. Comprends-tu ? Pauline... la femme que j'avais aimée, celle dont le souvenir, réveillé dans mon cœur, y vivait tout entier... Pauline, assassinée... assassinée pendant la nuit, assassinée dans le parc de son château, tandis que j'étais, moi, dans les ruines de l'abbaye attenante, c'est-à-dire à cinq cents pas d'elle ! C'était à n'y pas croire... Mais tout à coup cette apparition, cette porte, cet homme, tout cela me revint à l'esprit ; j'allais parler, j'allais tout dire, lorsque je ne sais quel pressentiment me retint ; je n'avais pas encore assez de certitude, et je résolus, avant de rien révéler, de pousser mon investigation jusqu'au bout.

Les gendarmes, qui avaient été prévenus à quatre heures du matin, venaient chercher le maire, le juge de paix et deux médecins pour dresser le procès-verbal ; le maire et le juge de paix étaient prêts ; mais un des deux médecins absent pour affaires de clientèle ne pouvait se rendre à l'invitation de l'autorité : j'avais fait pour la peinture quelques études d'anatomie à la Charité [1], je m'offris comme élève en chirurgie. Je fus accepté à défaut de mieux, et nous partîmes pour le château de Burcy : toute ma conduite était instinctive ; j'avais voulu revoir Pauline avant que les planches du cercueil ne se fermassent pour elle, ou plutôt j'obéissais à une voix intérieure qui me venait du ciel.

Nous arrivâmes au château : le comte en était parti le matin même pour Caen : il allait solliciter du préfet la permission de faire transporter le cadavre à Paris, où étaient les caveaux de sa famille, et il avait profité, pour s'éloigner, du moment où la justice remplirait ses froides formalités, si douloureuses pour le désespoir.

Un de ses amis nous reçut et nous conduisit à la chambre de la comtesse. À peine si je pouvais me soutenir : mes jambes pliaient sous moi, mon cœur battait avec violence : je devais être pâle comme la victime qui nous attendait. Nous entrâmes dans la chambre ; elle était encore toute parfumée d'une odeur de vie. Je jetai autour de moi un regard effaré : j'aperçus sur un lit une forme humaine que trahissait le linceul déjà entendu sur elle : alors je sentis tout mon courage s'évanouir, je m'appuyai contre la porte ; le médecin s'avança vers le lit avec ce calme et cette insensibilité incompréhensible que donne l'habitude. Il souleva le drap qui recouvrait le cadavre et découvrit la tête : alors je crus rêver encore, ou bien que j'étais sous l'empire de quelque fascination. Ce cadavre étendu sur le lit, ce n'était pas celui de la comtesse de Beuzeval ; cette femme assassinée et dont nous venions constater la mort, ce n'était pas Pauline !...

IV

C'était une femme blonde et aux yeux bleus, à la peau blanche et aux mains élégantes et aristocratiques ; c'était une femme jeune et belle, mais ce n'était pas Pauline.

La blessure était au côté droit ; la balle avait passé entre deux côtes et était allée traverser le cœur ; de sorte que la mort avait dû être instantanée. Tout ceci était un mystère si étrange que je commençais à m'y perdre ; mes soupçons ne savaient où se fixer : mais ce qu'il y avait de certain dans tout cela, c'est que cette femme, ce n'était pas Pauline, que son mari déclarait morte, et sous le nom de laquelle on allait enterrer une étrangère.

Je ne sais trop à quoi je fus bon pendant toute cette opération chirurgicale ; je ne sais trop ce que je signai sous le titre de procès-verbal ; heureusement que le docteur de Dives, tenant sans doute à établir sa supériorité sur un élève, et la prééminence de la province sur Paris, se chargea de toute la besogne, et ne réclama que ma signature. L'opération dura deux heures à peu près ; puis nous descendîmes dans la salle à manger du château, où l'on nous avait préparé quelques rafraîchissements. Pendant que mes compagnons répondaient à cette politesse en s'attablant, j'allai m'appuyer la tête contre le carreau d'une fenêtre qui donnait sur le devant. J'y étais depuis un quart d'heure à peu près lorsqu'un homme couvert de poussière rentra au grand galop de son cheval dans la cour, se jeta en bas de sa monture sans s'inquiéter si quelqu'un était là pour la garder, et s'élança rapidement vers le perron. J'avançais de surprise en surprise : cet homme, quoique je n'eusse fait que l'entrevoir, je l'avais reconnu malgré son changement de costume. Cet homme, c'était celui que j'avais vu au milieu des ruines sortant du caveau ; c'était l'homme au pantalon bleu, à la bêche et au couteau de chasse. J'appelai un domestique et lui demandai quel était le cavalier qui venait de rentrer.

— C'est mon maître, me dit-il, le comte de Beuzeval, qui revient de Caen, où il était allé chercher l'autorisation de transfert.

Je lui demandai s'il comptait repartir bientôt pour Paris.

— Ce soir, me dit-il, car le fourgon qui doit transporter le corps de Madame est préparé, et les chevaux de poste commandés pour cinq heures.

En sortant de la salle à manger, nous entendîmes des coups de marteau ; c'était le menuisier qui clouait la bière. Tout se faisait régulièrement, mais en hâte, comme on le voit.

Je repartis pour Dives : à trois heures j'étais à Pont-l'Évêque, et à quatre heures à Trouville.

Ma résolution était prise pour cette nuit. J'étais décidé à tout éclaircir moi-même, et, si ma tentative était inutile, à tout déclarer le lendemain, et à laisser à la police le soin de terminer cette affaire.

En conséquence, la première chose dont je m'occupai en arrivant fut de louer une nouvelle barque ; mais cette fois je retins deux hommes pour la conduire, puis je montai dans ma chambre, je passai une paire d'excellents pistolets à deux coups dans ma ceinture de voyage, qui supportait en même temps un couteau-poignard ; je boutonnai mon paletot par-dessus, pour déguiser à mon hôtesse ces préparatifs formidables ; je fis porter dans la barque une torche et une pince, et j'y descendis avec mon fusil, donnant pour prétexte à mon excursion le désir de tirer des mouettes et des guillemots.

Cette fois encore le vent était bon ; en moins de trois heures nous fûmes à la hauteur de l'embouchure de la Dives : arrivé là, j'ordonnai à mes matelots de rester en panne jusqu'à ce que la nuit fût tout à fait venue ; puis, lorsque je vis l'obscurité assez complète, je fis mettre le cap sur la côte et j'abordai.

Alors je donnai mes dernières instructions à mes hommes : elles consistaient à m'attendre dans un creux de rocher, à veiller chacun à leur tour, et à se tenir prêts à partir à mon premier signal. Si au jour je n'étais pas revenu, ils devaient se rendre à Trouville et remettre au maire un paquet cacheté : c'était ma déposition écrite et signée, les détails de l'expédition que je tentais et les renseignements à l'aide desquels on pourrait me retrouver mort ou vivant. Cette précaution prise, je mis mon fusil en bandoulière ; je pris ma pince et ma torche, un briquet pour l'allumer au besoin, et j'essayai de reprendre le chemin que j'avais suivi lors de mon premier voyage.

Je ne tardai pas à le retrouver, je gravis la montagne, et les premiers rayons de la lune me montrèrent les ruines de la vieille abbaye ; je franchis le porche, et comme la première fois je me trouvai dans la chapelle.

Cette fois encore mon cœur battait avec violence ; mais c'était plus d'attente que de terreur. J'avais eu le temps d'asseoir ma résolution, non pas sur cette excitation physique que donne le courage brutal et momentané, mais sur cette réflexion morale qui fait la résolution prudente, mais irrévocable.

Arrivé au pilier au pied duquel je m'étais couché, je m'arrêtai pour jeter un coup d'œil autour de moi. Tout était calme, aucun bruit ne se faisait entendre, si ce n'est ce mugissement éternel, qui semble la respiration bruyante de l'Océan ; je résolus de procéder par ordre, et de fouiller d'abord l'endroit où j'avais vu le comte de Beuzeval, car j'étais bien convaincu que c'était lui, cacher un objet que je n'avais pu distinguer. En conséquence, je laissai la pince et la torche contre le pilier, j'armai mon fusil pour être prêt à la défense en cas d'événement ; je gagnai le corridor, je suivis ses arcades sombres ; contre une des colonnes qui les soutenaient était appuyée la bêche, je m'en emparai ; puis, après un instant d'immobilité et de silence, qui me convainquit que j'étais bien seul, je me hasardai à gagner l'endroit du dépôt, je soulevai la pierre de la tombe, comme l'avait fait le comte, je vis la terre fraîchement remuée, je couchai mon fusil à terre, j'enfonçai ma bêche dans la même ligne déjà découpée, et au milieu de la première pelletée de terre je vis briller une clef ; je remplis le trou, replaçai la pierre sur la tombe, ramassai mon fusil, remis la bêche où je l'avais trouvée, et m'arrêtai un instant dans l'endroit le plus obscur, pour remettre un peu d'ordre dans mes idées.

Il était évident que cette clef ouvrait la porte par laquelle j'avais vu sortir le comte ; dès lors je n'avais plus besoin de la pince : en conséquence, je la laissai derrière le pilier, je pris seulement la torche, je m'avançai vers la porte voûtée, je descendis les trois marches, je présentai la clef à la serrure, elle y entra, au second tour, le pêne s'ouvrit, j'entrai ; j'allais refermer la porte, lorsque je pensai qu'un accident quelconque pouvait m'empêcher de la rouvrir avec la clef; j'allai rechercher la pince, je la couchai dans l'angle le plus profond de la quatrième à la cinquième marche; je refermai la porte derrière moi; me trouvant alors dans l'obscurité la plus profonde, j'allumai ma torche, et le souterrain s'éclaira.

Le passage dans lequel j'étais engagé ressemblait à l'entrée d'une cave, il avait tout au plus cinq ou six pieds de large, les murailles et la voûte étaient de pierre; un escalier d'une vingtaine de marches se déroulait devant moi; au bas de l'escalier je me trouvai sur une pente inclinée qui continuait de s'enfoncer sous la terre; devant moi, à quelques pas, je vis une seconde porte, j'allai à elle, j'écoutai en appuyant l'oreille contre ses parois de chêne, je n'entendis rien encore; j'essayai la clef, elle l'ouvrait ainsi qu'elle avait ouvert l'autre; comme la première fois j'entrai, mais sans la refermer derrière moi, et je me trouvai dans les caveaux réservés aux supérieurs de l'abbaye: on enterrait les simples moines dans le cimetière.

Là, je m'arrêtai un instant: il était évident que j'approchais du terme de ma course; ma résolution était trop bien prise pour que rien lui portât atteinte; et cependant, continua Alfred, tu comprendras facilement que l'impression des lieux n'était pas sans puissance; je passai la main sur mon front couvert de sueur, et je m'arrêtai un instant pour me remettre. Qu'allais-je trouver? sans doute quelque pierre mortuaire, scellée depuis trois jours; tout à coup, je tressaillis! J'avais cru entendre un gémissement.

Ce bruit, au lieu de diminuer mon courage, me le rendit tout entier; je m'avançai rapidement; mais de quel côté ce gémissement était-il venu? Pendant que je regardais autour de moi, une seconde plainte se fit entendre; je m'élançai du côté d'où elle venait, plongeant mes regards dans chaque caveau, sans y rien voir autre chose que les pierres funèbres, dont les inscriptions indiquaient le nom de ceux qui dormaient à leur abri ; enfin, arrivé au dernier, au plus profond, au plus reculé, j'aperçus dans un coin une femme assise, les bras tordus, les yeux fermés et mordant une mèche de ses cheveux ; près d'elle, sur une pierre, était une lettre, une lampe éteinte et un verre vide. Étais-je arrivé trop tard, était-elle morte ? J'essayai la clef, elle n'était pas faite pour la serrure ; mais au bruit que je fis la femme ouvrit des yeux hagards, écarta convulsivement les cheveux qui lui couvraient le visage, et d'un mouvement rapide et mécanique se leva debout comme une ombre. Je jetai à la fois un cri et un nom : Pauline !

Alors la femme se précipita vers la grille et tomba à genoux.

— Oh ! s'écria-t-elle avec l'accent de la plus affreuse agonie, tirez-moi d'ici. Je n'ai rien vu, je ne dirai rien, je le jure par ma mère.

— Pauline ! Pauline ! répétai-je en lui prenant les mains à travers la grille, Pauline, vous n'avez rien à craindre, je viens à votre aide, à votre secours : je viens vous sauver.

— Oh ! dit-elle en se relevant, me sauver, me sauver... oui, me sauver. Ouvrez cette porte, ouvrez-la à l'instant ; tant qu'elle ne sera pas ouverte, je ne croirai à rien de ce que vous me direz. Au nom du ciel, ouvrez cette porte.

Et elle secouait la grille avec une puissance dont j'aurais cru une femme incapable.

— Remettez-vous, remettez-vous, lui dis-je, je n'ai pas la clef de cette porte, mais j'ai des moyens de l'ouvrir : je vais aller chercher...

— Ne me quittez pas, s'écria Pauline en me saisissant le bras à travers la grille avec une force inouïe ; ne me quittez pas, je ne vous reverrais plus.

— Pauline, lui dis-je en rapprochant la torche de mon visage, ne me reconnaissez-vous pas ? Oh ! regardez-moi, et songez si je puis vous abandonner.

Pauline fixa ses grands yeux noirs sur les miens, chercha un instant dans ses souvenirs ; puis tout à coup :

— Alfred de Nerval ! s'écria-t-elle.

— Oh ! merci, merci, lui répondis-je, ni vous non plus, vous ne m'avez pas oublié. Oui, c'est moi qui vous ai tant aimée, qui vous aime tant encore. Voyez si vous pouvez vous confier à moi.

Une rougeur subite passa sur son visage pâle, tant la pudeur est inhérente au cœur de la femme ; puis elle lâcha mon bras.

— Serez-vous longtemps ? me dit-elle.

— Cinq minutes.

— Allez donc ; mais laissez-moi cette torche, je vous en supplie, les ténèbres me tueraient.

Je lui donnai la torche : elle la prit, passa son bras à travers la grille, appuya son visage entre deux barreaux afin de me suivre des yeux le plus longtemps possible, et je me hâtai de reprendre le chemin par lequel j'étais venu. Au moment de franchir la première porte, je me retournai et je vis Pauline dans la même posture, immobile comme une statue qui eût tenu un flambeau avec son bras de marbre.

Au bout de vingt pas je trouvai le second escalier et à la quatrième marche la pince que j'y avais cachée ; je revins aussitôt : Pauline était toujours à la même place. En me revoyant elle jeta un cri de joie. Je me précipitai vers la grille.

La serrure en était tellement solide que je vis qu'il fallait me tourner du côté des gonds : je me mis donc à attaquer la pierre. Pauline m'éclairait ; au bout de dix minutes les deux attaches de l'un des battants étaient descellées, je le tirai, il céda. Pauline tomba à genoux : ce n'était que de ce moment qu'elle se croyait libre.

Je la laissai un instant à son action de grâces, puis j'entrai dans le caveau. Alors elle se retourna vivement, saisit la lettre ouverte sur la pierre et la cacha dans son sein. Ce mouvement me rappela le verre vide ; je m'en emparai avec anxiété, un demi-pouce de matière blanchâtre restait au fond.

— Qu'y avait-il dans ce verre ? dis-je épouvanté.

— Du poison, me répondit Pauline.

— Et vous l'avez bu ! m'écriai-je.

— Savais-je que vous alliez venir ? me dit Pauline en s'appuyant contre la grille ; car alors seulement elle se rappela qu'elle avait vidé ce verre une heure ou deux avant mon arrivée.

— Souffrez-vous ? lui dis-je.

— Pas encore, me répondit-elle.

Alors un espoir me vint.

— Et y avait-il longtemps que le poison était dans ce verre ?

— Deux jours et deux nuits à peu près, car je n'ai pas pu calculer le temps.

Je regardai de nouveau le verre, le détritus qui en couvrait le fond me rassura un peu : pendant ces deux jours et ces deux nuits, le poison avait eu le temps de se précipiter. Pauline n'avait bu que de l'eau, empoisonnée il est vrai, mais peut-être pas à un degré assez intense pour donner la mort.

— Il n'y a pas un instant à perdre, lui dis-je en l'enlevant sous un de mes bras, il faut fuir pour trouver du secours.

— Je pourrai marcher, dit Pauline en se dégageant avec cette sainte pudeur qui avait déjà coloré son visage.

Aussitôt nous nous acheminâmes vers la première porte, que nous refermâmes derrière nous ; puis nous arrivâmes à la seconde, qui s'ouvrit sans difficulté, et nous nous retrouvâmes sous le cloître. La lune brillait au milieu d'un ciel pur ; Pauline étendit les bras, et tomba une seconde fois à genoux.

— Partons, partons, lui dis-je, chaque minute est peut-être mortelle.

— Je commence à souffrir, dit-elle en se relevant.

Une sueur froide me passa sur le front, je la pris dans mes bras comme j'aurais fait d'un enfant, je traversai les ruines, je sortis du cloître et je descendis en courant la montagne : arrivé sur la plage, je vis de loin le feu de mes deux hommes.

— À la mer, à la mer ! criai-je de cette voix impérative qui indique qu'il n'y a pas un instant à perdre.

Ils s'élancèrent vers la barque et la firent approcher le plus près qu'ils purent de la rive, j'entrai dans l'eau jusqu'aux genoux ; ils prirent Pauline de mes bras et la déposèrent dans la barque. Je m'y élançai après elle.

— Souffrez-vous davantage ?

— Oui, me dit Pauline.

Ce que j'éprouvais était quelque chose de pareil au désespoir : pas de secours, pas de contre-poison ; tout à coup je pensai à l'eau de mer, j'en remplis un coquillage qui se trouvait au fond de la barque, et je le présentai à Pauline.

— Buvez, lui dis-je.

Elle obéit machinalement.

— Qu'est-ce que vous faites donc ? s'écria un des pêcheurs ; vous allez la faire vomir, c'te p'tite femme.

C'était tout ce que je voulais : un vomissement seul pouvait la sauver. Au bout de cinq minutes, elle éprouva des contractions d'estomac d'autant plus douloureuses que, depuis trois jours, elle n'avait rien pris que ce poison. Mais ce paroxysme passé, elle se trouva soulagée ; alors je lui présentai un verre plein d'eau douce et fraîche, qu'elle but avec avidité. Bientôt les douleurs diminuèrent, une lassitude extrême leur succéda. Nous fîmes au fond de la barque un lit des vestes de mes pêcheurs et de mon paletot : Pauline s'y coucha, obéissante comme un enfant, presque aussitôt ses yeux se fermèrent, j'écoutai un instant sa respiration; elle était rapide, mais régulière: tout était sauvé.

— Allons, dis-je joyeusement à mes matelots, maintenant à Trouville, et cela le plus vite possible: il y a vingt-cinq louis pour vous en arrivant.

Aussitôt mes braves bateliers, jugeant que la voile était insuffisante, se penchèrent sur leurs rames, et la barque glissa sur l'eau comme un oiseau de mer attardé.

V

Pauline rouvrit les yeux en rentrant dans le port ; son premier mouvement fut tout à l'effroi, elle croyait avoir fait un rêve consolant ; et elle étendit les bras comme pour s'assurer qu'ils ne touchaient plus les murs de son caveau ; puis elle regarda autour d'elle avec inquiétude.

— Où me conduisez-vous ? me dit-elle.

— Soyez tranquille, lui répondis-je ; ces maisons que vous voyez devant vous appartiennent à un pauvre village ; ceux qui l'habitent sont trop occupés pour être curieux ; vous y resterez inconnue aussi longtemps que vous voudrez. D'ailleurs, si vous désirez partir, dites-moi seulement où vous allez, et demain, cette nuit, à l'instant, je pars avec vous, je vous conduis, je suis votre guide.

— Même hors de France ?

— Partout !

— Merci, me dit-elle ; laissez-moi seulement songer une heure à cela ; je vais essayer de rassembler mes idées, car en ce moment j'ai la tête et le cœur brisés ; toute ma force s'est usée pendant ces deux jours et ces deux nuits, et je sens dans mon esprit une confusion qui ressemble à de la folie.

— À vos ordres ; quand vous voudrez me voir, vous me ferez appeler.

Elle me fit un geste de remerciement. En ce moment nous arrivions à l'auberge.

Je fis préparer une chambre dans un corps de logis entièrement séparé du mien, pour ne pas blesser la susceptibilité de Pauline ; puis je recommandai à notre hôtesse de ne lui monter que du bouillon coupé, toute autre nourriture pouvant devenir dangereuse dans l'état d'irritation et d'affaiblissement où devait être l'estomac de la malade. Ces ordres donnés, je me retirai dans ma chambre.

Là, je pus me livrer tout entier au sentiment de joie qui remplissait mon âme, et que, devant Pauline, je n'avais point osé laisser éclater. Celle que j'aimais encore, celle dont le souvenir, malgré une séparation de deux ans, était resté vivant dans mon cœur, je l'avais sauvée, elle me devait la vie. J'admirais par combien de détours cachés et de combinaisons diverses le hasard ou la Providence m'avait conduit à ce résultat ; puis tout à coup il me passait un frisson mortel par les veines en songeant que, si une de ces circonstances fortuites avait manqué, que, si un seul de ces petits événements dont la chaîne avait formé le fil conducteur qui m'avait guidé dans ce labyrinthe n'était pas venu au-devant de moi, à cette heure même Pauline, enfermée dans un caveau, se tordrait les bras dans les convulsions du poison ou de la faim ; tandis que moi, moi, dans mon ignorance, occupé ailleurs d'une futilité, d'un plaisir peut-être, je l'eusse laissée agonisante ainsi, sans qu'un souffle, sans qu'un pressentiment, sans qu'une voix fût venue me dire : Elle se meurt ; sauve-la !... Ces choses sont affreuses à penser, et la peur de réflexion est la plus terrible. Il est vrai que c'est aussi la plus consolante, car, après nous avoir fait épuiser le cercle du doute, elle nous ramène à la foi, qui arrache le monde des

mains aveugles du hasard pour le remettre à la prescience de Dieu[1].

Je restai une heure ainsi, et je te le jure, continua
Alfred, pas une pensée qui ne fût pure ne me vint au
cœur ou à l'esprit. J'étais heureux, j'étais fier de
l'avoir sauvée ; cette action portait avec elle sa récom-
pense, et je n'en demandais pas d'autre que le bonheur même d'avoir été choisi pour l'accomplir. Au
bout de cette heure elle me fit demander : je me levai
vivement, comme pour m'élancer vers sa chambre ;
mais à la porte les forces me manquèrent, je fus
obligé de m'appuyer un instant contre le mur, et il
fallut que la fille d'auberge revînt sur ses pas en
m'invitant à entrer pour que je prisse sur moi de sur-
monter mon émotion.

Elle s'était jetée sur son lit, mais sans se désha-
biller. Je m'approchai d'elle avec l'apparence la
plus calme que je pus : elle me tendit la main.

— Je ne vous ai pas encore remercié, me dit-elle :
mon excuse est dans l'impossibilité de trouver des
termes qui expriment ma reconnaissance. Faites la
part de la terreur d'une femme dans la position où
vous m'avez trouvée et pardonnez-moi.

— Écoutez-moi, madame, lui dis-je en essayant
de réprimer mon émotion, et croyez à ce que je vais
vous dire. Il est de ces situations si inattendues, si
étranges, qu'elles dispensent de toutes les formes
ordinaires et de toutes les préparations convenues.
Dieu m'a conduit vers vous et je l'en remercie ; mais
ma mission n'est point accomplie, je l'espère, et
peut-être aurez-vous encore besoin de moi. Écoutez-
moi donc et pesez chacune de mes paroles.

Je suis libre... je suis riche... rien ne m'enchaîne
sur un point de la terre plutôt que sur un autre. Je
comptais voyager, je partais pour l'Angleterre sans
aucun but ; je puis donc changer mon itinéraire, et

me diriger vers telle partie de ce monde où il plaira au hasard de me pousser. Peut-être devez-vous quitter la France ? Je n'en sais rien, je ne demande aucun de vos secrets, et j'attendrai que vous me fassiez un signe pour former même une supposition. Mais, soit que vous restiez en France, soit que vous la quittiez, disposez de moi, madame, à titre d'ami ou de frère ; ordonnez que je vous accompagne de près, ou que je vous suive de loin, faites-vous de moi un défenseur avoué, ou exigez que j'aie l'air de ne pas vous connaître, et j'obéirai à l'instant ; et cela, madame, croyez-le bien, sans arrière-pensée, sans espoir égoïste, sans intention mauvaise. Et maintenant que j'ai dit, oubliez votre âge, oubliez le mien, ou supposez que je suis votre frère.

— Merci, me dit la comtesse avec une voix pleine d'une émotion profonde, j'accepte avec une confiance pareille à votre loyauté ; je me remets tout entière à votre honneur, car je n'ai que vous au monde : vous seul savez que j'existe.

Oui, vous l'avez supposé avec raison, il faut que je quitte la France. Vous alliez en Angleterre, vous m'y conduirez ; mais je n'y puis pas arriver seule et sans famille ; vous m'avez offert le titre de votre sœur ; pour tout le monde désormais je serai Mlle de Nerval.

— Oh ! que je suis heureux ! m'écriai-je.

La comtesse me fit signe de l'écouter.

— Je vous demande plus que vous ne croyez peut-être, me dit-elle ; moi aussi j'ai été riche, mais les morts ne possèdent plus rien.

— Mais je le suis, moi, mais toute ma fortune...

Vous ne me comprenez pas, me dit-elle, et en ne me laissant pas achever, vous me forcez à rougir.

— Oh ! pardon.

— Je serai Mlle de Nerval, une fille de votre père si vous voulez, une orpheline qui vous a été confiée.

Vous devez avoir des lettres de recommandation ; vous me présenterez comme institutrice dans quelque pensionnat. Je parle l'anglais et l'italien comme ma langue maternelle ; je suis bonne musicienne, du moins on me le disait autrefois, je donnerai des leçons de musique et de langues.

— Mais c'est impossible, m'écriai-je.

— Voilà mes conditions, me dit la comtesse ; les refusez-vous, monsieur, ou les acceptez-vous, mon frère ?

— Oh ! tout ce que vous voudrez, tout, tout, tout !

— Eh bien, alors il n'y a pas de temps à perdre, il faut que demain nous partions ; est-ce possible ?

— Parfaitement.

— Mais un passeport ?

— J'ai le mien.

— Au nom de M. de Nerval ?

— J'ajouterai « et de sa sœur ».

— Vous ferez un faux ?

— Bien innocent. Aimez-vous mieux que j'écrive à Paris qu'on m'envoie un second passeport ?...

— Non, non... cela entraînerait une trop grande perte de temps. D'où partirons-nous ?

— Du Havre.

— Comment ?

— Par le paquebot, si vous voulez.

— Et quand cela ?

— À votre volonté.

— Pouvons-nous tout de suite ?

— N'êtes-vous pas bien faible ?

— Vous vous trompez, je suis forte. Dès que vous serez disposé à partir, vous me trouverez prête.

— Dans deux heures.

— C'est bien. Adieu, frère.

— Adieu, madame.

— Ah ! reprit la comtesse en souriant, voilà déjà que vous manquez à nos conventions.

— Laissez-moi le temps de m'habituer à ce nom, si doux qu'il soit.

— M'a-t-il donc tant coûté à moi?

— Oh! vous... m'écriai-je.

Je vis que j'allais en dire trop.

— Dans deux heures, repris-je, tout sera préparé selon vos désirs.

Puis je m'inclinai et je sortis.

Il n'y avait qu'un quart d'heure que je m'étais offert dans toute la sincérité de mon âme à jouer le rôle de frère, et déjà j'en ressentais toute la difficulté. Être le frère adoptif d'une femme jeune et belle est déjà chose difficile; mais lorsqu'on a aimé cette femme, lorsqu'on l'a perdue, lorsqu'on l'a retrouvée seule et isolée, n'ayant d'appui que vous; lorsque le bonheur auquel on n'aurait osé croire, car on le regardait comme un songe, est là près de vous en réalité, et qu'en étendant la main on le touche, alors, malgré la résolution prise, malgré la parole donnée, il est impossible de renfermer dans son âme ce feu qu'elle couve, et il en sort toujours quelque étincelle par les yeux ou par la bouche.

Je retrouvai mes bateliers soupant et buvant; je leur fis part de mon nouveau projet de gagner Le Havre pendant la nuit, afin d'y être arrivé au moment du départ du paquebot; mais ils refusèrent de tenter la traversée dans la barque qui nous avait amenés. Comme ils ne demandaient qu'une heure pour préparer un bâtiment plus solide, nous fîmes prix à l'instant, ou plutôt ils laissèrent la chose à ma générosité. J'ajoutai cinq louis aux vingt-cinq qu'ils avaient déjà reçus; pour cette somme ils m'eussent conduit en Amérique.

Je fis une visite dans les armoires de mon hôtesse. La comtesse s'était sauvée avec la robe qu'elle portait au moment où elle fut enfermée, et voilà tout. Je craignais pour elle, faible et souffrante comme elle l'était encore, le vent et le brouillard de la nuit ; j'aperçus sur la planche d'honneur un grand tartan écossais, dont je m'emparai, et que je priai Mme Oseraie de mettre sur ma note ; grâce à ce châle et à mon manteau, j'espérais que ma compagne de voyage ne serait pas incommodée de la traversée. Elle ne se fit pas attendre, et lorsqu'elle sut que les bateliers étaient prêts, elle descendit aussitôt. J'avais profité du temps qu'elle m'avait donné pour régler tous mes petits comptes à l'auberge ; nous n'eûmes donc qu'à gagner le port et à nous embarquer.

Comme je l'avais prévu, la nuit était froide, mais calme et belle. J'enveloppai la comtesse de son tartan, et je voulus la faire entrer sous la tente que nos bateliers avaient faite à l'arrière du bâtiment avec une voile ; mais la sérénité du ciel et la tranquillité de la mer la retinrent sur le pont ; je lui montrai un banc, et nous nous assîmes l'un près de l'autre.

Tous deux nous avions le cœur si plein de nos pensées, que nous demeurâmes ainsi sans nous adresser la parole. J'avais laissé retomber ma tête sur ma poitrine, et je songeais avec étonnement à cette suite d'aventures étranges qui venaient de commencer pour moi, et dont la chaîne allait probablement s'étendre dans l'avenir. Je brûlais de savoir par quelle suite d'événements la comtesse de Beuzeval, jeune, riche, aimée en apparence de son mari, en était arrivée à attendre, dans un des caveaux d'une abbaye en ruines, la mort à laquelle je l'avais arrachée. Dans quel but et pour quel résultat son mari avait-il fait courir le bruit de sa mort et exposé sur le lit mortuaire une étrangère à sa place ? Était-ce par jalousie ?... ce fut la première idée qui se présenta à mon esprit, elle était affreuse... Pauline aimer quelqu'un !. . Oh ! alors voilà qui désenchantait tous mes rêves ; car pour cet homme qu'elle aimait elle reviendrait à la vie sans doute ; quelque part qu'elle fût, cet homme la rejoindrait. Alors, je l'aurais sauvée pour un autre ; elle me remercierait comme un frère, et tout serait dit ; cet homme me serrerait la main en me répétant qu'il me devait plus que la vie ; puis, ils seraient heureux d'un bonheur d'autant plus sûr qu'il serait ignoré !... Et moi, je reviendrais en France pour y souffrir comme j'avais déjà souffert, et mille fois davantage ; car cette félicité, que d'abord je n'avais entrevue que de loin, s'était rapprochée de moi, pour m'échapper plus cruellement encore ; et alors il viendrait un moment peut-être où je maudirais l'heure où j'avais sauvé cette femme, où je regretterais que, morte pour tout le monde, elle fût vivante pour moi, loin de moi ; et pour un autre près de lui... D'ailleurs, si elle était coupable, la vengeance du comte était juste... À sa place... je ne l'eusse pas fait mourir... mais certes... je l'eusse tuée... elle et l'homme qu'elle aimait... Pauline aimant un autre !... Pauline coupable !... Oh ! cette idée me rongeait le cœur... Je relevai lentement le front ; Pauline, la tête renversée en arrière, regardait le ciel, et deux larmes coulaient le long de ses joues.

— Oh ! m'écriai-je, qu'avez-vous donc, mon Dieu ?

— Croyez-vous, me dit-elle en gardant son immobilité, croyez-vous que l'on quitte pour toujours sa patrie, sa famille, sa mère, sans que le cœur se brise ? Croyez-vous qu'on passe, sinon du bonheur, mais du moins de la tranquillité au désespoir, sans que le cœur saigne ? Croyez-vous qu'on traverse l'océan à mon âge pour aller traîner le reste de sa vie sur une terre étrangère, sans mêler une larme aux flots qui vous emportent loin de tout ce qu'on a aimé ?...

— Mais, lui dis-je, est-ce donc un adieu éternel ?

— Éternel! murmura-t-elle en secouant doucement la tête.

— De ceux que vous regrettez ne reverrez-vous personne?

— Personne...

— Et tout le monde doit-il ignorer à jamais, et... sans exception, que celle que l'on croit morte et qu'on regrette est vivante et pleure?

— Tout le monde... à jamais, sans exception...

— Oh! m'écriai-je, oh! que je suis heureux, et quel poids vous m'enlevez du cœur!

— Je ne vous comprends pas, dit Pauline.

— Oh! ne devinez-vous point tout ce qui s'éveille en moi de doutes et de craintes?... N'avez-vous point hâte de savoir vous-même par quel enchaînement de circonstances je suis arrivé jusques auprès de vous?... Et rendez-vous grâce au ciel de vous avoir sauvée, sans vous informer à moi de quels moyens il s'est servi?

— Vous avez raison, un frère ne doit point avoir de secrets pour sa sœur... Vous me raconterez tout... et, à mon tour, je ne vous cacherai rien...

— Rien... Oh! jurez-le-moi... Vous me laisserez lire dans votre cœur comme dans un livre ouvert?

— Oui... et vous n'y trouverez que le malheur, la résignation et la prière. Mais ce n'est ni l'heure ni le moment. D'ailleurs je suis trop près encore de toutes ces catastrophes pour avoir le courage de les raconter...

— Oh! quand vous voudrez... à votre heure... à votre temps... J'attendrai.

Elle se leva.

— J'ai besoin de repos, me dit-elle : ne m'avez-vous pas dit que je pourrais dormir sous cette tente?

Je l'y conduisis; j'étendis mon manteau sur le plancher; puis elle me fit signe de la main de la laisser seule. J'obéis, et je retournai m'asseoir sur le pont, à la place qu'elle avait occupée, je posai ma tête où elle avait posé la sienne, et je demeurai ainsi jusqu'à notre arrivée au Havre.

Le lendemain soir nous abordions à Brighton ; six heures après nous étions à Londres.

VI

Mon premier soin en arrivant fut de me mettre en quête d'un appartement pour ma sœur et pour moi; en conséquence je me présentai le même jour chez le banquier auprès duquel j'étais accrédité: il m'indiqua une petite maison toute meublée, qui faisait parfaitement l'affaire de deux personnes et de deux domestiques; je le chargeai de terminer la négociation, et le lendemain il m'écrivit que le cottage était à ma disposition.

Aussitôt, et tandis que la comtesse reposait, je me fis conduire dans une lingerie. La maîtresse de l'établissement me composa à l'instant un trousseau d'une grande simplicité, mais parfaitement complet et de bon goût; deux heures après, il était marqué au nom de Pauline de Nerval et transporté tout entier dans les armoires de la chambre à coucher de celle à qui il était destiné. J'entrai immédiatement chez une modiste, qui mit, quoique française, la même célérité dans sa fourniture; quant aux robes, comme je ne pouvais me charger d'en donner les mesures, j'achetai quelques pièces d'étoffe, les plus jolies que je pus trouver, et je priai le marchand de m'envoyer le soir même une couturière.

J'étais de retour à l'hôtel à midi : on me dit que ma sœur était réveillée et m'attendait pour prendre le thé : je la trouvai vêtue d'une robe très simple qu'elle avait eu le temps de faire faire pendant les douze heures que nous étions restés au Havre. Elle était charmante ainsi.

— Regardez, me dit-elle en me voyant entrer, n'ai-je pas déjà bien le costume de mon emploi, et hésiterez-vous maintenant à me présenter comme une sous-maîtresse ?

— Je ferai tout ce que vous m'ordonnerez de faire, lui dis-je.

— Oh ! mais ce n'est pas ainsi que vous devez me parler, et si je suis à mon rôle, il me semble que vous oubliez le vôtre : les frères en général ne sont pas soumis aussi aveuglément aux volontés de leur sœur, et surtout les frères aînés. Vous vous trahirez, prenez garde.

— J'admire vraiment votre courage, lui dis-je, laissant tomber mes bras et la regardant : la tristesse au fond du cœur, car vous souffrez de l'âme ; la pâleur sur le front, car vous souffrez du corps ; éloignée pour jamais de tout ce que vous aimez, vous me l'avez dit, vous avez la force de sourire. Tenez, pleurez, pleurez, j'aime mieux cela, et cela me fait moins de mal.

— Oui, vous avez raison, me dit-elle, et je suis une mauvaise comédienne. On voit mes larmes, n'est-ce pas, à travers mon sourire ? Mais j'avais pleuré pendant que vous n'y étiez pas, cela m'avait fait du bien ; de sorte qu'à un œil moins pénétrant, à un frère moins attentif j'aurais pu faire croire que j'avais déjà tout oublié.

— Oh ! soyez tranquille, madame, lui dis-je avec quelque amertume, car tous mes soupçons me revenaient, soyez tranquille, je ne le croirai jamais.

— Croyez-vous qu'on oublie sa mère quand on

sait qu'elle vous croit morte et qu'elle pleure votre mort?... Ô ma mère, ma pauvre mère! s'écria la comtesse en fondant en larmes et en se laissant retomber sur le canapé.

— Voyez comme je suis égoïste, lui dis-je en m'approchant d'elle, je préfère vos larmes à votre sourire. Les larmes sont confiantes, et le sourire est dissimulé; le sourire, c'est le voile sous lequel le cœur se cache pour mentir. Puis, quand vous pleurez, il me semble que vous avez besoin de moi pour essuyer vos pleurs... Quand vous pleurez, j'ai l'espoir que lentement, à force de soins, d'attentions, de respect, je vous consolerai, tandis que si vous étiez consolée déjà, quel espoir me resterait-il?

— Tenez, Alfred, me dit la comtesse avec un sentiment profond de bienveillance et en m'appelant pour la première fois par mon nom, ne nous faisons pas une vaine guerre de mots; il s'est passé entre nous des choses si étranges que nous sommes dispensés, vous de détours envers moi, moi de ruse envers vous. Soyez franc, interrogez-moi; que voulez-vous savoir? je vous répondrai.

— Oh! vous êtes un ange, m'écriai-je, et moi je suis un fou: je n'ai le droit de rien savoir, de rien demander. N'ai-je pas été aussi heureux qu'un homme puisse l'être, quand je vous ai retrouvée dans ce caveau, quand je vous ai emportée dans mes bras en descendant cette montagne, quand vous vous êtes appuyée sur mon épaule dans cette barque? Aussi je ne sais, mais je voudrais qu'un danger éternel vous menaçât, pour vous sentir toujours frissonner contre mon cœur: ce serait une existence vite usée qu'une existence pleine de sensations pareilles. On ne vivrait qu'un an peut-être ainsi, puis le cœur se briserait; mais quelle longue vie ne changerait-on pas pour une pareille année? Alors vous étiez toute à votre crainte, et moi j'étais votre seul espoir. Vos souve-

nirs de Paris ne vous tourmentaient pas. Vous ne fei-
gniez pas de sourire pour me cacher vos larmes ;
j'étais heureux !... je n'étais pas jaloux.

— Alfred, me dit gravement la comtesse, vous avez
fait assez pour moi pour que je fasse quelque chose
pour vous. D'ailleurs il faut que vous souffriez, et
beaucoup, pour me parler ainsi ; car en me parlant
ainsi vous me prouvez que vous ne vous souvenez
plus que je suis sous votre dépendance entière. Vous
me faites honte pour moi ; vous me faites mal pour
vous.

— Oh ! pardonnez-moi, pardonnez-moi, m'écriai-
je en tombant à ses genoux ; mais vous savez que je
vous ai aimée jeune fille, quoique je ne vous l'aie
jamais dit ; vous savez que mon défaut de fortune
seul m'a empêché d'aspirer à votre main ; et vous
savez encore que depuis que je vous ai retrouvée, cet
amour, endormi peut-être, mais jamais éteint, s'est
réveillé plus ardent, plus vif que jamais. Vous le savez,
car on n'a pas besoin de dire de pareilles choses
pour qu'elles soient sues. Eh bien ! voilà ce qui fait
que je souffre également à vous voir sourire et à vous
voir pleurer ; c'est que quand vous souriez, vous me
cachez quelque chose ; c'est que quand vous pleurez,
vous m'avouez tout. Ah ! vous aimez, vous regrettez
quelqu'un

— Vous vous trompez, me répondit la comtesse ;
si j'ai aimé, je n'aime plus ; si je regrette quelqu'un,
c'est ma mère !

— Oh ! Pauline ! Pauline ! m'écriai-je, me dites-
vous vrai ? ne me trompez-vous pas ? Mon Dieu, mon
Dieu !

— Croyez-vous que je sois capable d'acheter votre
protection par un mensonge ?

— Oh ! le ciel m'en garde !... Mais d'où est venue
la jalousie de votre mari ? Car la jalousie seule a pu
le porter à une pareille infamie.

— Écoutez, Alfred, un jour ou l'autre, il aurait fallu que je vous avouasse ce terrible secret; vous avez le droit de le connaître. Ce soir vous le saurez, ce soir vous lirez dans mon âme; ce soir, vous disposerez de plus que de ma vie, car vous disposerez de mon honneur et de celui de toute ma famille, mais à une condition.

— Laquelle? dites; je l'accepte d'avance.

— Vous ne me parlerez plus de votre amour; je vous promets, moi, de ne pas oublier que vous m'aimez.

Elle me tendit la main; je la baisai avec un respect qui tenait de la religion.

— Asseyez-vous là, me dit-elle, et ne parlons plus de tout cela jusqu'au soir: qu'avez-vous fait?

— J'ai cherché une petite maison bien simple et bien isolée, où vous soyez libre et maîtresse, car vous ne pouvez rester dans un hôtel.

— Et vous l'avez trouvée?

— Oui, à Piccadilly. Et si vous voulez, nous irons la voir après le déjeuner.

— Alors, tendez donc votre tasse.

Nous prîmes le thé; puis nous montâmes en voiture, et nous nous rendîmes au cottage.

C'était une jolie petite fabrique à jalousies vertes, avec un jardin plein de fleurs; une véritable maison anglaise, à deux étages seulement. Le rez-de-chaussée devait nous être commun; le premier était préparé pour Pauline. Je m'étais réservé le second.

Nous montâmes à son appartement; il se composait d'une antichambre, d'un salon, d'une chambre à coucher, d'un boudoir et d'un cabinet de travail, où l'on avait réuni tout ce qu'il fallait pour faire de la musique et dessiner. J'ouvris les armoires; la lingère m'avait tenu parole.

Qu'est cela? me dit Pauline.

Si vous entrez dans une pension, lui répondis-je, on exigera que vous ayez un trousseau. Celui-ci est marqué à votre nom, un P et un N, Pauline de Nerval.

— Merci, mon frère, me dit-elle ne me serrant la main.

C'était la première fois qu'elle me redonnait ce titre depuis notre explication; mais cette fois ce titre ne me fit pas mal.

Nous entrâmes dans la chambre à coucher; sur le lit étaient deux chapeaux d'une forme toute parisienne et un châle de cachemire fort simple.

— Alfred, me dit la comtesse en les apercevant, vous eussiez dû me laisser entrer seule ici, puisque j'y devais trouver toutes ces choses. Ne voyez-vous pas que j'ai honte devant vous de vous avoir donné tant de peine?. Puis vraiment je ne sais s'il est convenable.

— Vous me rendrez tout cela sur le prix de vos leçons, interrompis-je en souriant: un frère peut prêter à sa sœur

— Il peut même lui donner lorsqu'il est plus riche qu'elle, dit Pauline, car, dans ce cas-là, c'est celui qui donne qui est heureux.

— Oh! vous avez raison, m'écriai-je, et aucune délicatesse du cœur ne vous échappe... Merci, merci...

Nous passâmes dans le cabinet de travail; sur le piano étaient les romances les plus nouvelles de Mme Duchambge, de Labarre et de Plantade[1]; les morceaux les plus à la mode de Bellini, de Meyerbeer et de Rossini[2]. Pauline ouvrit un cahier de musique et tomba dans une profonde rêverie.

— Qu'avez-vous? lui dis-je, voyant que ses yeux restaient fixés sur la même page, et qu'elle semblait avoir oublié que j'étais là.

— Chose étrange, murmura-t-elle, répondant à la fois à sa pensée et à ma question, il y a une semaine au plus que je chantais ce même morceau chez la comtesse M.[3]; alors j'avais une famille, un nom, une existence. Huit jours se sont passés... et je n'ai plus rien de tout cela...

Elle pâlit et tomba plutôt qu'elle ne s'assit sur un fauteuil, et l'on eût dit que véritablement elle allait mourir. Je m'approchai d'elle, elle ferma les yeux ; je compris qu'elle était tout entière à sa pensée, je m'assis près d'elle, et lui appuyant la tête sur mon épaule :

— Pauvre sœur ! lui dis-je.

Alors elle se reprit à pleurer ; mais cette fois sans convulsions ni sanglots ; c'étaient des larmes mélancoliques et silencieuses, de ces larmes enfin qui ne manquent pas d'une certaine douceur, et qu'il faut que ceux qui les regardent sachent laisser couler. Au bout d'un instant elle rouvrit les yeux avec un sourire.

— Je vous remercie, me dit-elle, de m'avoir laissée pleurer.

— Je ne suis plus jaloux, lui répondis-je.

Elle se leva.

— N'y a-t-il pas un second étage ? me dit-elle.

— Oui ; il se compose d'un appartement tout pareil à celui-ci.

— Et doit-il être occupé ?

— C'est vous qui en déciderez.

— Il faut accepter la position qui nous est imposée par la destinée avec toute franchise. Aux yeux du monde vous êtes mon frère, il est tout simple que vous habitiez la maison que j'habite, tandis qu'on trouverait sans doute étrange que vous allassiez loger autre part. Cet appartement sera le vôtre. Descendons au jardin.

C'était un tapis vert avec une corbeille de fleurs. Nous en fîmes deux ou trois fois le tour en suivant une allée sablée et circulaire qui l'enveloppait ; puis Pauline alla vers le massif et y cueillit un bouquet.

— Voyez donc ces pauvres roses, me dit-elle en

revenant à moi, comme elles sont pâles et presque sans odeur. N'ont-elles pas l'air d'exilées qui languissent après leur pays ? Croyez-vous qu'elles aussi ont une idée de ce que c'est que la patrie, et qu'en souffrant elles ont le sentiment de leur souffrance ?

— Vous vous trompez, lui dis-je, ces fleurs sont nées ici ; cet air est l'atmosphère qui leur convient ; ce sont des filles du brouillard et non de la rosée ; un soleil plus ardent les brûlerait. D'ailleurs elles sont faites pour parer des cheveux blonds et pour s'harmonier[1] avec le teint mat des filles du Nord. À vous, à vos cheveux noirs il faudrait de ces roses ardentes comme il en fleurit en Espagne. Nous irons en chercher là quand vous en voudrez.

Pauline sourit tristement.

— Oui, dit-elle, en Espagne… en Suisse… en Italie… partout… excepté en France…

Puis elle continua de marcher sans parler davantage, effeuillant machinalement les roses sur le chemin.

— Mais, lui dis-je, avez-vous donc à tout jamais perdu l'espoir d'y rentrer ?

— Ne suis-je pas morte ?

— Mais en changeant de nom…

— Il me faudrait aussi changer de visage.

— Mais c'est donc bien terrible ce secret ?

— C'est une médaille à deux faces, qui porte d'un côté du poison et de l'autre un échafaud. Écoutez, je vais vous raconter tout cela ; il faut que vous le sachiez, et le plus tôt est le mieux. Mais vous, dites-moi d'abord par quel miracle de la Providence vous avez été conduit vers moi ?

Nous nous assîmes sur un banc au-dessous d'un platane magnifique, qui couvrait de sa tente de feuillage une partie du jardin. Alors je commençai mon récit à partir de mon arrivée à Trouville. Je lui racontai tout : comment j'avais été surpris par l'orage et poussé sur la côte ; comment, en cherchant un abri, j'étais entré dans les ruines de l'abbaye ; comment, réveillé au milieu de mon sommeil par le bruit d'une porte, j'avais vu sortir un homme du souterrain, comment cet homme avait enfoui quelque chose sous une tombe, et comment, dès lors, je m'étais douté d'un mystère que j'avais résolu de pénétrer. Puis je lui dis mon voyage à Dives, la nouvelle fatale que j'y appris, la résolution désespérée de la revoir une fois encore, mon étonnement et ma joie en reconnaissant que le linceul couvrait une autre femme qu'elle ; enfin mon expédition nocturne, la clef sous la tombe, mon entrée dans le souterrain, mon bonheur et ma joie en la retrouvant ; et je lui racontai tout cela avec cette expression de l'âme, qui, sans prononcer le mot d'amour, le fait palpiter dans chaque parole que l'on dit ; et pendant que je parlais, j'étais heureux et récompensé, car je voyais ce récit passionné l'inonder de mon émotion, et quelques-unes de mes paroles filtrer secrètement jusqu'à son cœur. Lorsque j'eus fini, elle me prit la main, la serra entre les siennes sans parler, me regarda quelque temps avec une expression de reconnaissance angélique ; puis enfin, rompant le silence :

— Faites-moi un serment, me dit-elle.

— Lequel ? parlez.

— Jurez-moi, sur ce que vous avez de plus sacré, que vous ne révélerez à qui que ce soit au monde ce que je vais vous dire, à moins que je ne sois morte, que ma mère ne soit morte, que le comte ne soit mort.

— Je le jure sur l'honneur, répondis-je.

— Et maintenant, écoutez, dit-elle.

VII

Je n'ai pas besoin de vous dire quelle était ma famille ; vous la connaissez, ma mère, puis des parents éloignés, voilà tout. J'avais quelque fortune.

— Hélas ! oui, interrompis-je, et plût au ciel que vous eussiez été pauvre !

— Mon père, continua Pauline sans paraître remarquer le sentiment qui m'avait arraché mon exclamation, laissa en mourant quarante mille livres de rentes à peu près. Comme je suis fille unique, c'était une fortune. Je me présentai donc dans le monde avec la réputation d'une riche héritière.

Vous oubliez, dis-je, celle d'une grande beauté, jointe à une éducation parfaite.

— Vous voyez bien que je ne puis pas continuer, me répondit Pauline en souriant, puisque vous m'interrompez toujours.

— Oh ! c'est que vous ne pouvez pas dire comme moi tout l'effet que vous produisîtes dans ce monde ; c'est que c'est une partie de votre histoire que je connais mieux que vous-même ; c'est que, sans vous en douter, vous étiez la reine de toutes les fêtes. Reine à la couronne d'hommages, invisible à vos seuls regards. C'est alors que je vous vis. La première fois, ce fut chez la princesse Bel.[1]... Tout ce qu'il y avait de talents et de célébrités était réuni chez cette belle exilée de Milan. On chanta; alors nos virtuoses de salon s'approchèrent tour à tour du piano. Tout ce que l'instrumentation a de science et le chant de méthode se réunirent d'abord pour charmer cette foule de *dilettanti*, étonnés toujours de rencontrer dans le monde ce fini d'exécution que l'on demande et qu'on trouve si rarement au théâtre; puis quelqu'un parla de vous et prononça votre nom. Pourquoi mon cœur battit-il à ce nom que j'entendais pour la première fois? La princesse se leva, vous prit par la main, et vous conduisit presque en victime à cet autel de la mélodie: dites-moi encore pourquoi, en vous voyant si confuse, eus-je un sentiment de crainte comme si vous étiez ma sœur, moi qui vous avais vue depuis un quart d'heure à peine. Oh! je tremblai plus que vous, peut-être, et certes vous étiez loin de penser que dans toute cette foule il y avait un cœur frère de votre cœur, qui battait de votre crainte et allait s'enivrer de votre triomphe. Votre bouche sourit, les premiers sons de votre voix, tremblants et incertains, se firent entendre; mais bientôt les notes s'échappèrent pures et vibrantes; vos yeux cessèrent de regarder la terre et se fixèrent vers le ciel. Cette foule qui vous entourait disparut, et je ne sais même si les applaudissements arrivèrent jusqu'à vous, tant votre esprit semblait planer au-dessus d'elle; c'était un air de Bellini, mélodieux et simple, et cependant plein de larmes, comme lui seul savait les faire. Je ne vous applaudis pas, je pleurai. On vous reconduisit à votre place au milieu des félicitations; moi seul n'osai m'approcher de vous; mais je me plaçai de manière à vous voir toujours. La soirée reprit son cours, la musique continua d'en faire les honneurs, secouant sur son auditoire enchanté ses ailes harmonieuses et changeantes; mais je n'entendis plus rien: depuis que vous aviez quitté le piano, tous mes sens s'étaient concentrés en un seul. Je vous regardais. Vous souvenez-vous de cette soirée ?

— Oui, je crois me la rappeler, dit Pauline.

— Depuis, continuai-je, sans penser que j'interrompais son récit, depuis, j'entendis encore une fois, non pas cet air lui-même, mais la chanson populaire qui l'inspira. C'était en Sicile[1], vers le soir d'un de ces jours comme Dieu n'en a fait que pour l'Italie et la Grèce ; le soleil se couchait derrière Girgenti, la vieille Agrigente. J'étais assis sur le revers d'un chemin ; j'avais à ma gauche, et commençant à se perdre dans l'ombre naissante, toute cette plage couverte de ruines, au milieu desquelles ses trois temples seuls restaient debout. Au-delà de cette plage, la mer, calme et unie comme un miroir d'argent ; j'avais à ma droite la ville se détachant en vigueur sur un fond d'or, comme un de ces tableaux de la première école florentine, qu'on attribue à Gaddi, ou qui sont signés de Cimabue ou de Giotto[2]. J'avais devant moi une jeune fille qui revenait de la fontaine, portant sur sa tête une de ces longues amphores antiques à la forme délicieuse ; elle passait en chantant, et elle chantait cette chanson que je vous ai dite. Oh ! si vous saviez quelle impression je ressentis alors ! Je fermai les yeux, je laissai tomber ma tête dans mes mains : mer, cité, temples, tout disparut, jusqu'à cette fille de la Grèce, qui venait comme une fée de me faire reculer de trois ans et de me transporter dans le salon de la princesse Bel... Alors je vous revis ; j'entendis de nouveau votre voix ; je vous regardai avec extase ; puis tout à coup une profonde douleur s'empara de mon âme ; car vous n'étiez déjà plus la jeune fille que j'avais tant aimée, et qu'on appelait Pauline de Meulien ; vous étiez la comtesse Horace de Beuzeval. Hélas !... hélas !

— Oh ! oui, hélas ! murmura Pauline.

Nous restâmes tous deux quelques instants sans parler. Pauline se remit la première.

— Oui, ce fut le beau temps, le temps heureux de ma vie, continua-t-elle. Oh! les jeunes filles, elles ne connaissent pas leur félicité; elles ne savent pas que le malheur n'ose toucher au voile chaste qui les enveloppe et dont un mari vient les dépouiller. Oui, j'ai été heureuse pendant trois ans; pendant trois ans ce fut à peine si ce soleil brillant de mes jeunes années s'obscurcit un jour, et si une de ces émotions innocentes que les jeunes filles prennent pour de l'amour y passa comme un nuage. L'été, nous allions dans notre château de Meulien; l'hiver, nous revenions à Paris. L'été se passait au milieu des fêtes de la campagne, et l'hiver suffisait à peine aux plaisirs de la ville. Je ne pensais pas qu'une vie si pure et si sereine pût jamais s'assombrir. J'avançais joyeuse et confiante; nous atteignîmes ainsi l'automne de 1830[1].

Nous avions pour voisine de villégiature Mme de Luciennes, dont le mari avait été grand ami de mon père; elle nous invita un soir, ma mère et moi, à passer la journée du lendemain à son château. Son mari, son fils et quelques jeunes gens de Paris s'y étaient réunis pour chasser le sanglier, et un grand dîner devait célébrer la victoire du moderne Méléagre[2]. Nous nous rendîmes à son invitation.

Lorsque nous arrivâmes, les chasseurs étaient déjà partis; mais comme le parc était fermé de murs, nous pouvions facilement les rejoindre; d'ailleurs, de temps en temps, nous devions entendre le son du cor, et en nous rendant vers lui nous pouvions prendre tout le plaisir de la chasse sans en risquer la fatigue; M. de Luciennes était resté pour nous tenir compagnie, à sa femme, à sa fille, à ma mère et à moi; Paul, son fils, dirigeait la chasse.

À midi, le bruit du cor se rapprocha sensiblement,

nous entendîmes sonner plus souvent le même air : M. de Luciennes nous dit que c'était la vue[1] ; que le sanglier se fatiguait, et que, si nous voulions, il était temps de monter à cheval ; dans ce moment, un des chasseurs arriva au grand galop, venant nous chercher de la part de Paul, le sanglier ne pouvant tarder à faire tête aux chiens. M. de Luciennes prit une carabine qu'il pendit à l'arçon de sa selle ; nous montâmes à cheval tous trois, et nous partîmes. Nos deux mères, de leur côté, se rendirent à pied dans un pavillon autour duquel tournait la chasse.

Nous ne tardâmes point à la rejoindre, et, quelle qu'ait été ma répugnance d'abord à prendre part à cet événement, bientôt le bruit du cor, la rapidité de la course, les aboiements des chiens, les cris des chasseurs nous atteignirent nous-mêmes, et nous galopâmes, Lucie et moi, moitié riant, moitié tremblant, à l'égal des plus habiles cavaliers. Deux ou trois fois nous vîmes le sanglier traverser des allées, et chaque fois les chiens le suivaient plus rapprochés. Enfin il alla s'appuyer contre un gros chêne, se retourna et fit tête à la meute. C'était au bord d'une clairière sur laquelle donnaient justement les fenêtres du pavillon ; de sorte que Mme de Luciennes et ma mère se trouvèrent parfaitement pour ne rien perdre du dénouement.

Les chasseurs étaient placés en cercle à quarante ou cinquante pas de distance du lieu où se livrait le combat ; les chiens, excités par une longue course, s'étaient jetés tous sur le sanglier, qui avait presque disparu sous leur masse mouvante et tachetée. De temps en temps un des assaillants était lancé à huit ou dix pieds de hauteur, et retombait en hurlant et tout ensanglanté ; puis il se rejetait au milieu de la meute, et, tout blessé qu'il était, revenait contre son ennemi. Ce combat dura un quart d'heure à peine, et

plus de dix ou douze chiens étaient déjà blessés mortellement. Ce spectacle sanglant et cruel devenait pour moi un supplice, et le même effet était produit, à ce qu'il paraît, sur les autres spectateurs ; car j'entendis la voix de Mme de Luciennes qui criait :
— Assez, assez ; je t'en prie, Paul, assez. — Aussitôt Paul sauta en bas de son cheval, sa carabine à la main, fit quelques pas à pied vers le sanglier, l'ajusta au milieu des chiens et fit feu.

Au même instant, car ce qui se passa fut rapide comme un éclair, la meute s'ouvrit, le sanglier blessé passa au milieu d'elle, et avant que Mme de Luciennes elle-même eût eu le temps de jeter un cri, il était sur Paul ; Paul tomba renversé, et l'animal furieux, au lieu de suivre sa course, s'arrêta acharné sur son nouvel ennemi.

Il y eut alors un silence terrible ; Mme de Luciennes, pâle comme la mort, les bras tendus vers son fils, essayait de parler et murmurait d'une voix presque inintelligible : «Sauvez-le ! sauvez-le !» M. de Luciennes, qui était le seul armé, prit sa carabine et voulut ajuster l'animal ; mais Paul était dessous, la plus légère déviation de la balle, et le père tuait le fils. Un tremblement convulsif s'empara de lui ; il vit son impuissance, et laissant tomber son arme, il courut vers Paul en criant : «Au secours ! au secours !» Les autres chasseurs le suivirent. Au même instant, un jeune homme s'élança à bas de cheval, sauta sur le fusil, et de cette voix ferme et puissante qui commande : «Place !» cria-t-il. Les chasseurs s'écartèrent pour laisser passer le messager de mort qui devait arriver avant eux. Ce que je viens de vous dire s'était passé en moins d'une minute.

Tous les yeux se fixèrent aussitôt sur le tireur et sur le terrible but qu'il avait choisi ; quant à lui, il était ferme et calme, comme s'il eût eu sous les yeux une simple cible. Le canon de la carabine se leva lentement de terre ; puis, arrivé à une certaine hauteur, le chasseur et le fusil devinrent immobiles comme s'ils étaient de pierre ; le coup partit, et le sanglier blessé à mort roula à deux ou trois pas de Paul, qui, débarrassé de son adversaire, se releva sur un genou son couteau de chasse à la main. Mais c'était inutile, la balle avait été guidée par un œil trop sûr pour qu'elle ne fût pas mortelle. Mme de Luciennes jeta un cri et s'évanouit, Lucie s'affaissa sur son cheval et serait tombée si l'un des piqueurs ne l'eût soutenue ; je sautai à bas du mien et je courus vers Mme de Luciennes ; quant aux chasseurs, ils étaient tous autour de Paul et du sanglier mort, à l'exception du tireur, qui, le coup parti, reposa tranquillement sa carabine contre le tronc d'un arbre.

Mme de Luciennes revint à elle dans les bras de son fils et de son mari : Paul n'avait qu'une légère blessure à la cuisse, tant s'était passé rapidement ce que je viens de vous raconter. La première émotion effacée, Mme de Luciennes regarda autour d'elle : elle avait toute sa gratitude maternelle à exprimer à un homme ; elle cherchait le chasseur qui avait sauvé son fils. M. de Luciennes devina son intention et le lui amena. Mme de Luciennes lui saisit la main, voulut le remercier, fondit en larmes, et ne put prononcer que ces mots : « Oh ! monsieur de Beuzeval !... »

— C'était donc lui ? m'écriai-je.

— Oui, c'était lui. Je le vis ainsi pour la première fois, entouré de la reconnaissance d'une famille entière et de tout le prestige de l'émotion que m'avait causée cette scène dont il avait été le héros. C'était un jeune homme pâle, et plutôt petit que grand, avec des yeux noirs et des cheveux blonds. Au premier aspect, il paraissait à peine avoir vingt ans ; puis en regardant plus attentivement on voyait quelques légères rides partir du coin de la paupière en s'élar-

gissant vers les tempes, tandis qu'un pli imperceptible lui traversait le front, indiquant, au fond de son
esprit ou de son cœur, la présence habituelle d'une
pensée sombre ; des lèvres pâles et minces, de belles
dents et des mains de femme complétaient cet
ensemble, qui, au premier abord, m'inspira plutôt
un sentiment de répulsion que de sympathie, tant
était froide, au milieu de l'exaltation générale, la
figure de cet homme qu'une mère remerciait de lui
avoir conservé son fils[1].

La chasse était finie : on revint au château. En rentrant au salon, le comte Horace de Beuzeval s'excusa de ne pouvoir rester plus longtemps ; mais il
avait un engagement pris pour dîner à Paris. On lui
fit observer qu'il avait quinze lieues à faire et quatre
heures à peine pour arriver à temps ; le comte répondit en souriant que son cheval avait pris à son service
l'habitude de ces sortes de courses, et donna ordre à
son domestique de le lui amener.

Ce domestique était un Malais que le comte Horace
avait ramené d'un voyage qu'il avait fait dans l'Inde
pour recueillir une succession considérable, et qui
avait conservé le costume de son pays. Quoiqu'il fût
en France depuis trois ans, il ne parlait que sa langue
maternelle, dont le comte savait quelques mots à
l'aide desquels il se faisait servir ; il obéit avec une
promptitude merveilleuse, et à travers les carreaux
du salon nous vîmes bientôt piaffer les deux chevaux, sur la race desquels tous ces messieurs se
récrièrent : c'était en effet, autant que j'en pus juger,
deux magnifiques animaux ; aussi le prince de Condé
avait eu le désir de les avoir ; mais le comte Horace
avait doublé le prix que l'altesse royale voulait y
mettre, et il les lui avait enlevés.

Tout le monde reconduisit le comte jusqu'au perron. Mme de Luciennes semblait n'avoir pas eu le
temps de lui exprimer toute sa reconnaissance, et

elle lui serrait les mains en le suppliant de revenir. Le comte le promit en jetant un regard rapide qui me fit baisser les yeux comme un éclair, car, je ne sais pourquoi, il me sembla qu'il m'était adressé ; lorsque je relevai la tête, le comte était à cheval, il s'inclina une dernière fois devant Mme de Luciennes, nous fit un salut général, adressa de la main un signe d'amitié à Paul, et lâchant la bride à son cheval, qui l'emporta au galop, il disparut en quelques secondes au tournant du chemin.

Chacun était resté à la même place, le regardant en silence ; car il y avait dans cet homme quelque chose d'extraordinaire qui commandait l'attention. On sentait une de ces organisations puissantes que souvent la nature, comme par caprice, s'amuse à enfermer dans un corps qui semble trop faible pour la contenir · aussi le comte paraissait-il un composé de contrastes. Pour ceux qui ne le connaissaient pas, il avait l'apparence faible et languissante d'un homme atteint d'une maladie organique ; pour ses amis et ses compagnons, c'était un homme de fer, résistant à toutes les fatigues, surmontant toutes les émotions, domptant tous les besoins : Paul l'avait vu passer des nuits entières, soit au jeu, soit à table ; et le lendemain, tandis que ses convives de table ou de jeu dormaient, partir, sans avoir pris une heure de sommeil, pour une chasse ou pour une course avec de nouveaux compagnons, qu'il lassait comme les premiers, sans que la fatigue se manifestât chez lui autrement que par une pâleur plus grande et une toux sèche qui lui était habituelle, mais qui, dans ce cas, devenait plus fréquente.

Je ne sais pourquoi, j'écoutai tous ces détails avec un intérêt infini ; sans doute la scène dont j'avais été témoin, le sang-froid dont le comte avait fait preuve, l'émotion toute récente que j'avais éprouvée, étaient cause de cette attention que je prêtais à tout ce qu'on racontait de lui. Au reste, le calcul le plus habile n'eût rien inventé de mieux que ce départ subit, qui laissait en quelque sorte le château désert, tant celui qui s'était éloigné avait produit une immense impression sur ses habitants.

On annonça que le dîner était servi. La conversation, interrompue pendant quelque temps, reprit au dessert une nouvelle activité, et, comme pendant toute l'après-midi, le comte en fut l'objet ; alors, soit que cette constante attention pour un seul parût à quelques-uns désobligeante pour les autres, soit qu'en effet plusieurs des qualités qu'on lui accordait fussent contestables, une légère discussion s'éleva sur son existence étrange, sur sa fortune, dont la source était inconnue, et sur son courage, que l'un des convives attribuait à sa grande habileté à manier l'épée et le pistolet. Paul se fit alors tout naturellement le défenseur de celui qui lui avait sauvé la vie. L'existence du comte Horace était celle de presque tous les hommes à la mode ; sa fortune venait de la succession d'un oncle de sa mère, qui était resté quinze ans dans l'Inde. Quant à son courage, c'était, à son avis, la chose la moins contestable ; car non seulement il avait fait ses preuves dans quelques duels dont il était toujours sorti à peu près sain et sauf, mais encore en d'autres circonstances. Paul alors en raconta plusieurs, dont une surtout se grava profondément dans mon esprit.

Le comte Horace, en arrivant à Goa, trouva son oncle mort ; mais un testament avait été fait en sa faveur, de sorte qu'aucune contestation n'eut lieu, et quoique deux jeunes Anglais parents du défunt, car la mère du comte était anglaise, se trouvassent héritiers au même degré que lui, il se vit seul en possession de l'héritage qu'il venait réclamer. Au reste, ces deux jeunes Anglais étaient riches ; tous deux au service et occupant des grades dans l'armée britannique en garnison à Bombay. Ils reçurent donc leur cousin, sinon avec affection, du moins avec politesse, et avant son départ pour la France ils lui offrirent avec leurs camarades, officiers du régiment où ils servaient, un dîner d'adieu que le comte Horace accepta.

Il était plus jeune de quatre ans à cette époque, et en paraissait à peine dix-huit, quoiqu'il en eût réellement vingt-cinq ; sa taille élégante, son teint pâle, la blancheur de ses mains, lui donnaient l'apparence d'une femme déguisée en homme. Aussi, au premier coup d'œil, les officiers anglais mesurèrent-ils le courage de leur convive à son apparence. Le comte, de son côté, avec cette rapidité de jugement qui le distingue, comprit aussitôt l'effet qu'il avait produit, et certain de l'intention railleuse de ses hôtes, se tint en garde, résolu à ne pas quitter Bombay sans y laisser un souvenir quelconque de son passage. En se mettant à table, les deux jeunes officiers demandèrent à leur parent s'il parlait anglais ; mais, quoique le comte connût cette langue aussi bien que la nôtre, il répondit modestement qu'il n'en entendait pas un mot, et pria ces messieurs de vouloir bien, lorsqu'ils désireraient qu'il y prît part, soutenir la conversation en français.

Cette déclaration donna une grande latitude aux convives, et dès le premier service le comte s'aperçut qu'il était l'objet d'une raillerie continue. Cependant il dévora tout ce qu'il entendit[1], le sourire sur les lèvres et la gaieté dans les yeux ; seulement ses joues devinrent plus pâles, et deux fois ses dents brisèrent les bords du verre qu'il portait à sa bouche. Au dessert, le bruit redoubla avec le vin de France, et la conversation tomba sur la chasse ; alors on demanda au comte quel genre de gibier il chassait en France, et de quelle manière il le chassait. Le comte, décidé à poursuivre son rôle jusqu'au bout, répondit qu'il chassait tantôt en plaine et avec le chien d'arrêt la perdrix et le lièvre, tantôt au bois et à courre, le renard et le cerf.

— Ah! ah! dit en riant un des convives, vous chassez le lièvre, le renard et le cerf? Eh bien! nous, ici, nous chassons le tigre.

— Et de quelle manière? dit le comte Horace avec une bonhomie parfaite.

— De quelle manière? répondit un autre; mais montés sur des éléphants, et avec des esclaves, dont les uns, armés de piques et de haches, font face à l'animal, tandis que les autres nous chargent nos fusils, et que nous tirons.

— Ce doit être un charmant plaisir, répondit le comte.

— Il est malheureux, dit l'un des jeunes gens, que vous partiez si vite, mon cher cousin... nous aurions pu vous le procurer...

— Vrai, reprit Horace, je regrette bien sincèrement de manquer une pareille occasion; et s'il ne fallait pas attendre trop longtemps, je resterais.

— Mais, répondit le premier, cela tombe à merveille. Il y a justement à trois lieues d'ici, dans un marais qui longe les montagnes et qui s'étend du côté de Surate, une tigresse et ses petits. Des Indiens à qui elle a enlevé des moutons nous en ont prévenus hier seulement; nous voulions attendre que les petits fussent plus forts, afin de faire une chasse en règle; mais puisque nous avons une si bonne occasion de vous être agréable, nous avancerons l'expédition d'une quinzaine de jours.

— Je vous en suis tout à fait reconnaissant, dit en s'inclinant le comte; mais est-il bien certain que la tigresse soit où on la croit?

— Il n'y a aucun doute.

— Et sait-on précisément à quel endroit est son repaire?

— C'est facile à voir en montant sur un rocher qui domine le marais, ses chemins sont tracés au milieu des roseaux brisés, et tous aboutissent à un centre, comme les rayons d'une étoile.

— Eh bien! dit le comte en remplissant son verre et en se levant comme pour porter une santé, à celui qui ira tuer la tigresse au milieu de ses roseaux, entre ses deux petits, seul, à pied, et sans autre arme que ce poignard!

À ces mots, il prit à la ceinture d'un esclave un poignard malais, et le posa sur la table.

— Êtes-vous fou? dit un des convives.

— Non, messieurs, je ne suis pas fou, répondit le comte avec une amertume mêlée de mépris, et la preuve, c'est que je renouvelle mon toast. Écoutez donc bien, afin que celui qui voudra l'accepter sache à quoi il s'engage en vidant son verre : À celui, dis-je, qui ira tuer la tigresse au milieu de ses roseaux, entre ses deux petits, seul, à pied, et sans autre arme que ce poignard.

Il se fit un moment de silence, pendant lequel le comte interrogea successivement tous les yeux, qui tous se baissèrent.

— Personne ne répond? dit-il avec un sourire · personne n'ose accepter mon toast... personne n'a le courage de me faire raison. . Eh bien! alors, c'est moi qui irai... et si je n'y vais pas, vous direz que je suis un misérable, comme je dis que vous êtes des lâches.

À ces mots, le comte vida son verre, le reposa tranquillement sur la table, et s'avançant vers la porte :

— À demain, messieurs, dit-il.

Et il sortit.

Le lendemain, à six heures du matin, il était prêt
pour cette terrible chasse, lorsque ses convives entrèrent dans sa chambre. Ils venaient le supplier de
renoncer à son entreprise, dont le résultat ne pouvait
manquer d'être mortel pour lui. Mais le comte ne
voulut rien entendre. Ils reconnurent d'abord qu'ils
avaient eu tort la veille, que leur conduite était celle
de jeunes fous. Le comte les remercia de leurs
excuses, mais refusa de les accepter. Ils lui offrirent
alors de choisir l'un d'eux, et de se battre avec lui, s'il
se croyait trop offensé pour que la chose pût se passer sans réparation. Le comte répondit avec ironie
que ses principes religieux lui défendaient de verser
le sang de son prochain ; que, de son côté, il retirait
les paroles amères qu'il avait dites ; mais que, quant
à cette chasse, rien au monde ne pouvait l'y faire
renoncer. À ces mots, il invita ces messieurs à monter à cheval et à le suivre, les prévenant, au reste,
que, s'ils ne voulaient pas l'honorer de leur compagnie, il n'irait pas moins attaquer la tigresse tout
seul. Cette décision était prononcée d'une voix si
ferme, et paraissait tellement inébranlable, qu'ils ne
tentèrent même plus de l'y faire renoncer, et que,
montant à cheval de leur côté, ils vinrent le rejoindre
à la porte orientale de la ville, où le rendez-vous
avait été donné.

La cavalcade s'achemina en silence vers l'endroit
indiqué ; chacun des cavaliers s'était muni d'un fusil
à deux coups ou d'une carabine. Le comte seul était
sans armes ; son costume, parfaitement élégant, était
celui d'un jeune homme du monde qui va faire sa
promenade du matin au bois de Boulogne. Tous les
officiers se regardaient avec étonnement, ne pouvant
croire qu'il conserverait ce sang-froid jusqu'à la fin.

En arrivant sur la lisière du marais, les officiers
firent un nouvel effort pour dissuader le comte d'aller plus avant. Au milieu de la discussion, et comme

pour leur venir en aide, un rugissement se fit entendre, parti de quelques centaines de pas à peine ; les chevaux, inquiets, piaffèrent et hennirent.

— Vous voyez, messieurs, dit le comte, il est trop tard, nous sommes reconnus, l'animal sait que nous sommes là ; et je ne veux pas en quittant l'Inde, que je ne reverrai probablement jamais, laisser une fausse opinion de moi, même à un tigre. En avant, messieurs !

Et le comte poussa son cheval pour gagner, en longeant les marais, le rocher du haut duquel on dominait les roseaux où la tigresse avait mis bas.

En arrivant au pied du rocher, un second rugissement se fit entendre, mais si fort et si rapproché, que l'un des chevaux fit un écart et que son cavalier manqua d'être désarçonné ; tous les autres, l'écume à la bouche, les naseaux ouverts et l'œil hagard, frissonnaient et tremblaient sur leurs quatre pieds comme s'ils venaient de sortir de l'eau glacée. Alors les cavaliers descendirent, les montures furent confiées aux domestiques, et le comte, le premier, commença de gravir le point élevé du haut duquel il comptait examiner le terrain.

En effet, du sommet du rocher il suivait des yeux, aux roseaux brisés, la trace du terrible animal qu'il allait combattre ; des espèces de chemins, larges de deux pieds à peu près, étaient frayés dans les hautes herbes, et chacun, comme l'avaient dit les officiers, aboutissait à un centre, où les plantes, tout à fait battues, formaient une clairière. Un troisième rugissement, qui partait de cet endroit, vint dissiper tous les doutes, et le comte sut où il devait aller chercher son ennemi.

Alors le plus âgé des officiers s'approcha de nouveau du comte ; mais celui-ci, devinant son intention, lui fit froidement signe de la main que tout était inutile. Puis il boutonna sa redingote, pria l'un de ses cousins de lui prêter l'écharpe de soie qui lui serrait la taille pour s'envelopper le bras gauche, fit signe au Malais de lui donner son poignard, se le fit assurer autour de la main avec un foulard mouillé ; alors, posant son chapeau à terre, il releva gracieusement ses cheveux, et par le chemin le plus court s'avança vers les roseaux, au milieu desquels il disparut à l'instant, laissant ses compagnons s'entre-regardant épouvantés, et ne pouvant croire encore à une pareille audace.

Quant à lui, il s'avança lentement et avec précaution par le chemin qu'il avait pris, et qui était tracé si directement qu'il n'y avait à s'écarter ni à droite ni à gauche. Au bout de deux cents pas à peu près, il entendit un rauquement sourd, qui lui annonçait que son ennemie était sur ses gardes, et que s'il n'avait point été vu encore il était déjà éventé ; cependant il ne s'arrêta qu'une seconde, et aussitôt que le bruit eut cessé il continua de marcher. Au bout de cinquante pas à peu près, il s'arrêta de nouveau ; il lui semblait que, s'il n'était pas arrivé, il devait au moins être bien près, car il touchait à la clairière, et cette clairière était parsemée d'ossements, dont quelques-uns conservaient encore des lambeaux de chair sanglante. Il regarda donc circulairement autour de lui, et dans un enfoncement pratiqué dans l'herbe et pareil à une voûte de quatre ou cinq pieds de profondeur il aperçut la tigresse couchée à moitié, la gueule béante et les yeux fixés sur lui ; ses petits jouaient sous son ventre comme de jeunes chats.

Ce qui se passa dans son âme à cette vue, lui seul peut le dire ; mais son âme est un abîme d'où rien ne sort. Quelque temps la tigresse et lui se regardèrent immobiles ; et, voyant que de peur de quitter ses petits, sans doute, elle ne venait pas à lui, ce fut lui qui alla vers elle.

Il en approcha ainsi jusqu'à la distance de quatre

pas ; puis, voyant qu'enfin elle faisait un mouvement pour se soulever, il se rua sur elle. Ceux qui regar daient et écoutaient entendirent à la fois un rugisse- ment et un cri ; ils virent pendant quelques secondes les roseaux s'agiter ; puis le silence et la tranquillité leur succédèrent : tout était fini.

Ils attendirent un instant pour voir si le comte reviendrait ; mais le comte ne revint pas. Alors ils eurent honte de l'avoir laissé entrer seul, et se déci- dèrent, puisqu'ils n'avaient pas sauvé sa vie, à sau- ver du moins son cadavre. Ils s'avancèrent dans le marais tous ensemble et pleins d'ardeur, s'arrêtant de temps en temps pour écouter, puis se remettant aussitôt en chemin ; enfin ils arrivèrent à la clairière et trouvèrent les deux adversaires couchés l'un sur l'autre : la tigresse était morte, et le comte évanoui. Quant aux deux petits, trop faibles pour dévorer le corps, ils léchaient le sang[1].

La tigresse avait reçu dix-sept coups de poignard, le comte un coup de dent qui lui avait brisé le bras gauche, et un coup de griffe qui lui avait déchiré la poitrine.

Les officiers emportèrent le cadavre de la tigresse et le corps du comte ; l'homme et l'animal rentrè- rent à Bombay couchés à côté l'un de l'autre et por- tés sur le même brancard. Quant aux petits tigres, l'esclave malais les avait garrottés avec la percale de son turban, et ils pendaient aux deux côtés de sa selle.

Lorsqu'au bout de quinze jours le comte se leva, il trouva devant son lit la peau de la tigresse avec des dents en perles, des yeux en rubis et des ongles d'or : c'était un don des officiers du régiment dans lequel servaient ses deux cousins.

VIII

Ces récits firent une impression profonde dans mon esprit. Le courage est une des plus grandes séductions de l'homme sur la femme : est-ce à cause de notre faiblesse et parce que, ne pouvant rien par nous-mêmes, il nous faut éternellement un appui ? Aussi, quelque chose que l'on eût dite au désavantage du comte Horace, le seul souvenir qui resta dans mon esprit fut celui de cette double chasse, à l'une desquelles j'avais assisté. Cependant ce n'était pas sans terreur que je pensais à ce sang-froid terrible auquel Paul devait la vie. Combien de combats terribles s'étaient passés dans ce cœur avant que la volonté fût arrivée à comprimer à ce point ses pulsations, et un bien long incendie avait dû dévorer cette âme avant que sa flamme ne devînt toute cendre et que sa lave ne se changeât en glace.

Le grand malheur de notre époque est la recherche du romanesque et le mépris du simple. Plus la société se dépoétise, plus les imaginations actives demandent cet extraordinaire, qui tous les jours disparaît du monde pour se réfugier au théâtre ou dans les romans[1] ; de là, cet intérêt fascinateur qu'exercent sur tout ce qui les entoure les caractères exceptionnels. Vous ne vous étonnerez donc pas que l'image du comte Horace, s'offrant à l'esprit d'une jeune fille entourée de ce prestige, soit restée dans son imagination, où si peu d'événements avaient encore laissé leur trace. Aussi, lorsque, quelques jours après la scène que je viens de vous raconter, nous vîmes arriver deux cavaliers par la grande allée du château, et qu'on annonça M. Paul de Luciennes et M. le comte Horace de Beuzeval, pour la première fois de ma vie je sentis mon cœur battre à un nom, un nuage me passa sur les yeux, et je me levai avec l'intention de fuir ; ma mère me retint, ces messieurs entrèrent.

Je ne sais ce que je leur dis d'abord ; mais certes je dus paraître bien timide et bien gauche ; car lorsque je levai les yeux, ceux du comte Horace étaient fixés sur moi avec une expression étrange et que je n'oublierai jamais ; cependant, peu à peu, j'écartai cette préoccupation et je redevins moi-même ; alors je pus le regarder et l'écouter comme si je regardais et j'écoutais Paul.

Je lui retrouvai la même figure impassible, le même regard fixe et profond qui m'avait tant impressionnée et de plus une voix douce, qui comme ses mains et ses pieds paraissait bien plus appartenir à une femme qu'à un homme ; cependant, lorsqu'il s'animait, cette voix prenait une puissance qui semblait incompatible avec les premiers sons qu'elle avait proférés. Paul, en ami reconnaissant, avait mis la conversation sur un sujet propre à faire valoir le comte ; il parla de ses voyages. Le comte hésita un instant à se laisser entraîner à cette séduction d'amour-propre ; on eût dit qu'il craignait de s'emparer de la conversation et de substituer le *moi* aux généralités banales des premières entrevues ; mais bientôt le souvenir des lieux parcourus se présenta à sa mémoire, la vie pittoresque des contrées sauvages entra en lutte avec l'existence monotone des pays civilisés et déborda sur elle ; le comte se retrouva tout entier au milieu de la végétation luxuriante de l'Inde et des aspects merveilleux des Maldives. Il nous raconta ses courses dans le golfe du Bengale, ses combats avec les pirates malais; il se laissa emporter à la peinture brillante de cette vie animée, où chaque heure apporte une émotion à l'esprit ou au cœur; il fit passer sous nos yeux les phases tout entières de cette existence primitive, où l'homme dans sa liberté et dans sa force, étant, selon qu'il veut l'être, esclave ou roi, n'a de liens que son caprice, de bornes que l'horizon, et lorsqu'il étouffe sur la terre, déploie les voiles de ses vaisseaux, comme les ailes d'un aigle, et va demander à l'Océan la solitude et l'immensité; puis, il retomba d'un seul bond au milieu de notre société usée, où tout est mesquin, crimes et vertus, où tout est factice, visage et âme[1] où, esclaves emprisonnés dans les lois, captifs garrottés dans les convenances, il y a pour chaque heure du jour de petits devoirs à accomplir, pour chaque partie de la matinée des formes d'habits et des couleurs de gants à adopter, et cela sous peine de ridicule, c'est-à-dire de mort; car le ridicule en France tache un nom plus cruellement que ne le fait la boue ou le sang.

Je ne vous dirai pas ce qu'il y avait d'éloquence amère, ironique et mordante contre notre société dans cette sortie du comte: c'était véritablement, aux blasphèmes près, une de ces créations de poètes, Mandred[2] ou Karl Moor[3]; c'était une de ces organisations orageuses se débattant au milieu des plates et communes exigences de notre société; c'était le génie aux prises avec le monde, et qui, vainement enveloppé dans ses lois, ses convenances, et ses habitudes, les emporte avec lui, comme un lion ferait de misérables filets tendus pour un renard ou pour un loup.

J'écoutais cette philosophie terrible, comme j'aurais lu une page de Byron ou de Goethe: c'était la même énergie de pensée, rehaussée de toute la puissance de l'expression. Alors cette figure si impassible avait jeté son masque de glace ; elle s'animait à la flamme du cœur, et ses yeux lançaient des éclairs : alors cette voix si douce prenait successivement des accents éclatants et sombres ; puis tout à coup enthousiasme ou amertume, espérance ou mépris, poésie ou matière, tout cela se fondait dans un sourire comme je n'en avais point vu encore, et qui contenait à lui seul plus de désespoir et de dédain que n'aurait pu le faire le sanglot le plus douloureux.

Après une visite d'une heure, Paul et le comte nous quittèrent. Lorsqu'ils furent sortis, nous nous regardâmes un instant, ma mère et moi, en silence, et je me sentis le cœur soulagé d'une oppression énorme : la présence de cet homme me pesait comme celle de Méphistophélès à Marguerite[1] : l'impression qu'il avait produite sur moi était si visible que ma mère se mit à le défendre sans que je l'attaquasse ; depuis longtemps elle avait entendu parler du comte, et comme sur tous les hommes remarquables, le monde émettait sur lui les jugements les plus opposés. Ma mère au reste le regardait d'un point de vue complètement différent du mien ; tous ces sophismes émis si hardiment par le comte lui paraissaient un jeu d'esprit et voilà tout, une espèce de médisance contre la société, comme tous les jours on en dit contre les individus. Ma mère ne le mettait donc ni si haut ni si bas que je le faisais intérieurement ; il en résulta que cette différence d'opinion que je ne voulais pas combattre me détermina à paraître ne plus m'occuper de lui. Au bout de dix minutes, je prétextai un léger mal de tête, et je descendis dans le parc ; là rien ne vint distraire mon esprit de sa préoccupation, et je n'avais pas fait cent pas que je fus forcée de m'avouer à moi-même que je n'avais pas voulu parler du comte afin de mieux penser à lui. Cette conviction m'effraya ; je n'aimais pas le comte cependant, car, à l'annonce de

sa présence, mon cœur eût certes plutôt battu de
crainte que de joie ; pourtant je ne le craignais pas non
plus, ou logiquement je ne devais pas le craindre, car
enfin en quoi pouvait-il influer sur ma destinée ? Je
l'avais vu une fois par hasard, une seconde fois par
politesse, je ne le reverrais peut-être jamais ; avec
son caractère aventureux et son goût des voyages,
il pouvait quitter la France d'un moment à l'autre,
alors son passage dans ma vie était une apparition,
un rêve, et voilà tout ; quinze jours, un mois, un an
écoulés, je l'oublierais. En attendant, lorsque la
cloche du dîner retentit, elle me surprit au milieu des
mêmes pensées et me fit tressaillir de sonner si vite ;
les heures avaient passé comme des minutes.

En rentrant au salon, ma mère me remit une invitation de la comtesse M...[1], qui était restée à Paris
malgré l'été, et qui donnait, à propos de l'anniver-
saire de la naissance de sa fille, une grande soirée,
moitié dansante, moitié musicale. Ma mère, toujours
excellente pour moi, voulait me consulter avant de
répondre. J'acceptai avec empressement : c'était une
distraction puissante à l'idée qui m'obsédait ; en effet
nous n'avions que trois jours pour nous préparer, et
ces trois jours suffisaient si strictement aux préparatifs du bal, qu'il était évident que le souvenir du
comte se perdrait, ou du moins s'éloignerait dans les
préoccupations si importantes de la toilette. De mon
côté, je fis tout ce que je pus pour arriver à ce résultat : je parlai de cette soirée avec une ardeur que ne
m'avait jamais vue ma mère, je demandai à revenir
le même soir à Paris, sous prétexte que nous avions
à peine le temps de commander nos robes et nos
fleurs, mais en effet parce que le changement de lieu
devait, il me le semblait du moins, m'aider encore
dans ma lutte contre mes souvenirs. Ma mère céda à

toutes mes fantaisies avec sa bonté ordinaire : après le dîner nous partîmes.

Je ne m'étais pas trompée ; les soins que je fus obligée de donner aux préparatifs de cette soirée, un reste de cette insouciance joyeuse de jeune fille, que je n'avais pas perdue encore, l'espoir d'un bal, dans une saison où il y en a si peu, firent diversion à mes terreurs insensées, et éloignèrent momentanément le fantôme qui me poursuivait. Le jour désiré arriva enfin ; il s'écoula pour moi dans une espèce de fièvre d'activité, que ma mère ne m'avait jamais connue ; elle était tout heureuse de la joie que je me promettais. Pauvre mère !

Dix heures sonnèrent, j'étais prête depuis vingt minutes, je ne sais comment cela s'était fait : moi, toujours en retard, c'était moi qui, ce soir-là, attendais ma mère. Nous partîmes enfin ; presque toute notre société d'hiver était revenue comme nous à Paris pour cette fête. Je retrouvai mes amies de pension, mes danseurs d'habitude, et jusqu'à ce plaisir vif et joyeux de jeune fille, qui, depuis un an ou deux déjà, commençait à s'amortir.

Il y avait un monde fou dans les salons de danse ; pendant un moment de repos, la comtesse M... me prit par le bras, et pour fuir la chaleur étouffante qu'il faisait, m'emmena dans les chambres de jeu ; c'était en même temps une inspection curieuse à faire, toutes les célébrités artistiques, littéraires et politiques de l'époque étaient là ; j'en connaissais beaucoup déjà ; mais cependant quelques-unes encore m'étaient étrangères. Mme M... me les nommait avec une complaisance charmante, accompagnant chaque nom d'un commentaire que lui eût souvent envié le plus spirituel feuilletoniste, quand tout à coup, en entrant dans un salon, je tressaillis en laissant échapper malgré moi ces mots :

Le comte Horace !

Eh bien oui, le comte Horace, me dit Mme M..
en souriant ; le connaissez-vous ?

— Nous l'avons rencontré chez Mme de Luciennes,
à la campagne.

— Ah ! oui, reprit la comtesse, j'ai entendu parler
d'une chasse, d'un accident arrivé à M. de Luciennes
fils, n'est-ce pas ?

En ce moment le comte leva les yeux et nous
aperçut. Quelque chose comme un sourire passa sur
ses lèvres.

— Messieurs, dit-il aux trois joueurs qui faisaient
sa partie, voulez-vous me permettre de me retirer ?
Je me charge de vous envoyer un quatrième.

— Allons donc, dit Paul, tu nous gagnes quatre
mille francs et tu nous enverras un remplaçant qui
se cavera¹ de dix louis. Non pas, non pas.

Le comte, à moitié levé, se rassit, mais, au premier tour, un des joueurs ayant engagé le jeu, le
comte fit son argent. Il fut tenu². L'adversaire du
comte abattit son jeu ; le comte jeta le sien sans le
montrer en disant : « J'ai perdu », poussa l'or et les
billets de banque qu'il avait devant lui en face du
gagnant, et se levant de nouveau :

— Suis-je libre de me retirer cette fois ? dit-il à
Paul.

— Non, pas encore, cher ami, répondit Paul, qui
avait relevé les cartes du comte et regardé son jeu,
car tu as cinq carreaux et monsieur n'a que quatre
piques.

— Madame, dit le comte en se tournant de notre
côté et en s'adressant à la maîtresse de la maison, je
sais que Mlle Eugénie doit quêter ce soir pour les
pauvres ; voulez-vous me permettre d'être le premier à lui offrir mon tribut ?

À ces mots, il prit un panier à ouvrage, qui se
trouvait sur un guéridon à côté de la table de jeu, y

mit les huit mille francs qu'il avait devant lui, et les présenta à la comtesse.

— Mais je ne sais si je dois accepter, répondit Mme M..., cette somme est vraiment si considérable...

— Aussi, reprit en souriant le comte Horace, n'est-ce point en mon nom seul que je vous l'offre, ces messieurs y ont largement contribué, c'est donc eux plus encore que moi que Mlle M... doit remercier au nom de ses protégés.

À ces mots il passa dans la salle de bal, laissant le panier plein d'or et de billets de banque aux mains de la comtesse.

— Voilà bien une de ses originalités, me dit Mme M..., il aura aperçu une femme avec laquelle il a envie de danser, et voilà le prix dont il paie ce plaisir. Mais il faut que je serre ce panier ; laissez-moi donc vous reconduire dans le salon de danse.

Mme M... me ramena près de ma mère. À peine y étais-je assise que le comte s'avança vers moi et m'invita à danser.

Ce que venait de me dire la comtesse se présenta aussitôt à mon esprit : je me sentis rougir, je compris que j'allais balbutier ; je lui tendis mon calepin, six danseurs y avaient pris rang ; il retourna le feuillet, et comme s'il ne voulait pas que son nom fût confondu avec les autres noms, il l'inscrivit au haut de la page pour la septième contredanse ; puis il me rendit le livret en prononçant quelques mots que mon trouble m'empêcha d'entendre, et alla s'appuyer contre l'angle de la porte. Je fus sur le point de prier ma mère de quitter le bal ; car je tremblais si fort qu'il me semblait impossible de me tenir debout ; heureusement un accord rapide et brillant se fit entendre. Le bal était suspendu. Liszt[1] s'asseyait au piano.

Il joua l'*Invitation à la valse* de Weber[2].

Jamais l'habile artiste n'avait poussé si haut les merveilles de son exécution, ou peut-être jamais ne m'étais-je trouvée dans une disposition d'esprit aussi parfaitement apte à sentir cette composition si mélancolique et si passionnée ; il me sembla que c'était la première fois que j'entendais supplier, gémir et se briser l'âme souffrante, dont l'auteur du *Freyschütz*[1] a exhalé les soupirs dans ses mélodies. Tout ce que la musique, cette langue des anges, a d'accents, d'espoir, de tristesse et de douleur, semblait s'être réuni dans ce morceau, dont les variations, improvisées selon l'inspiration du traducteur, arrivaient à la suite du motif comme des notes explicatives. J'avais souvent moi-même exécuté cette brillante fantaisie, et je m'étonnais, aujourd'hui que je l'entendais reproduire par un autre, d'y trouver des choses que je n'avais pas soupçonnées alors ; était-ce le talent admirable de l'artiste qui les faisait ressortir ? était-ce une disposition nouvelle de mon esprit ? La main savante qui glissait sur les touches avait-elle si profondément creusé la mine qu'elle y trouvait des filons inconnus, ou mon cœur avait-il reçu une si puissante secousse, que des fibres endormies s'y étaient réveillées ? En tout cas l'effet fut magique ; les sons flottaient dans l'air comme une vapeur, et m'inondaient de mélodie ; en ce moment je levai les yeux, ceux du comte étaient fixés de mon côté ; je baissai rapidement la tête, il était trop tard ; je cessai de voir ses yeux, mais je sentis son regard peser sur moi, le sang se porta rapidement à mon visage, et un tremblement involontaire me saisit. Bientôt, Liszt se leva, j'entendis le bruit des personnes qui se pressaient autour de lui pour le féliciter ; j'espérai que dans ce mouvement le comte avait quitté sa place ; en effet, je me hasardai à relever la tête, il n'était plus contre la porte ; je respirai, mais je me gardai de pousser la recherche plus loin ; je craignais de retrouver son regard, j'aimais mieux ignorer qu'il fût là.

Au bout d'un instant le silence se rétablit; une nouvelle personne s'était mise au piano; j'entendis aux *chut* prolongés jusque dans les salles attenantes, que la curiosité était vivement excitée; mais je n'osai lever les yeux. Une gamme mordante courut sur les touches, un prélude large et triste lui succéda; puis une voix vibrante, sonore et profonde, fit entendre ces mots sur une mélodie de Schubert[1]:

«J'ai tout étudié, philosophie, droit et médecine; j'ai fouillé dans le cœur des hommes, je suis descendu dans les entrailles de la terre, j'ai attaché à mon esprit les ailes de l'aigle pour planer au-dessus des nuages; où m'a conduit cette longue étude? au doute et au découragement. Je n'ai plus, il est vrai, ni illusion ni scrupule, je ne crains ni Dieu ni Satan; mais j'ai payé ces avantages au prix de toutes les joies de la vie.»

Au premier mot, j'avais reconnu la voix du comte Horace. On devine donc facilement quelle singulière impression durent faire sur moi ces paroles de Faust dans la bouche de celui qui les chantait: l'effet fut général, au reste. Un moment de silence profond succéda à la dernière note, qui s'envola plaintive comme une âme en détresse; puis des applaudissements frénétiques partirent de tous côtés. Je me hasardai alors à regarder le comte; pour tous peut-être sa figure était calme et impassible; mais pour moi le léger froncement de sa bouche indiquait clairement cette agitation fiévreuse, dont un des accès l'avait pris pendant sa visite au château. Mme M... s'approcha de lui pour le féliciter à son tour; alors son visage prit l'aspect souriant et insoucieux que commandent aux esprits les plus préoccupés les convenances du monde; le comte Horace lui offrit le bras et ne fut plus qu'un homme comme tous les hommes; à la manière dont il la regardait, je jugeai que de son côté il lui faisait des compliments sur sa toilette. Tout en causant avec elle, il jeta rapidement de mon côté un regard qui rencontra le mien ; je fus sur le point de laisser échapper un cri, j'avais en quelque sorte été surprise ; il vit sans doute ma détresse et en eut pitié ; car il entraîna Mme M... dans la salle voisine et disparut avec elle. Au même moment les musiciens donnèrent de nouveau le signal de la contredanse ; le premier inscrit de mes danseurs s'élança vers moi, je pris machinalement sa main et je me laissai conduire à la place qu'il voulut ; je dansai, voilà tout ce dont je me souviens ; puis deux ou trois contredanses se suivirent pendant lesquelles je repris un peu de calme ; enfin une nouvelle pause destinée à un nouvel intermède musical leur succéda.

Mme M... s'avança vers moi ; elle venait me prier de faire ma partie dans le duo du premier acte de *Don Juan*[1] ; je refusai d'abord, car je me voyais incapable en ce moment, toute timidité naturelle à part, d'articuler une note. Ma mère vit ce débat, et, avec son amour-propre de mère, vint se joindre à la comtesse, qui s'offrait pour accompagner ; j'eus peur, si je continuais à résister, que ma mère ne se doutât de quelque chose ; j'avais chanté si souvent ce duo, que je ne pouvais opposer une bonne raison à leurs instances ; je finis donc par céder. La comtesse M.. me prit par la main et me conduisit au piano, où elle s'assit ; j'étais derrière sa chaise debout et les yeux baissés, sans oser regarder autour de moi, de peur de retrouver encore ce regard qui me suivait partout. Un jeune homme vint se placer de l'autre côté de la comtesse, je me hasardai à lever les yeux sur mon *partner*[2] ; un frisson me courut par tout le corps : c'était le comte Horace qui chantait le rôle de don Juan.

Vous comprendrez quelle fut mon émotion ; cependant il était trop tard pour me retirer, tous les yeux étaient fixés sur nous ; Mme M… préludait. Le comte commença, c'était une autre voix, c'était un autre homme qui chantait, et lorsqu'il commença *là ci darem la mano*[1], je tressaillis, espérant que je m'étais trompée, et ne pouvant pas croire que la voix puissante qui venait de nous faire frémir avec la mélodie de Schubert pouvait se plier à des intonations d'une gaieté si fine et si gracieuse. Aussi dès la première phrase un murmure d'applaudissement courut-il par toute la salle ; il est vrai que, lorsqu'à mon tour je dis en tremblant : *vorrei, e non vorrei… mi trema un poco il cor*, il y avait dans ma voix une telle expression de crainte que les applaudissements contenus éclatèrent ; puis on fit tout à coup un silence profond pour nous écouter. Je ne puis vous dire ce qu'il y avait d'amour dans la voix du comte, lorsqu'il reprit : *vieni, mio bel diletto*, et ce qu'il mit de séduction et de promesses dans cette phrase : *io cangerò tua sorte* ; tout cela était si applicable à moi, ce duo semblait si bien choisi pour la situation de mon cœur, qu'effectivement je me sentis prête à m'évanouir, en disant *presto… non son più forte*. Certes la musique avait ici changé d'expression : au lieu de la plainte coquette de Zerline, c'était le cri de la détresse la plus profonde ; en ce moment je sentis que le comte s'était rapproché de mon côté, sa main toucha ma main pendant près de moi, un voile de flamme s'abaissa sur mes yeux, je saisis la chaise de la comtesse M… et je m'y cramponnai ; grâce à ce soutien, je parvins à me tenir debout ; mais lorsque nous reprîmes ensemble : *andiam, andiam mio bene*, je sentis son haleine passer dans mes cheveux, son souffle courir sur mes épaules ; un frisson me passa par les veines, je jetai en prononçant le mot *amor* un cri dans lequel s'épuisèrent toutes mes forces, et je m'évanouis[2].

Ma mère s'élança vers moi; mais elle serait arrivée trop tard, si la comtesse M... ne m'avait reçue
dans ses bras. Mon évanouissement fut attribué à la
chaleur; on me transporta dans une chambre voisine, des sels qu'on me fit respirer, une fenêtre qu'on
ouvrit, quelques gouttes d'eau qu'on me jeta au visage
me rappelèrent à moi. Mme M... insista pour me
faire rentrer au bal; mais je ne voulus entendre à
rien[1]; ma mère, inquiète elle-même, fut cette fois de
mon avis, on fit avancer la voiture et nous rentrâmes
à l'hôtel.

Je me retirai aussitôt dans ma chambre; en ôtant
mon gant je fis tomber un papier qui y avait été
glissé pendant mon évanouissement, je le ramassai
et je lus ces mots écrits au crayon: *Vous m'aimez!...
merci, merci!*

IX

Je passai une nuit affreuse, une nuit de sanglots et de larmes. Vous ne savez pas, vous autres hommes, vous ne saurez jamais quelles angoisses sont celles d'une jeune fille élevée sous l'œil de sa mère, dont le cœur, pur comme une glace, n'a encore été terni par aucune haleine, dont la bouche n'a jamais prononcé le mot amour, et qui se voit tout à coup, comme un pauvre oiseau sans défense, prise et enveloppée dans une volonté plus puissante que sa résistance; qui sent une main qui l'entraîne, si fort qu'elle se raidisse contre elle, et qui entend une voix qui lui dit: Vous m'aimez, avant qu'elle n'ait dit: Je vous aime.

Oh! je vous le jure, je ne sais comment il se fit que je ne devins pas folle pendant cette nuit; je me crus perdue. Je me répétais tout bas et incessamment: je l'aime! je l'aime! et cela avec une terreur si profonde qu'aujourd'hui encore je ne sais si je n'étais pas en proie à un sentiment tout à fait contraire à celui que je croyais ressentir. Cependant il était probable que toutes ces émotions que j'avais éprouvées étaient des preuves d'amour, puisque le comte, à qui aucune d'elles n'avait échappé, les interprétait ainsi. Quant à moi, c'étaient les premières sensations de ce genre que je ressentais. On m'avait dit que l'on ne devait craindre ou haïr que ceux qui vous ont fait du mal; je ne pouvais alors ni haïr ni craindre le comte, et si le sentiment que j'éprouvais pour lui n'était ni de la haine ni de la crainte, ce devait donc être de l'amour

Le lendemain matin, au moment où nous nous mettions à table pour déjeuner, on apporta à ma mère deux cartes du comte Horace de Beuzeval : il avait envoyé s'informer de ma santé et demander si mon indisposition avait eu des suites. Cette démarche, toute matinale qu'elle était, parut à ma mère une simple manifestation de politesse. Le comte chantait avec moi lorsque l'accident m'était arrivé : cette circonstance excusait son empressement. Ma mère s'aperçut alors seulement combien je paraissais fatiguée et souffrante ; elle s'en inquiéta d'abord ; mais je la rassurai en lui disant que je n'éprouvais aucune douleur, et que d'ailleurs l'air et la tranquillité de la campagne me remettraient si elle voulait que nous y retournassions. Ma mère n'avait qu'une volonté, c'était la mienne : elle ordonna que l'on mît les chevaux à la voiture ; vers les deux heures nous partîmes.

Je fuyais Paris avec l'empressement que quatre jours auparavant j'avais mis à fuir la campagne ; car ma première pensée en voyant les cartes du comte, avait été qu'aussitôt que l'heure où l'on est visible serait arrivée, il se présenterait en personne. Or, je voulais le fuir, je voulais ne plus le revoir ; après l'idée qu'il avait prise de moi, après la lettre qu'il m'avait écrite, il me semblait que je mourrais de honte en me retrouvant avec lui. Toutes ces pensées qui se heurtaient dans ma tête faisaient passer sur mes joues des rougeurs si subites et si ardentes que ma mère crut que je manquais d'air dans cette voiture fermée, et ordonna au cocher d'arrêter, afin que le domestique pût abaisser la couverture de la calèche. On était aux derniers jours de septembre, c'est-à-dire au plus doux moment de l'année ; les feuilles de certains arbres commençaient à rougir dans les bois. Il y a quelque chose du printemps dans l'automne, et les derniers parfums de l'année ressemblent parfois à ses premières émanations. L'air, le spectacle de la nature, tous ces bruits de la forêt qui n'en forment qu'un, prolongé, mélancolique, indéfinissable, commençaient à distraire mon esprit, lorsque tout à coup, à l'un des détours de la route, j'aperçus devant nous un cavalier. Quoiqu'il fût encore à une grande distance, je saisis le bras de ma mère dans l'intention de lui dire de retourner vers Paris — car j'avais reconnu le comte — mais je m'arrêtai aussitôt. Quel prétexte donner à ce changement de volonté, qui paraîtrait un caprice sans raison aucune ? Je rassemblai donc tout mon courage.

Le cavalier allait au pas, aussi le rejoignîmes-nous bientôt. Comme je l'ai dit, c'était le comte.

À peine nous eut-il reconnues qu'il s'approcha de nous, s'excusa d'avoir envoyé de si bonne heure pour savoir de mes nouvelles ; mais devant partir dans la journée pour la campagne de M. de Lucienne, où il allait passer quelques jours, il n'avait pas voulu quitter Paris avec l'inquiétude où il était ; si l'heure eût été convenable, il se serait présenté lui-même. Je balbutiai quelques mots, ma mère le remercia. « Nous aussi nous retournions à la campagne, lui dit-elle, pour le reste de la saison.

— Alors vous me permettrez de vous servir d'escorte jusqu'au château », répondit le comte.

Ma mère s'inclina en souriant ; la chose était toute simple : notre maison de·campagne était de trois lieues plus rapprochée que celle de M. de Luciennes, et la même route conduisait à toutes deux.

Le comte continua donc de galoper près de nous pendant les cinq lieues qui nous restaient à faire. La rapidité de notre course, la difficulté de se sentir près de la portière fit que nous n'échangeâmes que

quelques paroles. Arrivé au château il sauta à bas de
son cheval, aida ma mère à descendre; puis m'offrit
sa main à mon tour. Je ne pouvais refuser : je tendis
la mienne en tremblant; il la prit sans vivacité, sans
affectation, comme il eût pris celle de toute autre;
mais je sentis qu'il y laissait un billet. Avant que je
n'aie pu dire un mot, ni faire un mouvement, le comte
s'était retourné vers ma mère et la saluait; puis il
remonta à cheval, résistant aux instances qu'elle lui
faisait pour qu'il se reposât un instant; alors, repre-
nant le chemin de Luciennes, où il était attendu,
disait-il, il disparut au bout de quelques secondes.

J'étais restée immobile à la même place; mes doigts
crispés retenaient le billet, que je n'osais laisser tomber, et que cependant j'étais bien résolue à ne pas
lire. Ma mère m'appela, je la suivis. Que faire de ce
billet ? Je n'avais pas de feu pour le brûler; le déchirer, on en pouvait trouver les morceaux : je le cachai
dans la ceinture de ma robe.

Je ne connais pas de supplice pareil à celui que
j'éprouvai jusqu'au moment où je rentrai dans ma
chambre : ce billet me brûlait la poitrine; il semblait
qu'une puissance surnaturelle rendait chacune de
ses lignes lisible pour mon cœur, qui le touchait
presque; ce papier avait une vertu magnétique.
Certes, au moment où je l'avais reçu, je l'eusse
déchiré, brûlé à l'instant même sans hésitation; eh
bien! lorsque je rentrai chez moi, je n'en eus plus le
courage. Je renvoyai ma femme de chambre en lui
disant que je me déshabillerais seule; puis je m'assis
sur mon lit, et je restai ainsi une heure, immobile et
les yeux fixes, le billet froissé dans ma main fermée.

Enfin je l'ouvris et je lus :

« Vous m'aimez, Pauline, car vous me fuyez. Hier
vous avez quitté le bal où j'étais, aujourd'hui vous

quittez la ville où je suis ; mais tout est inutile. Il y a des destinées qui peuvent ne se rencontrer jamais, mais qui, dès qu'elles se rencontrent, ne doivent plus se séparer.

» Je ne suis point un homme comme les autres hommes : à l'âge du plaisir, de l'insouciance et de la joie, j'ai beaucoup souffert, beaucoup pensé, beaucoup gémi ; j'ai vingt-huit ans. Vous êtes la première femme que j'aie aimée ; car je vous aime, Pauline.

» Grâce à vous, et si Dieu ne brise pas cette dernière espérance de mon cœur, j'oublierai mon passé et j'espérerai dans l'avenir. Le passé est la seule chose pour laquelle Dieu est sans pouvoir et l'amour sans consolation. L'avenir est à Dieu, le présent est à nous, mais le passé est au néant. Si Dieu, qui peut tout, pouvait donner l'oubli du passé, il n'y aurait dans le monde ni blasphémateurs, ni matérialistes, ni athées.

» Maintenant tout est dit, Pauline ; car que vous apprendrais-je que vous ne sachiez pas, que vous dirais-je que vous n'ayez pas deviné ? Nous sommes jeunes tous deux, riches tous deux, libres tous deux ; je puis être à vous, vous pouvez être à moi : un mot de vous, je m'adresse à votre mère, et nous sommes unis. Si ma conduite, comme mon âme, est en dehors des habitudes du monde, pardonnez-moi ce que j'ai d'étrange et acceptez-moi comme je suis, vous me rendrez meilleur.

» Si, au contraire de ce que j'espère, Pauline, un motif que je ne prévois pas, mais qui cependant peut exister, vous faisait continuer à me fuir comme vous avez essayé de le faire jusqu'à présent, sachez bien que tout serait inutile : partout je vous suivrais comme je vous ai suivie ; rien ne m'attache à un lieu plutôt qu'à un autre, tout m'entraîne au contraire où vous êtes ; aller au-devant de vous ou marcher derrière vous sera désormais mon seul but. J'ai perdu bien des années et risqué cent fois ma vie et mon âme pour arriver à un résultat qui ne me promettait pas le même bonheur.

» Adieu, Pauline ! je ne vous menace pas, je vous implore ; je vous aime, vous m'aimez. Ayez pitié de vous et de moi. »

Il me serait impossible de vous dire ce qui se passa en moi à la lecture de cette étrange lettre ; il me semblait être en proie à un de ces songes terribles où, menacé d'un danger, on tente de fuir ; mais les pieds s'attachent à la terre, l'haleine manque à la poitrine ; on veut crier, la voix n'a pas de son. Alors l'excès de la peur brise le sommeil, et l'on se réveille le cœur bondissant et le front mouillé de sueur.

Mais là, là, il n'y avait pas à me réveiller ; ce n'était point un rêve que je faisais, c'était une réalité terrible, qui me saisissait de sa main puissante et qui m'entraînait avec elle ; et cependant qu'y avait-il de nouveau dans ma vie ? Un homme y avait passé et voilà tout. À peine si avec cet homme j'avais échangé un regard et une parole. Quel droit se croyait-il donc de garrotter comme il le faisait ma destinée à la sienne, et de me parler presque en maître lorsque je ne lui avais pas même accordé les droits d'un ami ? Cet homme, je pouvais demain ne plus le regarder, ne plus lui parler, ne plus le connaître. Mais non, je ne pouvais rien. . j'étais faible... j'étais femme. . je l'aimais. .

En savais-je quelque chose, au reste ? ce sentiment que j'éprouvais, était-ce de l'amour ? L'amour entre-t-il dans le cœur précédé d'une terreur aussi profonde ? Jeune et ignorante comme je l'étais, savais-je moi-même ce que c'était que l'amour ? Cette lettre fatale, pourquoi ne l'avais-je pas brûlée avant de la lire ? N'avais-je pas donné au comte le droit de croire que je l'aimais en la recevant ? Mais aussi que pouvais-je faire? un éclat devant des valets, des domestiques? Non; mais la remettre à ma mère, lui tout dire, lui tout avouer... Lui avouer quoi? des terreurs d'enfant, et voilà tout. Puis ma mère, qu'eût-elle pensé à la lecture d'une pareille lettre? Elle aurait cru que d'un mot, d'un geste, d'un regard, j'avais encouragé le comte. Sans cela, de quel droit me disait-il que je l'aimais? Non, je n'oserais jamais rien dire à ma mère...

Mais cette lettre, il fallait la brûler d'abord et avant tout. Je l'approchai de la bougie, elle s'enflamma, et ainsi que tout ce qui a existé et qui n'existe plus, elle ne fut bientôt qu'un peu de cendres. Puis je me déshabillai promptement, je me hâtai de me mettre au lit, et je soufflai aussitôt mes lumières afin de me dérober à moi-même et de me cacher dans la nuit. Oh! comme malgré l'obscurité je fermai les yeux, comme j'appuyai mes mains sur mon front, et comme, malgré ce double voile, je revis tout. Cette lettre fatale était écrite sur les murs de la chambre. Je ne l'avais lue qu'une fois; et cependant elle s'était si profondément gravée dans ma mémoire, que chaque ligne, tracée par une main invisible, semblait paraître à mesure que la ligne précédente s'effaçait; et je lus et relus ainsi cette lettre dix fois, vingt fois, toute la nuit. Oh! je vous assure qu'entre cet état et la folie il y avait une barrière bien étroite à franchir, un voile bien faible à déchirer.

Enfin au jour je m'endormis, écrasée de fatigue. Lorsque je me réveillai, il était déjà tard; ma femme de chambre m'annonça que Mme de Luciennes et sa fille étaient au château. Alors une idée subite m'illumina; je devais tout dire à Mme de Luciennes, elle avait toujours été parfaite pour moi; c'était chez elle que j'avais vu le comte Horace, le comte Horace était l'ami de son fils; c'était la confidente la plus convenable pour un secret comme le mien ; Dieu me l'envoyait. En ce moment la porte de ma chambre s'ouvrit, et Mme de Luciennes parut. Oh ! alors je crus vraiment à cette mission ; je me soulevai sur mon lit et je lui tendis les bras en sanglotant : elle vint s'asseoir près de moi.

— Allons, enfant, me dit-elle après un instant et en écartant mes mains dont je me voilais le visage, voyons, qu'avons-nous ?

— Oh ! je suis bien malheureuse, m'écriai-je.

— Les malheurs de ton âge, mon enfant, sont comme les orages du printemps, ils passent vite et font le ciel plus pur.

— Oh ! si vous saviez !

— Je sais tout, me dit Mme de Luciennes.

— Qui vous l'a dit ?

— Lui.

— Il vous a dit que je l'aimais ?

— Il m'a dit qu'il avait cet espoir, du moins ; se trompe-t-il ?

— Je ne sais moi-même ; je ne connaissais de l'amour que le nom, comment voulez-vous que je voie clair dans mon cœur, et qu'au milieu du trouble que j'éprouve, j'analyse le sentiment qui l'a causé ?

— Allons, allons, je vois qu'Horace y lit mieux que vous.

Je me mis à pleurer.

— Eh bien ! continua Mme de Luciennes, il n'y a pas là dedans une grande cause de larmes, ce me semble. Voyons, causons raisonnablement. Le comte Horace est jeune, beau, riche, voilà plus qu'il n'en faut pour excuser le sentiment qu'il vous inspire. Le comte Horace est libre, vous avez dix-huit ans, ce serait une union convenable sous tous les rapports.

— Oh ! madame !...

— C'est bien, n'en parlons plus ; j'ai appris tout ce

que je voulais savoir. Je redescends près de Mme de
Meulien et je vous envoie Lucie.

— Oh!... mais pas un mot, n'est-ce pas?

— Soyez tranquille, je sais ce qui me reste à faire ;
au revoir, chère enfant. Allons, essuyez ces beaux
yeux, et embrassez-moi...

Je me jetai une seconde fois à son cou. Cinq
minutes après, Lucie entra ; je m'habillai et nous
descendîmes.

Je trouvai ma mère sérieuse, mais plus tendre
encore que d'ordinaire. Plusieurs fois, pendant le
déjeuner, elle me regarda avec un sentiment de tristesse inquiète, et à chaque fois je sentis la rougeur
de la honte me monter au visage. À quatre heures,
Mme de Luciennes et sa fille nous quittèrent ; ma
mère fut la même avec moi qu'elle avait coutume
d'être ; pas un mot sur la visite de Mme de Lucienne
et le motif qui l'avait amenée ne fut prononcé. Le
soir, comme de coutume, j'allai avant de me retirer
dans ma chambre embrasser ma mère : en approchant mes lèvres de son front, je m'aperçus que ses
larmes coulaient ; alors je tombai à genoux devant
elle en cachant ma tête dans sa poitrine. En voyant
ce mouvement, elle devina le sentiment qui me le
dictait, et abaissant ses deux mains sur mes épaules,
et me serrant contre elle : « Sois heureuse, ma fille,
dit-elle, c'est tout ce que je demande à Dieu. »

Le surlendemain, Mme de Luciennes demanda officiellement ma main à ma mère.

Six semaines après, j'épousai le comte Horace.

X

Le mariage se fit à Luciennes, dans les premiers jours de novembre ; puis nous revînmes à Paris au commencement de la saison d'hiver.

Nous habitions l'hôtel tous ensemble. Ma mère m'avait donné vingt-cinq mille livres de rentes par mon contrat de mariage, le comte en avait déclaré à peu près autant : il en restait quinze mille à ma mère. Notre maison se trouva donc au nombre, sinon des maisons riches, du moins des maisons élégantes du faubourg Saint-Germain[1].

Horace me présenta deux de ses amis, qu'il me pria de recevoir comme ses frères : depuis six ans ils étaient liés d'un sentiment si intime qu'on avait pris l'habitude de les appeler les inséparables. Un quatrième, qu'ils regrettaient tous les jours et dont ils parlaient sans cesse, s'était tué au mois d'octobre de l'année précédente en chassant dans les Pyrénées, où il avait un château. Je ne puis vous révéler le nom de ces deux hommes, et à la fin de mon récit vous comprendrez pourquoi ; mais comme je serai forcée parfois de les désigner, j'appellerai l'un Henri et l'autre Max.

Je ne vous dirai pas que je fus heureuse · le sentiment que j'éprouvais pour Horace m'a été et me sera toujours inexplicable, on eût dit un respect mêlé de crainte ; c'était au reste l'impression qu'il produisait généralement sur tous ceux qui l'approchaient. Ses deux amis eux-mêmes, si libres et familiers qu'ils fussent avec lui, le contredisaient rarement et lui cédaient toujours, sinon comme à un maître, du moins comme à un frère aîné. Quoique adroits aux exercices du corps, ils étaient loin d'être de sa force. Le comte avait transformé la salle de billard en une salle d'armes, et une des allées du jardin était consacrée à un tir : tous les jours ces messieurs venaient s'exercer à l'épée ou au pistolet. Parfois j'assistais à ces joutes : Horace alors était plutôt leur professeur que leur adversaire ; il gardait dans ces exercices ce calme effrayant dont je lui avais vu donner une preuve chez Mme de Luciennes, et plusieurs duels, qui tous avaient fini à son avantage, attestaient que sur le terrain ce sang-froid, si rare au moment suprême, ne l'abandonnait pas un instant. Horace, chose étrange ! restait donc pour moi, malgré l'intimité, un être supérieur et en dehors des autres hommes.

Quant à lui, il paraissait heureux, il affectait du moins de répéter qu'il l'était, quoique souvent son front soucieux attestât le contraire. Parfois aussi des rêves terribles agitaient son sommeil, et alors cet homme, si calme et si brave le jour, avait, s'il se réveillait au milieu de pareils songes, des instants d'effroi où il frissonnait comme un enfant. Il en attribuait la cause à un accident qui était arrivé à sa mère pendant sa grossesse : arrêtée dans la Sierra par des voleurs, elle avait été attachée à un arbre, et avait vu égorger un voyageur qui faisait la même route qu'elle ; il en résultait que c'étaient habituellement des scènes de vol et de brigandage qui s'offraient ainsi à lui pendant son sommeil. Aussi, plutôt pour prévenir le retour de ces songes que par une crainte réelle, posait-il toujours avant de se coucher, quelque part qu'il fût, une paire de pistolets à portée de sa main. Cela me causa d'abord une grande terreur, car je tremblais toujours que dans quelque accès de somnambulisme il ne fît usage de ces armes; mais peu à peu je me rassurai, et je contractai l'habitude de lui voir prendre cette précaution. Une autre plus étrange encore, et dont seulement aujourd'hui je me rends compte, c'est qu'on tenait constamment, jour ou nuit, un cheval sellé et prêt à partir.

L'hiver se passa au milieu des fêtes et des bals. Horace était fort répandu[1] de son côté; de sorte que, ses salons s'étant joints aux miens, le cercle de nos connaissances avait doublé. Il m'accompagnait partout avec une complaisance extrême, et, chose qui surprenait tout le monde, il avait complètement cessé de jouer. Au printemps nous partîmes pour la campagne.

Là nous retrouvâmes tous nos souvenirs. Nos journées s'écoulaient moitié chez nous, moitié chez nos voisins; nous avions continué de voir Mme de Luciennes et ses enfants comme une seconde famille à nous. Ma situation de jeune fille se trouvait donc à peine changée, et ma vie était à peu près la même. Si cet état n'était pas du bonheur, il y ressemblait tellement que l'on pouvait s'y tromper. La seule chose qui le troublât momentanément, c'étaient ces tristesses sans cause dont je voyais Horace de plus en plus atteint; c'étaient ces songes qui devenaient plus terribles à mesure que nous avancions. Souvent j'allais à lui pendant ces inquiétudes du jour, ou je le réveillais au milieu de ces rêves de la nuit; mais dès qu'il me voyait sa figure reprenait cette expression calme et froide qui m'avait tant frappée; cependant il n'y avait point à s'y tromper, la distance était grande de cette tranquillité apparente à un bonheur réel.

Vers le mois de juin, Henri et Max, ces deux jeunes gens dont je vous ai parlé, vinrent nous rejoindre. Je savais l'amitié qui les unissait à Horace, et ma mère et moi les reçûmes, elle comme des enfants, moi comme des frères. On les logea dans des chambres presque attenantes aux nôtres ; le comte fit poser des sonnettes, avec un timbre particulier, qui allaient de chez lui chez eux, et de chez eux chez lui, et ordonna que l'on tînt constamment trois chevaux prêts au lieu d'un. Ma femme de chambre me dit en outre qu'elle avait appris des domestiques que ces messieurs avaient la même habitude que mon mari et ne dormaient qu'avec une paire de pistolets au chevet de leur lit.

Depuis l'arrivée de ses amis, Horace était livré presque entièrement à eux. Leurs amusements étaient, au reste, les mêmes qu'à Paris, des courses à cheval et des assauts d'armes et de pistolet. Le mois de juillet s'écoula ainsi ; puis, vers la moitié d'août, le comte m'annonça qu'il serait obligé de me quitter dans quelques jours pour deux ou trois mois. C'était la première séparation depuis notre mariage : aussi m'effrayai-je à ces paroles. Le comte essaya de me rassurer en me disant que ce voyage, que je croyais peut-être lointain, était au contraire dans une des provinces de la France les plus proches de Paris, c'est-à-dire en Normandie : il allait avec ses amis au château de Burcy. Chacun d'eux possédait une maison de campagne, l'un dans la Vendée, l'autre entre Toulon et Nice ; celui qui avait été tué avait la sienne dans les Pyrénées, et le comte Horace en Normandie, de sorte que chaque année ils se recevaient successivement pendant la saison des chasses, et passaient trois mois les uns chez les autres. C'était au tour d'Horace, cette année, de recevoir ses amis. Je m'offris aussitôt à l'accompagner pour faire les honneurs de sa maison ; mais le comte me répondit

que le château n'était qu'un rendez-vous de chasse,
mal tenu, mal meublé, bon pour des chasseurs habitués à vivre tant bien que mal, mais non pour une
femme accoutumée à tout le confortable[1] et à tout le
luxe de la vie. Il donnerait, au reste, des ordres pendant son prochain séjour afin que toutes les répara-
tions fussent faites, et pour que désormais, quand
son année viendrait, je pusse l'accompagner et faire
en noble châtelaine les honneurs de son manoir.

Cet incident, tout simple et tout naturel qu'il parût
à ma mère, m'inquiéta horriblement. Je ne lui avais
jamais parlé des tristesses ni des terreurs d'Horace ;
mais, quelque explication qu'il eût tenté de m'en
donner, elles m'avaient toujours paru si peu natu-
relles que je leur supposais un autre motif qu'il ne
voulait ou ne pouvait dire. Cependant il eût été si
ridicule à moi de me tourmenter pour une absence
de trois mois et si étrange d'insister pour suivre
Horace, que je renfermai mon inquiétude en moi-
même et que je ne parlai plus de ce voyage.

Le jour de la séparation arriva : c'était le 27 d'août.
Ces messieurs voulaient être installés à Burcy pour
l'ouverture des chasses, fixée au 1er septembre. Ils
partaient en chaise de poste et se faisaient suivre de
leurs chevaux, conduits en main par le Malais, qui
devait les rejoindre au château.

Au moment du départ je ne pus m'empêcher de
fondre en larmes ; j'entraînai Horace dans une
chambre et le priai une dernière fois de m'emmener
avec lui : je lui dis mes craintes inconnues, je lui rappelai ces tristesses, ces terreurs incompréhensibles
qui le saisissaient tout à coup. À ces mots, le sang lui
monta au visage, et je le vis me donner pour la première fois un signe d'impatience. Au reste, il le
réprima aussitôt, et me parlant avec la plus grande
douceur, il me promit, si le château était habitable,

ce dont il doutait, de m'écrire d'aller le rejoindre. Je me repris à cette promesse et à cet espoir ; de sorte que je le vis s'éloigner plus tranquillement que je ne l'espérais.

Cependant les premiers jours de notre séparation furent affreux ; et pourtant, je vous le répète, ce n'était point une douleur d'amour : c'était le pressentiment vague, mais continu, d'un grand malheur. Le surlendemain du départ d'Horace je reçus de lui une lettre datée de Caen : il s'était arrêté pour dîner dans cette ville et avait voulu m'écrire, se rappelant dans quel état d'inquiétude il m'avait laissée. La lecture de cette lettre m'avait fait quelque bien, lorsque le dernier mot renouvela toutes ces craintes, d'autant plus cruelles qu'elles étaient réelles pour moi seule, et qu'à tout autre elles eussent paru chimériques : au lieu de me dire *au revoir*, le comte me disait *adieu*. L'esprit frappé s'attache aux plus petites choses : je faillis m'évanouir en lisant ce dernier mot.

Je reçus une seconde lettre du comte, datée de Burcy, il avait trouvé le château qu'il n'avait pas visité depuis trois ans dans un délabrement affreux : à peine s'il y avait une chambre où le vent et la pluie ne pénétrassent point ; il était en conséquence inutile que je songeasse pour cette année à aller le rejoindre ; je ne sais pourquoi, mais je m'attendais à cette lettre, elle me fit donc moins d'effet que la première.

Quelques jours après nous lûmes dans notre journal la première nouvelle des assassinats et des vols qui effrayèrent la Normandie ; une troisième lettre d'Horace nous en dit quelques mots à son tour ; mais il ne paraissait pas attacher à ces bruits toute l'importance que leur donnaient les feuilles publiques. Je lui répondis pour le prier de revenir le plus tôt possible : ces bruits me paraissaient un commencement de réalisation pour mes pressentiments.

Bientôt les nouvelles devinrent de plus en plus

effrayantes; c'était moi qui, à mon tour, avais des tristesses subites et des rêves affreux; je n'osais plus écrire à Horace, ma dernière lettre était restée sans réponse. J'allai trouver Mme de Luciennes, qui depuis le soir où je lui avais tout avoué, était devenue ma conseillère: je lui racontai mon effroi et mes pres sentiments; elle me dit alors ce que m'avait dit vingt fois ma mère, que la crainte que je ne fusse mal servie au château avait seule empêché Horace de m'emmener, elle savait mieux que personne combien il m'aimait, elle à qui il s'était confié tout d'abord, et que si souvent depuis il avait remerciée du bonheur qu'il disait lui devoir. Cette certitude qu'Horace m'aimait me décida tout à fait, je résolus, si le prochain courrier ne m'annonçait pas son arrivée, de partir moi-même et d'aller le rejoindre.

Je reçus une lettre: loin de parler de retour, Horace se disait forcé de rester encore six semaines ou deux mois loin de moi; sa lettre était pleine de protestations d'amour; il fallait ces vieux engagements pris avec des amis pour l'empêcher de revenir, et la certitude que je serais affreusement dans ces ruines pour qu'il ne me dît pas d'aller le retrouver; si j'avais pu hésiter encore, cette lettre m'aurait déterminée; je descendis près de ma mère, je lui dis qu'Horace m'autorisait à aller le rejoindre et que je partirais le lendemain soir; elle voulait absolument venir avec moi, et j'eus toutes les peines du monde à lui faire comprendre que s'il craignait pour moi, à plus forte raison craindrait-il pour elle.

Je partis en poste, emmenant avec moi ma femme de chambre qui était de la Normandie; en arrivant à Saint-Laurent-du-Mont, elle me demanda la permission d'aller passer trois ou quatre jours chez ses parents qui demeuraient à Crèvecœur, je lui accordai sa demande sans songer que c'était surtout au moment où je descendrais dans un château habité par des hommes que j'aurais besoin de ses services; puis aussi je tenais à prouver à Horace qu'il avait eu tort de douter de mon stoïcisme.

J'arrivai à Caen vers les sept heures du soir; le maître de poste, apprenant qu'une femme qui voyageait seule demandait des chevaux pour se rendre au château de Burcy, vint lui-même à la portière de ma voiture : là il insista tellement pour que je passasse la nuit dans la ville et que je ne continuasse ma route que le lendemain, que je cédai. D'ailleurs j'arriverais au château à une heure où tout le monde serait endormi, et peut-être, grâce aux événements au centre desquels il se trouvait, les portes en seraient-elles si bien closes que je ne pourrais me les faire ouvrir : ce motif, bien plus que la crainte, me détermina à rester à l'hôtel.

Les soirées commençaient à être froides, j'entrai dans le salon du maître de poste, tandis qu'on me préparait une chambre. Alors l'hôtesse, pour ne me laisser aucun regret sur la résolution que j'avais prise et le retard qui en était la suite, me raconta tout ce qui se passait dans le pays depuis quinze jours ou trois semaines; la terreur était à son comble : on n'osait pas faire un quart de lieue hors de la ville dès que le soleil était couché.

Je passai une nuit affreuse; à mesure que j'approchais du château, je perdais de mon assurance; le comte avait peut-être eu d'autres motifs de s'éloigner de moi que ceux qu'il m'avait dits, comment alors accueillerait-il ma présence? Mon arrivée subite et inattendue était une désobéissance à ses ordres, une infraction à son autorité; ce geste d'impatience qu'il n'avait pu retenir, et qui était le premier et le seul qu'il eût jamais laissé échapper, n'indiquait-il pas une détermination irrévocablement prise? J'eus un instant l'envie de lui écrire que j'étais à Caen, et d'attendre qu'il vînt m'y chercher; mais toutes ces

craintes, inspirées et entretenues par ma veille fiévreuse, se dissipèrent lorsque j'eus dormi quelques
heures et que le jour vint éclairer mon appartement.
Je repris donc tout mon courage, et je demandai des
chevaux. Dix minutes après je repartis.

Il était neuf heures du matin, lorsqu'à deux lieues
du Buisson le postillon s'arrêta, et me montra le
château de Burcy, dont on apercevait le parc, qui
s'avance jusqu'à deux cents pas de la grande route.
Un chemin de traverse conduisait à une grille. Il me
demanda si c'était bien à ce château que j'allais : je
répondis affirmativement, et nous nous engageâmes
dans les terres.

Nous trouvâmes la porte fermée : nous sonnâmes
à plusieurs reprises sans que l'on répondît. Je commençais à me repentir de ne point avoir annoncé mon
arrivée. Le comte et ses amis pouvaient être allés à
quelque partie de chasse : en ce cas, qu'allais-je devenir dans ce château solitaire, dont je ne pourrais
peut-être même pas me faire ouvrir les portes ? Me
faudrait-il attendre dans une misérable auberge de
village qu'ils fussent revenus ? C'était impossible.
Enfin, dans mon impatience, je descendis de voiture
et sonnai moi-même avec force. Un être vivant appa-
rut alors à travers le feuillage des arbres : au tournant d'une allée, je reconnus le Malais ; je lui fis signe
de se hâter, il vint m'ouvrir.

Je ne pris pas la peine de remonter en voiture, je
suivis en courant l'allée par laquelle je l'avais vu
venir ; bientôt j'aperçus le château : au premier coup
d'œil, il me parut en assez bon état. Je m'élançai vers
le perron, j'entrai dans l'antichambre, j'entendis parler, je poussai une porte, et je me trouvai dans la
salle à manger, en face d'Horace, qui déjeunait avec
Henri ; chacun d'eux avait à sa droite une paire de
pistolets sur la table.

Le comte, en m'apercevant, se leva tout debout et

devint pâle à croire qu'il allait se trouver mal. Quant à moi, j'étais si tremblante que je n'eus que la force de lui tendre les bras; j'allais tomber, lorsqu'il accourut à moi et me retint.

— Horace, lui dis-je, pardonnez-moi; je n'ai pas pu rester loin de vous.. j'étais trop malheureuse, trop inquiète… je vous ai désobéi.

— Et vous avez eu tort, dit le comte d'une voix sourde.

— Oh! si vous voulez, m'écriai-je, effrayée de son accent, je repartirai à l'instant même… Je vous ai revu… c'est tout ce qu'il me faut. .

— Non, dit le comte, non; puisque vous voilà, restez… restez, et soyez la bienvenue.

À ces mots il m'embrassa, et, faisant un effort sur lui-même, il reprit immédiatement cette apparence calme qui parfois m'effrayait davantage que n'eût pu le faire le visage le plus irrité.

XI

Cependant peu à peu ce voile de glace que le comte semblait avoir tiré sur son visage se fondit ; il m'avait conduit dans l'appartement qu'il me destinait, c'était une chambre entièrement meublée dans le goût de Louis XV

— Oui, je la connais, interrompis-je, c'est celle où je suis entré. Ô mon Dieu, mon Dieu, je commence à tout comprendre !...

— Là, reprit Pauline, il me demanda pardon de la manière dont il m'avait reçue ; mais la surprise que lui avait causée mon arrivée inattendue, la crainte des privations que j'allais éprouver en passant deux mois dans cette vieille masure, avaient été plus fortes que lui. Cependant puisque j'avais tout bravé, c'était bien, et il tâcherait de me rendre le séjour du château le moins désagréable qu'il serait possible ; malheureusement il avait, pour le jour même ou le lendemain, une partie de chasse arrêtée, et il serait peut-être obligé de me quitter pour un ou deux jours ; mais il ne contracterait plus de nouvelles obligations de ce genre, et je lui serais un prétexte pour les refuser. Je lui répondis qu'il était parfaitement libre et que je n'étais pas venue pour gêner ses plaisirs, mais bien pour rassurer mon cœur effrayé du bruit de tous ces assassinats. Le comte sourit.

J'étais fatiguée du voyage, je me couchai et je m'endormis. À deux heures le comte entra dans ma chambre et me demanda si je voulais faire une promenade sur mer : la journée était superbe, j'acceptai.

Nous descendîmes dans le parc, l'Orne le traversait. Sur une des rives de ce petit fleuve une charmante barque était amarrée ; sa forme était longue et étrange, j'en demandai la cause. Horace me dit qu'elle était taillée sur le modèle des barques javanaises, et que ce genre de construction augmentait de beaucoup sa vitesse. Nous y descendîmes, Horace, Henri et moi ; le Malais se mit à la rame, et nous avançâmes rapidement aidés par le courant. En entrant dans la mer Horace et Henri déroulèrent la longue voile triangulaire qui était liée autour du mât, et sans le secours des rames nous marchâmes avec une rapidité extraordinaire.

C'était la première fois que je voyais l'Océan : ce spectacle magnifique m'absorba tellement que je ne m'aperçus pas que nous gouvernions vers une petite barque qui nous avait fait des signaux. Je ne fus tirée de ma rêverie que par la voix d'Horace, qui héla un des hommes de la barque.

— Holà ! hé ! monsieur le marinier, lui cria-t-il, qu'avons-nous de nouveau au Havre ?

— Ma foi, pas grand-chose, répondit une voix qui m'était connue ; et à Burcy ?

— Tu le vois, un compagnon inattendu qui nous est arrivé, une ancienne connaissance à toi : Mme Horace de Beuzeval, ma femme.

— Comment ! Mme de Beuzeval ? s'écria Max, que je reconnus alors.

— Elle-même ; et si tu en doutes, cher ami, viens lui présenter tes hommages.

La barque s'approcha ; Max la montait avec deux

matelots : il avait un costume élégant de marinier, et
sur l'épaule un filet qu'il s'apprêtait à jeter à la mer
Arrivé près de nous, nous échangeâmes quelques
paroles de politesse ; puis Max laissa tomber son
filet, monta à bord de notre canot, parla un instant
à voix basse avec Henri, me salua et redescendit
dans son embarcation.

Bonne pêche ! lui cria Horace.

Bon voyage ! répondit Max ; et la barque et le
canot se séparèrent.

L'heure du dîner s'approchait, nous regagnâmes
l'embouchure de la rivière ; mais le flux s'était retiré,
il n'y avait plus assez d'eau pour nous porter jusqu'au parc : nous fûmes obligés de descendre sur la
grève et de remonter par les dunes.

Là je fis le chemin que vous-même fîtes trois ou
quatre nuits après : je me trouvai sur les galets
d'abord, puis dans les grandes herbes ; enfin je gravis
la montagne, j'entrai dans l'abbaye, je vis le cloître et
son petit cimetière, je suivis le corridor, et de l'autre
côté d'un massif d'arbres je me retrouvai dans le
parc du château.

Le soir se passa sans aucune circonstance remar-
quable ; Horace fut très gai, il parla pour l'hiver prochain d'embellissements à faire à notre hôtel de Paris,
et pour le printemps d'un voyage : il voulait emmener ma mère et moi en Italie, et peut-être acheter à
Venise un de ces vieux palais de marbre, afin d'y aller
passer les saisons du carnaval : Henri était beaucoup
moins libre d'esprit, et paraissait préoccupé et inquiet
au moindre bruit. Tous ces petits détails, auxquels je
fis à peine attention dans le moment, se représentè-
rent plus tard à mon esprit avec toutes leurs causes
qui m'étaient cachées alors, et que leur résultat me
fit comprendre depuis.

Nous nous retirâmes laissant Henri au salon ; il

avait à veiller pour écrire, nous dit-il. On lui apporta
des plumes et de l'encre : il s'établit près du feu.

Le lendemain matin, comme nous étions à déjeuner, on entendit sonner d'une manière particulière
à la porte du parc :

— Max !... dirent ensemble Horace et Henri.

En effet celui qu'ils avaient nommé entra presque
aussitôt dans la cour au grand galop de son cheval.

— Ah ! te voilà, dit en riant Horace, je suis enchanté
de te revoir ; mais une autre fois ménage un peu plus
mes chevaux, vois dans quel état tu as mis ce pauvre
Pluton.

— J'avais peur de ne pas arriver à temps, répondit Max ; puis s'interrompant et se retournant de mon
côté : Madame, me dit-il, excusez-moi de me présenter ainsi botté et éperonné devant vous ; mais Horace
a oublié, et je conçois cela, que nous avons pour
aujourd'hui une partie de chasse à courre, avec des
Anglais, continua-t-il, en appuyant sur ce mot : ils
sont arrivés hier soir exprès par le bateau à vapeur ;
de sorte qu'il ne faut pas que nous, qui sommes tout
portés, nous nous trouvions en retard en leur man-
quant de parole.

Très bien, dit Horace, nous y serons.

— Cependant, reprit Max en se retournant de mon
côté, je ne sais si maintenant nous pouvons tenir
notre promesse ; cette chasse est trop fatigante pour
que madame nous accompagne.

— Oh ! tranquillisez-vous, messieurs, m'empres-
sai-je de répondre, je ne suis pas venue ici pour être
une entrave à vos plaisirs : allez, et en votre absence
je garderai la forteresse.

— Tu vois, dit Horace, Pauline est une véritable
châtelaine des temps passés. Il ne lui manque vraiment que des suivantes et des pages, car elle n'a pas
même de femme de chambre, la sienne est restée en
route et ne sera ici que dans huit jours.

— Au reste, dit Henri, si tu veux demeurer au château, Horace, nous t'excuserons auprès de nos insulaires : rien de plus facile.

— Non pas, reprit vivement le comte ; vous oubliez que c'est moi qui suis le plus engagé dans le pari : il faut donc que je le soutienne en personne. Je vous l'ai dit, Pauline nous excusera.

— Parfaitement, repris-je, et pour vous laisser toute liberté, je remonte dans ma chambre.

— Je vous y rejoins dans un instant, me dit Horace ; et venant à moi avec une galanterie charmante, il me conduisit jusqu'à la porte et me baisa la main.

Je remontai chez moi ; au bout de quelques instants, Horace m'y suivit ; il était déjà en costume de chasse, et venait me dire adieu. Je redescendis avec lui jusqu'au perron et je pris congé de ces messieurs ; ils insistèrent alors de nouveau pour qu'Horace restât près de moi. Mais j'exigeai impérieusement qu'il les accompagnât : ils partirent enfin en me promettant d'être de retour le lendemain matin.

Je restai seule au château avec le Malais : cette singulière société eût peut-être effrayé une autre femme que moi ; mais je savais que cet homme était tout dévoué à Horace depuis le jour où il l'avait vu avec son poignard aller attaquer la tigresse dans ses roseaux : subjugué par cette admiration puissante que les natures primitives ont pour le courage, il l'avait suivi de Bombay en France, et ne l'avait pas quitté un instant depuis. J'eusse donc été parfaitement tranquille si je n'avais eu pour cause d'inquiétude que son air sauvage et son costume étrange ; mais j'étais au milieu d'un pays qui, depuis quelque temps, était devenu le théâtre des accidents les plus inouïs, et quoique je n'en eusse entendu parler ni à Horace ni à Henri qui, en leur qualité d'hommes, méprisaient ou affectaient de mépriser un semblable danger, ces histoires lamentables et sanglantes me revinrent à l'esprit dès que je fus seule ; cependant, comme je n'avais rien à craindre pendant le jour, je descendis dans le parc, et je résolus d'occuper ma matinée à visiter les environs du château que j'allais habiter pendant deux mois.

Mes pas se dirigèrent naturellement vers la partie que je connaissais déjà : je visitai de nouveau les ruines de l'abbaye, mais cette fois en détail. Vous les avez explorées, je n'ai pas besoin de vous les décrire. Je sortis par le porche ruiné, et j'arrivai bientôt sur la colline qui domine la mer.

C'était la seconde fois que je voyais ce spectacle : il n'avait donc encore rien perdu de sa puissance ; aussi restai-je deux heures assise, immobile et les yeux fixes, à le contempler. Au bout de ce temps je le quittai à regret ; mais je voulais visiter les autres parties du parc. Je redescendis vers la rivière, j'en suivis quelque temps les bords ; je retrouvai amarrée à sa rive la barque sur laquelle nous avions fait la veille notre promenade, et qui était appareillée de manière à ce qu'on pût s'en servir au premier caprice. Elle me rappela, je ne sais pourquoi, ce cheval toujours sellé dans l'écurie. Cette idée en éveilla une autre : c'était celle de cette défiance éternelle qu'avait Horace et que partageaient ses amis, ces pistolets qui ne quittaient jamais le chevet de son lit, ces pistolets sur la table quand j'étais arrivée. Tout en paraissant mépriser le danger, ils prenaient donc des précautions contre lui ? Mais alors, si deux hommes croyaient ne pas pouvoir déjeuner sans armes, comment me laissaient-ils seule, moi qui n'avais aucune défense ? Tout cela était incompréhensible ; mais, par cela même, quelque effort que je fisse pour chasser ces idées sinistres de mon esprit, elles y revenaient sans cesse. Au reste, comme tout en songeant je marchais toujours, je me trouvai bientôt dans le plus touffu du bois. Là, au milieu d'une véritable forêt de chênes, s'élevait un pavillon isolé et parfaitement fermé : j'en fis le tour ; mais portes et volets étaient si habilement joints que je ne pus, malgré ma curiosité, rien en voir que l'extérieur. Je me promis, la première fois que je sortirais avec Horace, de diriger la promenade de ce côté ; car j'avais déjà, si le comte ne s'y opposait pas, jeté mon dévolu sur ce pavillon pour en faire mon cabinet de travail, sa position le rendant parfaitement apte à cette destination.

Je rentrai au château. Après l'exploration extérieure vint la visite intérieure : la chambre que j'occupais donnait d'un côté dans un salon, de l'autre dans la bibliothèque ; un corridor régnait d'un bout à l'autre du bâtiment et le partageait en deux. Mon appartement était le plus complet ; le reste du château était divisé en une douzaine de petits logements séparés, composés d'une antichambre, d'une chambre et d'un cabinet de toilette, le tout fort habitable, quoi que m'en eût dit et écrit le comte.

Comme la bibliothèque me paraissait le plus sûr contrepoison à la solitude et à l'ennui qui m'attendaient, je résolus de faire aussitôt connaissance avec les ressources qu'elle pouvait m'offrir : elle se composait en grande partie de romans du dix-huitième siècle, qui annonçaient que les prédécesseurs du comte avaient un goût décidé pour la littérature de Voltaire, de Crébillon fils et de Marivaux[1]. Quelques volumes plus nouveaux, et qui paraissaient achetés par le propriétaire actuel, faisaient tache au milieu de cette collection : c'étaient des livres de chimie, d'histoire et de voyages : parmi ces derniers, je remarquai une belle édition anglaise de l'ouvrage de Daniel sur l'Inde[2] ; je résolus d'en faire le compagnon de ma nuit, pendant laquelle j'espérais peu dormir. J'en tirai un volume de son rayon, et je le portai dans ma chambre.

Cinq minutes après le Malais vint m'annoncer par signes que le dîner était servi. Je descendis et trouvai la table dressée dans cette immense salle à manger. Je ne puis vous dire quel sentiment de crainte et de tristesse s'empara de moi quand je me vis forcée de dîner ainsi seule, éclairée par deux bougies dont la lumière n'atteignait pas les profondeurs de l'appartement, et permettait à l'ombre d'y donner aux objets sur lesquels elle s'étendait les formes les plus bizarres. Ce sentiment pénible s'augmentait encore de la présence de ce serviteur basané, à qui je ne pouvais communiquer mes volontés que par des signes auxquels, du reste, il obéissait avec une promptitude et une intelligence qui donnaient encore quelque chose de plus fantastique à ce repas étrange. Plusieurs fois j'eus envie de lui parler, quoique je susse qu'il ne pourrait pas me comprendre ; mais, comme les enfants qui n'osent crier dans les ténèbres, j'avais peur d'entendre le son de ma propre voix. Lorsqu'il eut servi le dessert, je lui fis signe d'aller me faire un grand feu dans ma chambre ; la flamme du foyer est la compagnie de ceux qui n'en ont pas ; d'ailleurs je comptais ne me coucher que le plus tard possible, car je me sentais une terreur à laquelle je n'avais pas songé pendant la journée, et qui était venue avec les ténèbres.

Lorsque je me trouvai seule dans cette grande salle à manger, ma terreur s'augmenta : il me semblait voir s'agiter les rideaux blancs qui pendaient devant les fenêtres, pareils à des linceuls. Cependant ce n'était pas la crainte des morts qui m'agitait : les moines et les abbés dont j'avais foulé en passant les tombes dormaient de leur sommeil béni, les uns dans leur cloître, les autres dans leurs caveaux ; mais tout ce que j'avais lu à la campagne, tout ce qu'on m'avait raconté à Caen me revenait à la mémoire, et je tressaillais au moindre bruit. Le seul qu'on entendît cependant était le frémissement des feuilles, le murmure lointain de la mer, et ce bruit monotone et mélancolique du vent qui se brise aux angles des grands édifices et s'abat dans les cheminées, comme une volée d'oiseaux de nuit. Je restai ainsi immobile pendant dix minutes à peu près, n'osant regarder ni à droite ni à gauche, lorsque j'entendis un léger bruit derrière moi ; je me retournai : c'était le Malais. Il croisa les mains sur sa poitrine et s'inclina ; c'était sa manière d'annoncer que les ordres qu'il avait reçus étaient accomplis. Je me levai ; il prit les bougies et marcha devant moi ; mon appartement, du reste, avait été parfaitement préparé pour la nuit par ma singulière femme de chambre, qui posa les lumières sur une table et me laissa seule.

Mon désir avait été exécuté à la lettre : un feu immense brûlait dans la grande cheminée de marbre blanc supportée par des amours dorés ; sa lueur se répandait dans la chambre et lui donnait un aspect gai, qui contrastait si bien avec ma terreur qu'elle commença à se passer. Cette chambre était tendue de damas rouge à fleurs, et ornée au plafond et aux portes d'une foule d'arabesques et d'enroulements plus capricieux les uns que les autres, représentant des danses de faunes et de satyres dont les masques grotesques riaient d'un rire d'or au foyer qu'ils reflétaient. Je n'étais cependant pas rassurée au point de me coucher ; d'ailleurs il était à peine huit heures du soir. Je substituai donc simplement un peignoir à ma robe, et, comme j'avais remarqué que le temps était beau, je voulus ouvrir ma fenêtre afin d'achever de me rassurer par la vue calme et sereine de la nature endormie ; mais, par une précaution dont je crus pouvoir me rendre compte en l'attribuant à ces bruits d'assassinats répandus dans les environs, les volets en avaient été fermés en dedans. Je revins donc m'asseoir près de la table au coin de mon feu, m'apprêtant à lire mon voyage dans l'Inde, lorsqu'en jetant les yeux sur le volume je m'aperçus que j'avais apporté le tome second au lieu du tome premier. Je me levai pour aller le changer, lorsqu'à l'entrée de la bibliothèque ma crainte me reprit. J'hésitai un instant ; enfin je me fis honte à moi-même d'une terreur aussi enfantine : j'ouvris hardiment la porte, et je m'avançai vers le panneau où était le reste de l'édition.

En approchant ma bougie des autres tomes pour voir leurs numéros, mes regards plongèrent dans le vide causé par l'absence du volume que par erreur j'avais pris d'abord, et derrière la tablette je vis briller un bouton de cuivre pareil à ceux que l'on met aux serrures, et que cachaient aux yeux les livres rangés sur le devant du panneau. J'avais souvent vu des portes secrètes dans les bibliothèques, et dissimulées par de fausses reliures ; rien n'était donc plus naturel qu'une porte du même genre s'ouvrît dans celle-ci. Cependant la direction dans laquelle elle était placée rendait la chose presque impossible : les fenêtres de la bibliothèque étaient les dernières du bâtiment ; ce bouton était scellé au lambris en retour de la seconde fenêtre ; une porte pratiquée à cet endroit se serait donc ouverte sur le mur extérieur.

Je me reculai pour examiner, à l'aide de ma bougie, si je n'apercevais pas quelque signe qui indiquât une ouverture, mais j'eus beau regarder, je ne vis rien. Je portai alors la main sur le bouton, et j'essayai de le faire tourner, mais il résista ; je le poussai et je le sentis fléchir ; je le poussai plus fortement, alors une porte s'échappa avec bruit, renvoyée vers moi par un ressort. Cette porte donnait sur un petit escalier tournant, pratiqué dans l'épaisseur de la muraille.

Vous comprenez qu'une pareille découverte n'était

point de nature à calmer mon effroi. J'avançai ma
bougie au-dessus de l'escalier, et je le vis s'enfoncer
perpendiculairement. Un instant j'eus l'intention de
m'y engager, je descendis même les deux premières
marches; mais le cœur me manqua. Je rentrai à
reculons dans la bibliothèque, et je repoussai la porte,
qui se referma si hermétiquement que, même avec la
certitude qu'elle existait, je ne pus découvrir ses join-
tures. Je replaçai aussitôt le volume de peur qu'on ne
s'aperçût que j'y avais touché, car je ne savais qui
intéressait ce secret. Je pris au hasard un autre
ouvrage, je rentrai dans ma chambre, je fermai au
verrou la porte qui donnait sur la bibliothèque, et je
revins m'asseoir près du feu.

Les événements inattendus acquièrent ou perdent
de leur gravité selon les dispositions d'esprit tristes
ou gaies, ou selon les circonstances plus ou moins
critiques dans lesquelles on se trouve. Certes, rien de
plus naturel qu'une porte cachée dans une bibliothèque et qu'un escalier tournant pratiqué dans
l'épaisseur d'un mur; mais si l'on découvre cette porte
et cet escalier la nuit, dans un château isolé, qu'on
habite seule et sans défense; si ce château s'élève au
milieu d'une contrée qui retentit chaque jour du bruit
d'un vol ou d'un assassinat nouveau, si toute une
mystérieuse destinée vous enveloppe depuis quelque
temps, si des pressentiments sinistres vous ont, vingt
fois, fait passer, au milieu d'un bal, un frisson mortel
dans le cœur, tout alors devient, sinon réalité, du
moins spectre et fantôme; et personne n'ignore par
expérience que le danger inconnu est mille fois
plus saisissant et plus terrible que le péril visible et
matérialisé.

C'est alors que je regrettai bien vivement ce congé
imprudent que j'avais donné à ma femme de chambre.
La terreur est une chose si peu raisonnée qu'elle
s'excite ou se calme sans motifs plausibles. L'être le

plus faible, un chien qui nous caresse, un enfant qui nous sourit, quoique ni l'un ni l'autre ne puissent nous défendre, sont, en ce cas, des appuis pour le cœur, sinon des armes pour le bras. Si j'avais eu près de moi cette fille, qui ne m'avait pas quittée depuis cinq ans, dont je connaissais le dévouement et l'amitié, sans doute que toute crainte eût disparu, tandis que seule comme j'étais, il me semblait que j'étais dévouée[1] à l'avance et que rien ne pouvait me sauver.

Je restai ainsi deux heures immobile, la sueur de l'effroi sur le front. J'écoutai sonner à ma pendule dix heures, puis onze heures; et à ce bruit si naturel cependant, je me cramponnais chaque fois au bras de mon fauteuil. Entre onze heures et onze heures et demie, il me sembla entendre la détonation lointaine d'un coup de pistolet; je me soulevai à demi, appuyée sur le chambranle de la cheminée; puis, tout étant rentré dans le silence, je retombai assise et la tête renversée sur le dossier de ma bergère. Je restai encore ainsi quelque temps les yeux fixes et n'osant les détourner du point que je regardais, de peur qu'ils ne rencontrassent, en se retournant, quelque cause de crainte réelle. Tout à coup il me sembla, au milieu de ce silence absolu, que la grille, qui était en face du perron et qui séparait le jardin du parc, grinçait sur ses gonds. L'idée qu'Horace rentrait chassa à l'instant toute ma terreur; je m'élançai à la fenêtre, oubliant que mes volets étaient clos; je voulus ouvrir la porte du corridor, soit maladresse, soit précaution, le Malais l'avait fermée aussi en se retirant: j'étais prisonnière. Je me rappelai alors que les fenêtres de la bibliothèque donnaient comme les miennes sur le préau, je tirai le verrou, et par un de ces mouvements bizarres qui font succéder le plus grand courage à la plus grande faiblesse, j'y entrai sans lumière car ceux qui venaient à cette heure pouvaient n'être pas Horace et ses amis, et ma lumière dénonçait que la chambre était habitée. Les volets étaient poussés seulement, j'en écartai un, et au clair de la lune j'aperçus distinctement un homme qui venait d'ouvrir l'un des battants de la grille et le tenait entrebâillé, tandis que deux autres, portant un objet que je ne pouvais distinguer, franchissaient la porte que leur compagnon referma derrière eux. Ces trois hommes ne s'avançaient pas vers le perron, mais tournaient autour du château; cependant, comme le chemin qu'ils suivaient les rapprochait de moi, je commençai à reconnaître la forme du fardeau qu'ils portaient; c'était un corps enveloppé dans un manteau. Sans doute, la vue d'une maison qui pouvait être habitée donna quelque espoir à celui ou à celle qu'on enlevait. Une espèce de lutte s'engagea sous ma fenêtre; dans cette lutte un bras se dégagea, ce bras était couvert d'une manche de robe; il n'y avait plus de doute, la victime était une femme... Mais tout ceci fut rapide comme l'éclair, le bras, saisi vigoureusement par l'un des trois hommes, rentra sous le manteau, l'objet reprit l'apparence informe d'un fardeau quelconque; puis tout disparut à l'angle du bâtiment et dans l'ombre d'une allée de marronniers, qui conduisait au petit pavillon fermé, que j'avais découvert la veille au milieu du massif de chênes.

Je n'avais pas pu reconnaître ces hommes; tout ce que j'en avais distingué, c'est qu'ils étaient vêtus en paysans : mais, s'ils étaient véritablement ce qu'ils paraissaient être, comment venaient-ils au château? comment s'étaient-ils procuré une clef de la grille? Était-ce un rapt? était-ce un assassinat? Je n'en savais rien. Mais certainement c'était l'un ou l'autre : tout cela d'ailleurs était si incompréhensible et si étrange que parfois je me demandais si je n'étais pas sous l'empire d'un rêve; au reste, on n'entendait aucun bruit, la nuit poursuivait son cours calme et tranquille, et moi j'étais restée debout à la fenêtre, immobile de terreur, n'osant quitter ma place, de peur que le bruit de mes pas n'éveillât le danger, s'il en était qui me menaçât. Tout à coup je me rappelai cette porte dérobée, cet escalier mystérieux; il me sembla entendre un bruit sourd de ce côté, je m'élançai dans ma chambre, refermai et verrouillai la porte; puis j'allai retomber dans mon fauteuil sans remarquer que, pendant mon absence, une des deux bougies s'était éteinte.

Cette fois ce n'était plus une crainte vague et sans cause qui m'agitait, c'était quelque crime bien réel qui rôdait autour de moi et dont j'avais de mes yeux distingué les agents. Il me semblait à tout moment que j'allais voir s'ouvrir une porte cachée, ou entendre glisser quelque panneau inaperçu; tous ces petits bruits si distincts pendant la nuit et que cause un meuble qui craque ou un parquet qui se disjoint, me faisaient bondir d'effroi, et j'entendais, dans le silence, mon cœur battre à l'unisson du balancier de la pendule. À ce moment la flamme de ma bougie consumée atteignit le papier qui l'entourait, une lueur momentanée se répandit par toute la chambre, puis s'en alla décroissante, un pétillement se fit entendre pendant quelques secondes; puis la mèche, s'enfonçant dans la cavité du flambeau, s'éteignit tout à coup et me laissa sans autre lumière que celle du foyer.

Je cherchai des yeux autour de moi si j'avais du bois pour l'alimenter: je n'en aperçus point. Je rapprochai les tisons les uns des autres, et pour un moment le feu reprit une nouvelle ardeur; mais sa flamme tremblante n'était point une lumière propre à me rassurer: chaque objet était devenu mobile comme la lueur nouvelle qui l'éclairait, les portes se balançaient, les rideaux semblaient s'agiter, de longues ombres mouvantes passaient sur le plafond et sur les tapisseries. Je sentais que j'étais prête à me trouver mal, et je n'étais préservée de l'évanouissement que par la terreur même ; en ce moment ce petit bruit qui précède le tintement de la pendule se fit entendre et minuit sonna.

Cependant je ne pouvais passer la nuit entière dans ce fauteuil ; je sentais le froid me gagner lentement. Je pris la résolution de me coucher tout habillée, je gagnai le lit sans regarder autour de moi, je me glissai sous la couverture, et je tirai le drap par-dessus ma tête. Je restai une heure à peu près ainsi sans songer même à la possibilité du sommeil. Je me rappellerai cette heure toute ma vie : une araignée faisait sa toile dans la boiserie de l'alcôve, et j'écoutais le travail incessant de l'ouvrière nocturne : tout à coup il cessa, interrompu par un autre bruit ; il me sembla entendre le petit cri qu'avait fait, lorsque j'avais poussé le bouton de cuivre, la porte de la bibliothèque ; je sortis vivement ma tête de la couverture, et, le cou raidi, retenant mon haleine, la main sur mon cœur pour l'empêcher de battre, j'aspirai le silence, doutant encore ; bientôt je ne doutai plus.

Je ne m'étais pas trompée, le parquet craqua sous le poids d'un corps ; des pas s'approchèrent et heurtèrent une chaise ; mais sans doute celui qui venait craignit d'être entendu, car tout bruit cessa aussitôt, et le silence le plus absolu lui succéda. L'araignée reprit sa toile... Oh ! tous ces détails, voyez-vous !... tous ces détails, ils sont présents à ma mémoire comme si j'étais là encore, couchée sur ce lit et dans l'agonie de la terreur.

J'entendis de nouveau un mouvement dans la bibliothèque, on se remit en marche en s'approchant de la boiserie à laquelle était adossé mon lit ; une main s'appuya contre la cloison : je n'étais plus séparée de celui qui venait ainsi que par l'épaisseur d'une planche. Je crus entendre glisser un panneau... je me tins immobile et comme si je dormais : le sommeil était ma seule arme ; le voleur, si c'en était un,

comptant que je ne pourrais ni le voir ni l'entendre,
m'épargnerait peut-être, jugeant ma mort inutile
mon visage tourné vers la tapisserie était dans l'ombre,
ce qui me permit de garder les yeux ouverts. Alors je
vis remuer mes rideaux, une main les écarta lentement ; puis, encadrée dans leur draperie rouge, une
tête pâle s'avança : en ce moment la dernière lueur
du foyer, tremblante au fond de l'alcôve, éclaira
cette apparition. Je reconnus le comte Horace, et je
fermai les yeux !..

Lorsque je les rouvris, la vision avait disparu
quoique mes rideaux fussent encore agités, j'entendis le frôlement du panneau qui se refermait, puis
le bruit décroissant des pas, puis le cri de la porte ;
enfin tout redevint tranquille et silencieux. Je ne
sais combien de temps je restai ainsi sans haleine et
sans mouvement ; mais vers le commencement du
jour à peu près, brisée par cette veille douloureuse,
je tombai dans un engourdissement qui ressemblait
au sommeil.

XII

Je fus réveillée par le Malais, qui frappait à la porte que j'avais fermée en dedans ; je m'étais couchée tout habillée, comme je vous l'ai dit ; j'allai donc tirer les verrous, le domestique ouvrit mes volets, et je vis rentrer dans ma chambre le jour et le soleil. Je m'élançai vers la fenêtre.

C'était une de ces belles matinées d'automne où le ciel, avant de se couvrir de son voile de nuages, jette un dernier sourire à la terre ; tout était si calme et si tranquille dans ce parc que je commençai à douter presque de moi-même. Cependant les événements de la nuit étaient demeurés bien vivants dans mon cœur ; puis les lieux mêmes qu'embrassait ma vue me rappelaient leurs moindres détails. Je revoyais la grille qui s'était ouverte pour donner passage à ces trois hommes et à cette femme, l'allée qu'ils avaient suivie, les pas dont l'empreinte était restée sur le sable, plus visibles à l'endroit où la victime s'était débattue, car ceux qui l'emportaient s'étaient cramponnés avec force pour maîtriser ses mouvements ; ces pas suivaient la direction que j'ai déjà indiquée, et disparaissaient sous l'allée de tilleuls. Je voulus voir alors, pour renforcer encore, s'il était possible, le témoignage de mes sens, si quelques nouvelles preuves se joindraient à celle-ci ; j'entrai dans la bibliothèque, le volet était à demi ouvert comme je l'avais laissé, une chaise renversée au milieu de la chambre était celle que j'avais entendue tomber ; je m'approchai du panneau, et, regardant avec une attention profonde, je vis la rainure imperceptible sur laquelle il glissait ; j'appuyai ma main sur la moulure, il céda ; en ce moment on ouvrit la porte de ma chambre, je n'eus que le temps de repousser le panneau et de saisir un livre dans la bibliothèque.

C'était le Malais, il venait me chercher pour déjeuner, je le suivis.

En entrant dans la salle à manger je tressaillis de surprise, je comptais y trouver Horace, et non seulement il n'y était pas, mais encore je ne vis qu'un couvert.

— Le comte n'est-il point rentré ? m'écriai-je.

Le Malais me fit signe que non.

— Non ! murmurai-je stupéfaite.

— Non, répéta-t-il encore du geste.

Je tombai sur ma chaise : le comte n'était pas rentré !... et cependant je l'avais vu, moi, il était venu à mon lit, il avait soulevé mes rideaux une heure après que ces trois hommes... Mais ces trois hommes, n'étaient-ce pas le comte et ses deux amis ? Horace, Max et Henri, qui enlevaient une femme !... Eux seuls en effet pouvaient avoir la clef du parc : entrer ainsi librement sans être vus ni inquiétés ; plus de doute, c'était cela. Voilà pourquoi le comte n'avait pas voulu me laisser venir au château ; voilà pourquoi il m'avait reçue si froidement ; voilà pourquoi il avait prétexté une partie de chasse. L'enlèvement de cette femme était arrêté avant mon arrivée ; l'enlèvement était accompli. Le comte ne m'aimait plus, il aimait une autre femme, et cette femme était dans le château : dans le pavillon sans doute !

Oui ; et le comte, pour s'assurer que je n'avais rien vu, rien entendu, que j'étais enfin sans soupçons, était remonté par l'escalier de la bibliothèque, avait poussé la boiserie, écarté mes rideaux, et, certain que je dormais, était retourné à ses amours. Tout m'était expliqué, clair et précis comme si je l'eusse vu. En un instant ma jalousie avait percé l'obscurité, abattu les murailles ; rien ne me restait plus à apprendre : je sortis, j'étouffais !

On avait déjà effacé la trace des pas, le râteau avait nivelé le sable. Je suivis l'allée de tilleuls, je gagnai le massif de chênes, je vis le pavillon, je tournai autour : il était clos et semblait inhabité, comme la veille. Je rentrai au château, je montai dans ma chambre, je me jetai dans cette bergère où la nuit précédente j'avais passé de si cruelles heures, et je m'étonnai de mon effroi !... C'était l'ombre, c'étaient les ténèbres, ou plutôt c'était l'absence d'une passion violente, qui avait ainsi affaibli mon cœur !...

Je passai une partie de la journée à me promener dans ma chambre, à ouvrir et fermer la fenêtre, attendant le soir avec autant d'impatience que j'avais la veille de crainte de le voir venir. On vint m'annoncer que le dîner était servi. Je descendis ; je vis, comme le matin, un seul couvert, et près du couvert une lettre. Je reconnus l'écriture d'Horace, et je brisai vivement le cachet.

Il s'excusait auprès de moi de me laisser deux jours ainsi seule ; mais il n'avait pu revenir, sa parole était engagée avant mon arrivée, et il avait dû la tenir, quoi qu'il lui en coûtât. Je froissai la lettre entre mes mains sans l'achever, et je la jetai dans la cheminée ; puis je m'efforçai de manger pour détourner les soupçons du Malais, et je remontai dans ma chambre.

Ma recommandation de la veille n'avait pas été oubliée : je trouvai grand feu ; mais ce soir, ce n'était plus cela qui me préoccupait. J'avais tout un plan à arrêter ; je m'assis pour réfléchir. Quant à la peur de la veille, elle était complètement oubliée !

Le comte Horace et ses amis étaient rentrés par la grille ; car ces hommes, c'étaient bien eux et lui. Ils avaient conduit cette femme au pavillon ; puis le comte était remonté par l'escalier dérobé pour s'assurer si j'étais bien endormie, et si je n'avais rien vu ou entendu. Je n'avais donc qu'à suivre l'escalier ; à mon tour je faisais le même chemin que lui, j'allais là d'où il était venu : j'étais décidée à suivre l'escalier.

Je regardai la pendule, elle marquait huit heures un quart ; j'allai à mes volets, ils n'étaient pas fermés. Sans doute il n'y avait rien à voir cette nuit, puisque la précaution de la veille n'avait pas été prise : j'ouvris la fenêtre.

La nuit était orageuse, j'entendais le tonnerre au loin, et le bruit de la mer qui se brisait sur la plage venait jusqu'à moi. Il y avait dans mon cœur une tempête plus terrible que celle de la nature, et mes pensées se heurtaient dans ma tête plus sombres et plus pressées que les vagues de l'océan. Deux heures s'écoulèrent ainsi sans que je fisse un mouvement, sans que mes yeux quittassent une petite statue perdue dans un massif d'arbres : il est vrai que je ne la voyais pas.

Enfin je pensai que le moment était venu : je n'entendais plus aucun bruit dans le château ; cette même pluie qui, pendant cette même soirée du 27 au 28 septembre, vous fit chercher un abri dans les ruines, commençait à tomber par torrents : je laissai un instant ma tête exposée à l'eau du ciel, puis je rentrai, refermant ma fenêtre et repoussant mes volets.

Je sortis de ma chambre et fis quelques pas dans le corridor. Aucun bruit ne veillait dans le château ; le Malais était couché, sans doute, ou il servait son maître dans une autre partie de l'habitation. Je rentrai chez moi et je mis les verrous. Il était dix heures

et demie : on n'entendait que les plaintes de l'oura-
gan, dont le bruit me servait en couvrant celui que
je pourrais faire. Je pris une bougie, et je m'avançai
vers la porte de la bibliothèque : elle était fermée à
la clef !...

On m'y avait vue le matin, on craignait que je ne
découvrisse l'escalier : on m'en avait clos l'issue.
Heureusement que le comte avait pris la peine de
m'en indiquer une autre.

Je passai derrière mon lit, je pressai la moulure
mobile, la boiserie glissa, et je me trouvai dans la
bibliothèque.

J'allai droit, d'un pas ferme et sans hésiter à la
porte dérobée, j'enlevai le volume qui cachait le bouton, je poussai le ressort, le panneau s'ouvrit.

Je m'engageai dans l'escalier, il offrait juste passage à une personne ; je descendis trois étages. À
chaque étage j'écoutai, je n'entendis rien.

Au bas du troisième étage, je trouvai une seconde
porte ; elle était fermée au pêne seulement. À la première tentative que je fis pour l'ouvrir, elle céda.

Je me trouvai sous une voûte qui s'enfonçait hardiment et en droite ligne. Je la suivis pendant cinq
minutes à peu près ; puis je trouvai une troisième
porte, comme la seconde ; elle n'opposa aucune résistance : elle donnait sur un autre escalier pareil à celui
de la bibliothèque, mais qui n'avait que deux étages.
De celui-là on sortait par un panneau de fer carré :
en l'entrouvrant j'entendis des voix. J'éteignis ma
bougie, je la posai sur la dernière marche ; puis je me
glissai par l'ouverture : elle était produite par le déplacement d'une plaque de cheminée. Je la repoussai
doucement, et je me trouvai dans une espèce de
laboratoire de chimiste, très faiblement éclairé : la
lumière de la chambre voisine ne pénétrant dans ce
cabinet qu'au moyen d'une ouverture ronde, placée
au haut d'une porte et voilée par un petit rideau vert.

Quant aux fenêtres, elles étaient si soigneusement fermées que, même pendant le jour, toute clarté extérieure devait être interceptée.

Je ne m'étais pas trompée lorsque j'avais cru entendre parler. La conversation était bruyante dans la chambre attenante : je reconnus la voix du comte et de ses amis. J'approchai une chaise de la porte, et je montai sur la chaise ; de cette manière j'atteignis jusqu'au carreau, et ma vue plongea dans l'appartement.

Le comte Horace, Max et Henri étaient à table, pourtant l'orgie tirait à sa fin. Le Malais les servait, debout derrière le comte. Chacun des convives était vêtu d'une blouse bleue, portait un couteau de chasse à la ceinture, et avait une paire de pistolets à portée de sa main. Horace se leva comme pour s'en aller.

— Déjà ? lui dit Max.

— Que voulez-vous que je fasse ici ? répondit le comte.

— Bois ! dit Henri en levant son verre.

— Le beau plaisir de boire avec vous, reprit le comte ; à la troisième bouteille vous voilà ivres comme des portefaix.

— Jouons !...

— Je ne suis pas un filou pour vous gagner votre argent quand vous n'êtes pas en état de le défendre, dit le comte en haussant les épaules et en se tournant à demi.

— Eh bien ! alors, fais la cour à notre belle Anglaise ; ton domestique a pris ses précautions pour qu'elle ne soit pas cruelle. Sur ma parole, voilà un gaillard qui s'y entend. Tiens, mon brave.

Max donna au Malais une poignée d'or.

— Généreux comme un voleur ! dit le comte.

— Voyons, voyons, ce n'est pas répondre, repartit Max en se levant à son tour. Veux-tu de la femme ou n'en veux-tu pas ?

— Je n'en veux pas.

— Alors, je la prends.

— Un instant ! s'écria Henri en étendant la main ; il me semble que je suis bien quelqu'un ou quelque chose ici, et que j'ai des droits comme un autre. Qui est-ce qui a tué le mari ?

— Au fait, c'est un antécédent, dit en riant le comte.

Un gémissement se fit entendre à ce mot. Je tournai les yeux du côté où il venait : une femme était étendue sur un lit à colonnes, les bras et les jambes liés aux quatre supports du baldaquin. Mon attention avait été tellement absorbée sur un seul point que je ne l'avais pas aperçue d'abord.

— Oui, continua Max ; mais qui les a attendus au Havre ? qui est accouru ici à franc étrier pour vous avertir ?

— Diable ! fit le comte, voilà qui devient embarrassant, et il faudrait être le roi Salomon en personne pour décider qui a le plus de droits de l'espion ou de l'assassin.

— Il faut pourtant que cela se décide, dit Max. Tu m'y as fait penser, à cette femme, et voilà que j'en suis amoureux maintenant.

— Et moi de même, dit Henri. Ainsi, puisque tu ne t'en soucies pas, toi, donne-la à celui de nous deux que tu voudras.

— Pour que l'autre m'aille dénoncer à la suite de quelque orgie où, comme aujourd'hui, il ne saura plus ce qu'il fait, n'est-ce pas ? Oh ! que non, messieurs. Vous êtes beaux, vous êtes jeunes, vous êtes riches, vous avez dix minutes pour lui faire la cour. Allez, mes don Juan.

— À la cour près, ce que tu viens de dire est une idée, répondit Henri. Qu'elle choisisse elle-même celui qui lui conviendra le mieux.

— Allons, soit, répondit Max ; mais qu'elle se

dépêche. Explique-lui cela, toi qui parles toutes les langues.

— Volontiers, dit Horace. Puis se tournant vers la malheureuse femme : Milady, lui dit-il dans l'anglais le plus pur, voici deux brigands de mes amis, tous deux de bonne famille, au reste, ce dont on peut vous donner la preuve sur parchemin si vous le désirez, qui, élevés dans les principes de la secte platonique, c'est-à-dire du partage des biens, ont commencé par manger les leurs ; puis, trouvant alors que tout était mal arrangé dans la société, ont eu la vertueuse idée de s'embusquer sur les grandes routes où elle passe, pour corriger ses injustices, rectifier ses erreurs et équilibrer ses inégalités. Depuis cinq ans, à la plus grande gloire de la philosophie et de la police, ils s'occupent religieusement de cette mission, qui leur donne de quoi figurer de la manière la plus honorable dans les salons de Paris, et qui les conduira, comme cela est arrivé pour moi, à quelque bon mariage qui les dispensera de continuer de faire les Karl Moor[1] et les Jean Sbogar[2]. En attendant, comme il n'y a dans ce château que ma femme, et que je ne veux pas la leur donner, ils vous supplient bien humblement de choisir, entre eux deux, celui qui vous conviendra le plus ; faute de quoi, ils vous prendront tous les deux. Ai-je parlé en bon anglais, madame, et m'avez-vous compris ?...

— Oh ! si vous avez quelque pitié dans le cœur, s'écria la pauvre femme, tuez-moi ! tuez-moi !

— Que répond-elle ? murmura Max.

— Elle répond que c'est infâme, voilà tout, dit Horace ; et j'avoue je suis un peu de son avis.

— Alors... dirent ensemble Max et Henri en se levant.

— Alors, faites comme vous voudrez, répondit

Horace; et il se rassit, se versa un verre de vin de champagne et but.

— Oh! tuez-moi donc! tuez-moi donc! s'écria de nouveau la femme en voyant les deux jeunes gens prêts à s'avancer vers elle.

En ce moment ce qu'il était facile de prévoir arriva: Max et Henri, échauffés par le vin, se trouvèrent face à face, et poussés par le même désir, se regardèrent avec colère.

— Tu ne veux donc pas me la céder? dit Max.

— Non! répondit Henri.

— Eh bien! alors, je la prendrai.

— C'est ce qu'il faudra voir.

— Henri! Henri! dit Max en grinçant des dents, je te jure sur mon honneur que cette femme m'appartiendra!

— Et moi, je te promets sur ma vie qu'elle sera à moi; et je tiens plus à ma vie, je crois, que tu ne tiens à ton honneur.

Alors ils firent chacun un pas en arrière, tirèrent leurs couteaux de chasse et revinrent l'un contre l'autre.

— Mais par grâce, par pitié, au nom du ciel, tuez-moi donc! cria pour la troisième fois la femme couchée.

— Qu'est-ce que vous venez de dire? s'écria Horace toujours assis, s'adressant aux deux jeunes gens d'un ton de maître.

— J'ai dit, répondit Max en portant un coup à Henri, que ce serait moi qui aurais cette femme.

— Et moi, reprit Henri, pressant à son tour son adversaire, j'ai dit que ce serait, non pas lui, mais moi; et je maintiens ce que j'ai dit.

— Eh bien! murmura Horace, vous en avez menti ous les deux; vous ne l'aurez ni l'un ni l'autre.

À ces mots il prit sur la table un pistolet, le leva lentement dans la direction du lit et fit feu: la balle passa entre les combattants et alla frapper la femme au cœur.

À cette vue, je jetai un cri affreux et je tombai évanouie, et aussi morte en apparence que celle qui venait d'être frappée.

XIII

Lorsque je revins à moi, j'étais dans le caveau : le comte, guidé par le cri que j'avais poussé et par le bruit de ma chute, m'avait sans doute trouvée dans le laboratoire, et, profitant de mon évanouissement, qui avait duré plusieurs heures, m'avait transportée dans cette tombe. Il y avait près de moi, sur une pierre, une lampe, un verre, une lettre : le verre contenait du poison ; quant à la lettre, je vais vous la dire.

— Hésitez-vous à me la montrer, m'écriai-je, et n'êtes-vous confiante qu'à demi ?

— Je l'ai brûlée, me répondit Pauline ; mais soyez tranquille : je n'en ai pas oublié une parole.

«Vous avez voulu que la carrière du crime fût complète pour moi, Pauline : vous avez tout vu, tout entendu : je n'ai donc plus rien à vous apprendre : vous savez qui je suis, ou plutôt ce que je suis.

» Si le secret que vous avez surpris était à moi seul, si nulle autre vie que la mienne n'était en jeu, je la risquerais plutôt que de faire tomber un seul cheveu de votre tête. Je vous le jure, Pauline.

» Mais une indiscrétion involontaire, un signe d'effroi arraché à votre souvenir, un mot échappé dans vos rêves, peut conduire à l'échafaud non seulement moi, mais encore deux autres hommes. Votre mort assure trois existences : il faut donc que vous mouriez.

» J'ai eu un instant l'idée de vous tuer pendant que vous étiez évanouie ; mais je n'en ai pas eu le courage, car vous êtes la seule femme que j'aie aimée, Pauline : si vous aviez suivi mon conseil, ou plutôt obéi à mes ordres, vous seriez à cette heure près de votre mère. Vous êtes venue malgré moi : ne vous en prenez donc qu'à vous de votre destinée.

» Vous vous réveillerez dans un caveau où nul n'est descendu depuis vingt ans, et dans lequel d'ici à vingt ans peut-être, nul ne descendra encore. N'ayez donc aucun espoir de secours, car il serait inutile. Vous trouverez du poison près de cette lettre : tout ce que je puis faire pour vous est de vous offrir une mort prompte et douce au lieu d'une agonie lente et douloureuse. Dans l'un ou l'autre cas, et quelque parti que vous preniez, à compter de cette heure, vous êtes morte.

» Personne ne vous a vue, personne ne vous connaît ; cette femme que j'ai tuée pour mettre Max et Henri d'accord sera ensevelie à votre place, ramenée à Paris dans les caveaux de votre famille, et votre mère pleurera sur elle, croyant pleurer sur son enfant.

» Adieu, Pauline. Je ne vous demande ni oubli ni miséricorde : il y a longtemps que je suis maudit, et votre pardon ne me sauverait pas. »

— C'est atroce, m'écriai-je ; ô mon Dieu, mon Dieu ! que vous avez dû souffrir !

— Oui. Aussi tout ce qui me resterait à vous raconter ne serait que mon agonie : ainsi donc...

— N'importe, m'écriai-je en l'interrompant, n'importe ; dites-la.

— Je lus cette lettre deux ou trois fois : je ne pouvais pas me convaincre moi-même de sa réalité. Il y a des choses contre lesquelles la raison se révolte :

on les a devant soi, sous la main, sous les yeux ; on les regarde, on les touche, et l'on n'y croit pas. J'allai en silence à la grille ; elle était fermée ; je fis deux ou trois fois en silence le tour de mon caveau, frappant ses murs humides de mon poing incrédule ; puis je revins m'asseoir en silence dans un angle de mon tombeau. J'étais bien enfermée ; à la lueur de la lampe je voyais bien la lettre et le poison ; cependant je doutais encore ; je disais, comme on se le dit quelquefois en songe : Je dors, je vais m'éveiller.

Je restai ainsi, assise et immobile, jusqu'au moment où ma lampe se mit à pétiller. Alors une idée affreuse, qui ne m'était pas venue jusque-là, me vint tout à coup ; c'est qu'elle allait s'éteindre. Je jetai un cri de terreur et m'élançai vers elle : l'huile était presque épuisée. J'allais faire dans l'obscurité mon apprentissage de la mort.

Oh ! que n'aurais-je pas donné pour avoir de l'huile à verser dans cette lampe. Si j'avais pu l'alimenter de mon sang, je me serais ouvert les veines avec mes dents. Elle pétillait toujours ; à chaque pétillement sa lumière était moins vive, et le cercle des ténèbres, qu'elle avait éloignées lorsqu'elle brillait dans toute sa force, se rapprochait graduellement de moi. J'étais près d'elle, à genoux, les mains jointes ; je ne pensais pas à prier Dieu, je la priais, elle…

Enfin elle commença de lutter contre l'obscurité, comme j'allais bientôt moi-même commencer de lutter contre la mort. Peut-être l'animais-je de mes propres sentiments ; mais il me semblait qu'elle se cramponnait à la vie, et qu'elle tremblait de laisser éteindre ce feu qui était son âme. Bientôt l'agonie arriva pour elle avec toutes ses phases ; elle eut des lueurs brillantes, comme un moribond a des retours de force ; elle jeta des clartés plus lointaines qu'elle n'avait jamais fait, comme au milieu de son délire l'esprit fiévreux voit quelquefois au-delà des limites assignées à la vue humaine ; puis la langueur de l'épuisement leur succéda ; la flamme vacilla pareille à ce dernier souffle qui tremble aux lèvres d'un mourant ; enfin elle s'éteignit, emportant avec elle la clarté, qui est la moitié de la vie.

Je retombai dans l'angle de mon cachot. À compter de ce moment, je ne doutai plus : car, chose étrange, c'était depuis que j'avais cessé de voir la lettre et le poison que j'étais bien certaine qu'ils étaient là.

Tant que j'avais vu clair, je n'avais point fait attention au silence : dès que la lumière fut éteinte, il pesa sur mon cœur de tout le poids de l'obscurité. Au reste, il avait quelque chose de si funèbre et de si profond qu'eussé-je eu la chance d'être entendue, j'eusse hésité peut-être à crier. Oh ! c'était bien un de ces silences mortuaires qui viennent s'asseoir pendant l'éternité sur la pierre des tombes.

Une chose bizarre, c'est que l'approche de la mort m'avait presque fait oublier celui qui la causait : je pensais à ma situation, j'étais absorbée dans ma terreur ; mais je puis le dire, et Dieu le sait, si je ne pensai pas à lui pardonner, je ne songeai pas non plus à le maudire. Bientôt je commençai à souffrir de la faim.

Un temps que je ne pus calculer s'écoula, pendant lequel probablement le jour s'était éteint et la nuit était venue : car, lorsque le soleil reparut, un rayon, qui pénétrait par quelque gerçure du sol, vint éclairer la base d'un pilier. Je jetai un cri de joie, comme si ce rayon m'apportait un espoir.

Mes yeux se fixèrent sur ce rayon avec tant de persévérance que je finis par distinguer parfaitement tous les objets répandus sur la surface qu'il éclairait : il y avait quelques pierres, un éclat de bois et une touffe de mousse : en revenant toujours à la même place, il avait fini par tirer de terre cette pauvre et débile végétation. Oh ! que n'aurais-je pas donné pour être à la place de cette pierre, de cet éclat de bois et de cette mousse, afin de revoir le ciel encore une fois à travers cette ride de la terre.

Je commençai à éprouver une soif ardente et à sentir mes idées se confondre : de temps en temps des nuages sanglants passaient devant mes yeux, et mes dents se serraient comme dans une crise nerveuse ; cependant j'avais toujours les yeux fixés sur la lumière. Sans doute elle entrait par une ouverture bien étroite, car lorsque le soleil cessa de l'éclairer en face, le rayon se ternit et devint à peine visible. Cette disparition m'enleva ce qui me restait de courage : je me tordis de rage et je sanglotai convulsivement.

Ma faim s'était changée en une douleur aiguë à l'estomac. La bouche me brûlait ; j'éprouvais le désir de mordre ; je mis une tresse de mes cheveux entre mes dents, et je la broyai. Bientôt je me sentis prise d'une fièvre sourde, quoique mon pouls battît à peine. Je commençai à penser au poison : alors je me mis à genoux et je joignis les mains pour prier ; mais j'avais oublié mes prières : impossible de me rappeler autre chose que quelques phrases entrecoupées et sans suite. Les idées les plus opposées se heurtaient à la fois dans mon cerveau, un motif de musique de *La Gazza*[1] bourdonnait incessamment à mes oreilles ; je sentais moi-même que j'étais en proie à un commencement de délire. Je me laissai tomber tout de mon long, et la face contre terre.

Un engourdissement, produit par les émotions et la fatigue que j'avais éprouvées, s'empara de moi : je m'assoupis, sans que le sentiment de ma position cessât de veiller en moi. Alors commença une série de rêves plus incohérents les uns que les autres. Ce sommeil douloureux, loin de me rendre quelque repos, me brisa. Je me réveillai avec une faim et une soif dévorantes : alors je pensai une seconde fois au poison qui était là près de moi, et qui pouvait me donner une fin douce et rapide. Malgré ma faiblesse, malgré mes hallucinations, malgré cette fièvre sourde qui frémissait dans mes artères, je sentais que la mort était encore loin, qu'il me faudrait l'attendre bien des heures, et que de ces heures les plus cruelles n'étaient point passées : alors je pris la résolution de revoir une fois encore ce rayon de jour qui, la veille, était venu me visiter, comme un consolateur qui se glisse dans le cachot du prisonnier. Je restai les yeux fixés vers l'endroit où il devait paraître : cette attente et cette préoccupation calmèrent un peu les souffrances atroces que j'éprouvais.

Le rayon désiré parut enfin. Je le vis descendre pâle et blafard : ce jour-là le soleil était voilé sans doute. Alors tout ce qu'il éclairait sur la terre se représentait à moi : ces arbres, ces prairies, cette eau si belle ; Paris, que je ne reverrais plus ; ma mère, que j'avais quittée pour toujours, ma mère, qui déjà peut-être avait reçu la nouvelle de ma mort et qui pleurait sa fille vivante. À tous ces aspects et à tous ces souvenirs, mon cœur se gonfla, j'éclatai en sanglots et je fondis en pleurs : c'était la première fois depuis que j'étais dans ce caveau. Peu à peu le paroxysme se calma, mes sanglots s'éteignirent, mes larmes coulèrent silencieuses. Ma résolution était toujours prise de m'empoisonner ; cependant je souffrais moins.

Je restai, comme la veille, les yeux sur ce rayon tant qu'il brilla ; puis, comme la veille, je le vis pâlir et disparaître... Je le saluai de la main... et je lui dis adieu de la voix, car j'étais décidée à ne pas le revoir.

Alors je me repliai sur moi-même et me concentrai en quelque sorte dans mes dernières et suprêmes pensées. Je n'avais pas fait dans toute ma vie, comme jeune fille ou comme femme, une action mauvaise ; je mourais sans aucun sentiment de haine ni sans aucun désir de vengeance : Dieu devait donc m'accueillir comme sa fille, la terre ne pouvait me manquer que pour le ciel ; c'était la seule idée consolante qui me restât : je m'y attachai.

Bientôt il me sembla que cette idée se répandait non seulement en moi, mais autour de moi ; je commençai d'éprouver cet enthousiasme saint qui fait le courage des martyrs. Je me levai tout debout et la tête vers le ciel, et il me sembla que mes yeux perçaient la voûte, perçaient la terre et arrivaient jusqu'au trône de Dieu. En ce moment mes douleurs mêmes étaient comprimées par l'exaltation religieuse ; je marchai vers la pierre où était posé le poison, comme si je voyais au milieu des ténèbres ; je pris le verre, j'écoutai si je n'entendais aucun bruit, je regardai si je ne voyais aucune lumière ; je relus en souvenir cette lettre qui me disait que depuis vingt ans personne n'était descendu dans ce souterrain, et qu'avant vingt ans peut-être personne n'y descendrait encore ; je me convainquis bien dans mon âme de l'impossibilité où j'étais d'échapper aux souffrances qui me restaient à endurer, je pris le verre de poison, je le portai à mes lèvres et je le bus, en mêlant ensemble, dans un dernier murmure de regret et d'espérance, le nom de ma mère, que j'allais quitter, et celui de Dieu que j'allais voir.

Puis je retombai dans l'angle de mon caveau ; ma vision céleste s'était éteinte, le voile de la mort s'étendait entre elle et moi. Les douleurs de la faim et de la soif avaient reparu, à ces douleurs allaient se joindre celles du poison. J'attendais avec anxiété cette sueur de glace qui devait m'annoncer ma dernière agonie... Tout à coup j'entendis mon nom ; je rouvris les yeux et je vis de la lumière : vous étiez là, debout à la grille de ma tombe !... vous, c'est-à-dire le jour, la vie, la liberté... Je jetai un cri et je m'élançai vers vous... Vous savez le reste.

Et maintenant, continua Pauline, je vous rappelle sur votre honneur le serment que vous m'avez fait de ne rien révéler de ce terrible drame tant que vivra encore un des trois principaux acteurs qui y ont joué un rôle.

Je le lui renouvelai.

XIV

La confidence que m'avait faite Pauline me rendait sa position plus sacrée encore. Je sentis dès lors
toute l'étendue que devait acquérir ce dévouement
dont mon amour pour elle me faisait un bonheur,
mais en même temps je compris quelle indélicatesse
il y aurait de ma part à lui parler de cet amour autrement que par des soins plus empressés et des attentions plus respectueuses. Le plan convenu entre nous
fut adopté : elle passa pour ma sœur et m'appela son
frère : cependant j'obtins d'elle, en lui faisant comprendre la possibilité d'être reconnue par quelque
personne qui l'aurait rencontrée dans les salons de
Paris, qu'elle renonçât à l'idée de donner des leçons
de langue et de musique. Quant à moi, j'écrivis à ma
mère et à ma sœur que je comptais rester pendant
un an ou deux en Angleterre. Pauline éleva encore
quelques difficultés lorsque je lui fis part de cette
décision ; mais elle vit qu'il y avait pour moi un tel
bonheur à l'accomplir qu'elle n'eut plus le courage
de m'en parler, et que cette résolution prit entre
nous force de chose convenue.

Pauline avait hésité longtemps pour décider si elle
révélerait ou ne révélerait pas son secret à sa mère,
et si, morte pour tout le monde, elle serait vivante
pour celle à qui elle devait la vie : moi-même je l'avais

pressée de prendre ce parti, faiblement il est vrai : car il m'enlevait à moi cette position de protecteur qui me rendait si heureux à défaut d'un autre titre ; mais Pauline, après y avoir réfléchi, avait repoussé, à mon grand étonnement, cette consolation, et, quelques instances que je lui eusse faites pour connaître le motif de son refus, elle avait refusé de me le révéler, prétendant qu'il m'affligerait.

Cependant nos journées passaient ainsi, pour elle dans une mélancolie qui semblait parfois n'être point sans charmes, pour moi dans l'espérance, sinon dans le bonheur ; car je la voyais de jour en jour se rapprocher de moi par tous les petits contacts du cœur, et, sans s'en apercevoir elle-même, elle me donnait des preuves lentes mais visibles du changement qui s'opérait en elle : si nous travaillions l'un et l'autre, elle à quelque ouvrage de broderie, moi à un dessin ou à une aquarelle, il m'arrivait souvent, en levant les yeux vers elle, de trouver les siens fixés sur moi ; si nous sortions ensemble, l'appui qu'elle me demandait d'abord était celui d'une étrangère à un étranger ; puis, au bout de quelque temps, soit faiblesse, soit abandon, je la sentais peser mollement à mon bras ; si je sortais seul, presque toujours, en tournant le coin de la rue Saint-James, je l'apercevais de loin à la fenêtre regardant du côté où elle savait que je devais venir. Tous ces signes, qui pouvaient simplement être ceux d'une familiarité plus grande et d'une reconnaissance plus continuelle, m'apparaissaient à moi comme des révélations d'une félicité à venir ; je lui savais gré de chacun d'eux, et je l'en remerciais intérieurement, car je craignais, si je le faisais tout haut, de lui faire apercevoir à elle-même que son cœur prenait peu à peu l'habitude d'une amitié plus que fraternelle.

J'avais fait usage de mes lettres de recommandation, et, tout isolés que nous vivions, nous recevions parfois quelque visite, car nous devions fuir à la fois et le tumulte du monde et l'affectation de la solitude. Parmi nos connaissances les plus habituelles était un jeune médecin qui avait acquis, depuis trois ou quatre ans, à Londres, une grande réputation pour ses études profondes de certaines maladies orga- niques : chaque fois qu'il venait nous voir, il regar- dait Pauline avec une attention sérieuse, qui, après son départ, me laissait toujours quelques inquiétudes : en effet, ces belles et fraîches couleurs de la jeunesse dont j'avais vu son teint autrefois si riche, et dont j'avais d'abord attribué l'absence à la douleur et à la fatigue, n'avaient point reparu depuis la nuit où je l'avais trouvée mourante dans ce caveau ; ou, si quelque teinte revenait colorer momentanément ses joues, c'était pour leur donner, tant qu'elle y demeu- rait, un aspect fébrile plus inquiétant que la pâleur elle-même. Il arrivait aussi parfois que tout à coup, sans cause comme sans régularité, elle éprouvait des spasmes qui la conduisaient à des évanouissements, et que, pendant les jours qui suivaient ces accidents, une mélancolie plus profonde s'emparait d'elle. Enfin ils se renouvelèrent avec une telle fréquence et une gravité si visiblement croissante qu'un jour que le docteur Sercey était venu nous faire une de ses visites habituelles, je l'arrachai aux préoccupations qu'éveillait toujours en lui la vue de Pauline, et, lui prenant le bras, je descendis avec lui dans le jardin.

Nous fîmes plusieurs fois sans parler le tour de la petite pelouse ; puis enfin nous vînmes nous asseoir sur le banc où Pauline m'avait raconté cette ter- rible histoire. Là nous restâmes un moment pensifs ; enfin j'allais rompre le silence, lorsque le docteur me prévint :

— Vous êtes inquiet sur la santé de votre sœur, me dit-il.

— Je l'avoue, répondis-je, et vous-même m'avez

laissé apercevoir des craintes qui augmentent les miennes.

— Et vous avez raison, continua le docteur, elle est menacée d'une maladie chronique de l'estomac. A-t-elle éprouvé quelque accident qui ait pu altérer cet organe?

— Elle a été empoisonnée.

Le docteur réfléchit un instant.

— Oui, c'est bien cela, me dit-il, je ne m'étais point trompé : je vous prescrirai un régime qu'elle suivra avec une grande exactitude. Quant au côté moral du traitement, il dépend de vous; procurez à votre sœur le plus de distraction possible. Peut-être est-elle prise de la maladie du pays, et un voyage en France lui ferait-il du bien.

— Elle ne veut pas y retourner.

— Eh bien! une course en Écosse, en Irlande, en Italie, partout où elle voudra; mais je crois la chose nécessaire.

Je serrai la main du docteur, et nous rentrâmes. Quant à l'ordonnance, il devait me l'envoyer à moi-même. Je comptais, pour ne pas inquiéter Pauline, substituer sans rien dire le régime qui lui serait prescrit à notre manière de vivre ordinaire; mais cette précaution fut inutile, à peine le docteur nous eut-il quittés que Pauline me prit la main.

— Il vous a tout avoué, n'est-ce pas? me dit-elle.

Je fis semblant de ne pas comprendre, elle sourit tristement.

— Eh bien, continua-t-elle, voilà pourquoi je n'ai pas voulu écrire à ma mère : à quoi bon lui rendre son enfant pour qu'un an ou deux après la mort vienne la lui reprendre? c'est bien assez de pleurer une fois ceux qu'on aime.

— Mais, lui dis-je, vous vous abusez étrangement sur votre état : c'est une indisposition et voilà tout.

— Oh! c'est plus sérieux que cela, répondit Pau-

line avec son même sourire doux et triste, et je sens
que le poison a laissé des traces de son passage et que
je suis atteinte gravement ; mais écoutez-moi, je ne
me refuse pas à espérer. Je ne demande pas mieux
que de vivre : sauvez-moi une seconde fois, Alfred.
Que voulez-vous que je fasse ?

— Que vous suiviez les prescriptions du docteur :
elles sont faciles ; un régime simple mais continu, de
la distraction, des voyages.

— Où voulez-vous que nous allions ? Je suis prête
à partir.

— Choisissez vous-même le pays qui vous est le
plus sympathique.

— L'Écosse, si vous voulez, puisque la moitié de
la route est faite.

— L'Écosse, soit.

Je fis aussitôt mes préparatifs de départ, et trois
jours après nous quittâmes Londres. Nous nous arrêtâmes un instant sur les bords de la Tweed pour la
saluer de cette belle imprécation que Schiller met
dans la bouche de Marie Stuart [1] :

« La nature jeta les Anglais et les Écossais sur une
planche étendue au milieu de l'Océan : elle la sépara
en deux parties inégales et voua ses habitants au
combat éternel de sa possession. Le lit étroit de la
Tweed sépare seul les esprits irrités, et bien souvent
le sang des deux peuples se mêla à ses eaux : la main
sur la garde de leur épée, depuis mille ans ils se
regardent et se menacent debout sur chaque rive :
jamais ennemi n'opprima l'Angleterre que l'Écossais n'ait marché avec lui ; jamais guerre civile n'em-
brasa les villes de l'Écosse sans qu'un Anglais n'ait
approché une torche de ses murailles, et cela durera
ainsi, et la haine sera implacable et éternelle jusqu'au jour où un même parlement unira les deux

ennemies comme deux sœurs, et où un seul sceptre s'étendra sur l'île tout entière. »

Nous entrâmes en Écosse.

Nous visitâmes, Walter Scott[1] à la main, toute cette terre poétique que, pareil à un magicien qui évoque des fantômes, il a repeuplée de ses antiques habitants, auxquels il a mêlé les originales et gracieuses créations de sa fantaisie : nous retrouvâmes les sentiers escarpés que suivait, sur son bon cheval Gustave, le prudent Dalgetty[2]. Nous côtoyâmes le lac sur lequel glissait, la nuit, comme une vapeur, la Dame blanche d'Avenel[3]. Nous allâmes nous asseoir sur les ruines du château de Lochleven[4] à l'heure même où la reine d'Écosse s'en était échappée, et nous cherchâmes sur les bords de la Tay le champ clos où Torquil du Chêne[5] vit tomber ses sept fils sous l'épée de l'armurier Smith, sans proférer d'autre plainte que ces mots, qu'il répéta sept fois : *Encore un pour Eachar !...*

Cette excursion sera éternellement pour moi un rêve de bonheur dont jamais n'approcheront les réalités de l'avenir : Pauline avait une de ces organisations impressionnables comme il en faut aux artistes, et sans laquelle un voyage n'est qu'un simple changement de localités, une accélération dans le mouvement habituel de la vie, un moyen de distraire son esprit par la vue même des objets qui devraient l'occuper : pas un souvenir historique ne lui échappait ; pas une poésie de la nature, soit qu'elle se manifestât à nous dans la vapeur du matin ou le crépuscule du soir, n'était perdue pour elle. Quant à moi, j'étais sous l'empire d'un charme ; jamais un seul mot des événements accomplis n'avait été prononcé entre nous depuis l'heure où elle me les avait racontés ; pour moi le passé disparaissait parfois comme s'il n'avait jamais existé. Le présent seul qui nous réunissait était tout à mes yeux : jeté sur une terre étran-

gère, où je n'avais que Pauline, où Pauline n'avait
que moi, les liens qui nous unissaient se resserraient
chaque jour davantage par l'isolement ; chaque jour
je sentais que je faisais un pas dans son cœur, chaque
jour un serrement de main, chaque jour un sourire,
son bras appuyé sur mon bras, sa tête posée sur mon
épaule, était un nouveau droit qu'elle me donnait
sans s'en douter pour le lendemain, et plus elle
s'abandonnait ainsi, plus, tout en aspirant chaque
émanation naïve de son âme, plus je me gardais de
lui parler d'amour, de peur qu'elle ne s'aperçût que
depuis longtemps nous avions dépassé les limites de
l'amitié.

Quant à la santé de Pauline, les prévisions du docteur s'étaient réalisées en partie ; cette activité que le
changement des lieux et les souvenirs qu'ils rappelaient entretenaient dans son esprit détournait sa pensée des souvenirs tristes qui l'oppressaient aussitôt
qu'aucun objet important ne venait l'en distraire. Elle-
même commençait presque à oublier, et à mesure
que les abîmes du passé se perdaient dans l'ombre,
les sommets de l'avenir se coloraient d'un jour nouveau. Sa vie, qu'elle avait crue bornée aux limites
d'un tombeau, commençait à reculer ses horizons
moins sombres, et un air de plus en plus respirable
venait se mêler à l'atmosphère étouffante au milieu
de laquelle elle s'était sentie précipitée.

Nous passâmes l'été tout entier en Écosse ; puis
nous revînmes à Londres : nous y retrouvâmes notre
petite maison de Piccadilly, et ce charme que l'esprit
le plus enclin aux voyages éprouve dans les premiers
moments d'un retour. Je ne sais ce qui se passait
dans le cœur de Pauline ; mais je sais que, quant à
moi, je n'avais jamais été si heureux.

Quant au sentiment qui nous unissait, il était pur
comme la fraternité : je n'avais pas, depuis un an,
redit à Pauline que je l'aimais, depuis un an Pauline

ne m'avait point fait le moindre aveu, et cependant
nous lisions dans le cœur l'un de l'autre comme dans
un livre ouvert, et nous n'avions plus rien à nous
apprendre. Désirais-je plus que je n'avais obtenu ?...
je ne sais ; il y avait tant de charme dans ma position
que j'aurais peut-être craint qu'un bonheur plus
grand ne la précipitât vers quelque dénouement fatal
et inconnu. Si je n'étais pas amant, j'étais plus qu'un
ami, plus qu'un frère ; j'étais l'arbre auquel, pauvre
lierre, elle s'abritait, j'étais le fleuve qui emportait sa
barque à mon courant, j'étais le soleil d'où lui venait
la lumière ; tout ce qui existait d'elle existait par moi,
et probablement le jour n'était pas loin où ce qui
existait par moi existerait aussi pour moi.

Nous en étions là de notre vie nouvelle, lorsqu'un
jour je reçus une lettre de ma mère. Elle m'annonçait qu'il se présentait pour ma sœur un parti, non
seulement convenable, mais avantageux : le comte
Horace de Beuzeval, qui joignait à sa propre fortune vingt-cinq mille livres de rente qu'il avait héri-
tées de sa première femme, Mlle Pauline de Meulien,
demandait Gabrielle en mariage !...

Heureusement j'étais seul lorsque j'ouvris cette
lettre, car ma stupéfaction m'eût trahi : cette nouvelle
que je recevais n'était-elle pas bien étrange en effet,
et quelque nouveau mystère de la Providence ne se
cachait-il pas dans cette bizarre prédestination qui
conduisait le comte Horace en face du seul homme
dont il fût connu ? Quelque empire que je fusse
parvenu à prendre sur moi-même, Pauline ne s'en
aperçut pas moins, en rentrant, qu'il m'était arrivé,
pendant son absence, quelque chose d'extraordinaire ; au reste, je n'eus pas de peine à lui donner le
change, et dès que je lui eus dit que des affaires de
famille me forçaient de faire un voyage en France,
elle attribua tout naturellement au chagrin de nous
séparer l'abattement dans lequel elle me retrouvait.

Elle-même pâlit et fut forcée de s'asseoir : c'était la première fois que nous nous éloignions l'un de l'autre depuis près d'un an que je l'avais sauvée ; puis il y a, entre cœurs qui s'aiment, au moment d'une séparation, quoique en apparence courte et sans danger, de ces pressentiments intimes qui nous la font inquiétante et douloureuse, quelque chose que la raison dise pour nous rassurer.

Je n'avais pas une minute à perdre ; j'avais donc décidé que je partirais le lendemain. Je montai chez moi pour faire quelques préparatifs indispensables. Pauline descendit au jardin, où j'allai la rejoindre aussitôt que ces apprêts furent terminés.

Je la vis assise sur le banc où elle m'avait raconté sa vie. Depuis ce temps, je l'ai dit, comme si elle eût été réellement endormie dans les bras de la mort, ainsi qu'on le croyait, aucun écho de la France n'était venu la réveiller, mais peut-être approchait-elle du terme de cette tranquillité, et l'avenir pour elle allait-il douloureusement se rattacher à ce passé que tous mes efforts avaient eu pour but de lui faire oublier. Je la trouvai triste et rêveuse ; je vins m'asseoir à son côté ; ses premiers mots m'apprirent la cause de sa préoccupation.

— Ainsi vous partez ? me dit-elle

— Il le faut ! Pauline, répondis-je d'une voix que je cherchais à rendre calme, vous savez mieux que personne qu'il y a des événements qui disposent de nous, et qui nous enlèvent aux lieux que nous voudrions ne pas quitter d'une heure, comme le vent fait d'une feuille. Le bonheur de ma mère, de ma sœur, le mien même, dont je ne vous parlerais pas s'il était le seul compromis, dépendent de ma promptitude à faire ce voyage.

— Allez donc, reprit Pauline tristement ; allez, puisqu'il le faut ; mais n'oubliez pas que vous avez en Angleterre aussi une sœur qui n'a pas de mère, dont le seul bonheur dépend désormais de vous, et qui voudrait pouvoir quelque chose pour le vôtre!...

— Oh! Pauline, m'écriai-je en la pressant dans mes bras; dites-moi, doutez-vous un instant de mon amour? croyez-vous que je ne m'éloigne pas le cœur brisé? croyez-vous que le moment le plus heureux de ma vie ne sera pas celui où je rentrerai dans cette petite maison qui nous dérobe au monde tout entier?... Vivre avec vous de cette vie de frère et de sœur, avec l'espoir seulement de jours plus heureux encore, croyez-vous que ce n'était pas pour moi un bonheur plus grand que je n'avais jamais osé l'espérer?... oh! dites-moi, le croyez-vous?...

— Oui, je le crois, me répondit Pauline; car il y aurait de l'ingratitude à en douter. Votre amour a été pour moi si délicat et si élevé, que je puis en parler sans rougir, comme je parlerais d'une de vos vertus... Quant à ce bonheur plus grand que vous espérez, Alfred, je ne le comprends pas!... Notre bonheur, j'en suis certaine, tient à la pureté même de nos relations; et plus ma position est étrange et sans pareille peut-être, plus je suis déliée de mes devoirs envers la société, plus, pour moi-même, je dois être sévère à les accomplir...

— Oh! oui... oui, lui dis-je, je vous comprends, et Dieu me punisse si j'essayais jamais de détacher une fleur de votre couronne de martyre pour y mettre en place un remords! Mais enfin, il peut arriver tels événements qui vous fassent libre... La vie même adoptée par le comte, pardon si je reviens sur ce sujet, l'expose plus que tout autre...

— Oh! oui... oui, je le sais... Aussi, croyez-le bien, je n'ouvre jamais un journal sans frémir.. L'idée que je puis voir le nom que j'ai porté figurer dans quelque procès sanglant, l'homme que j'ai appelé mon mari menacé d'une mort infâme... Eh bien!...

que parlez-vous de bonheur dans ce cas-là, en supposant que je lui survécusse ?...

— Oh ! d'abord... et avant tout, Pauline, vous n'en seriez pas moins la plus pure comme la plus adorée des femmes... N'a-t-il pas pris soin de vous mettre à l'abri de lui-même, si bien qu'aucune tache de sa boue ni de son sang ne peut vous atteindre ?... Mais je ne voulais point parler de cela, Pauline ! Dans une attaque nocturne, dans un duel même, le comte peut trouver la mort... Oh ! c'est affreux, je le sais, de n'avoir d'autre espérance de bonheur que celle qui doit couler de la blessure ou sortir de la bouche d'un homme avec son sang et son dernier soupir !... Mais enfin, pour vous-même... une telle fin ne serait-elle pas un bienfait du hasard... un oubli de la Providence ?...

— Eh bien ? dit en m'interrogeant Pauline.

— Eh bien ! alors, Pauline, l'homme qui, sans conditions, s'est fait votre ami, votre protecteur, votre frère, n'aurait-il pas droit à un autre titre ?...

— Mais cet homme a-t-il bien réfléchi à l'engagement qu'il prendrait en le sollicitant ?

— Sans doute, et il y voit bien des promesses de bonheur sans y découvrir une cause d'effroi...

— A-t-il pensé que je suis exilée de France, que la mort du comte ne viendra pas rompre mon ban, et que les devoirs que je me suis imposés envers sa vie, je me les imposerai envers sa mémoire ?...

— Pauline, lui dis-je, j'ai songé à tout... L'année que nous venons de passer ensemble a été l'année la plus heureuse de ma vie. Je vous l'ai dit, je n'ai aucun lien réel qui m'attache sur un point du monde plutôt que sur un autre... Le pays où vous serez sera ma patrie !

— Eh bien ! me dit Pauline avec un si doux accent que, mieux qu'une promesse, il renfermait toutes les espérances, revenez avec ces sentiments, laissons faire à l'avenir, et confions-nous en Dieu.

Je tombai à ses pieds et je baisai ses genoux.

La même nuit je quittai Londres, vers midi j'arrivai au Havre ; je pris aussitôt une voiture de poste et je partis ; à une heure du matin j'étais chez ma mère.

Elle était en soirée avec Gabrielle. Je m'informai dans quelle maison ; c'était chez lord G.¹, ambassadeur d'Angleterre. Je demandai si ces dames y étaient seules, on me répondit que le comte Horace était venu les prendre ; je fis une toilette rapide, je me jetai dans un cabriolet de place, et je me fis conduire à l'ambassade.

Lorsque j'arrivai, beaucoup de personnes s'étaient déjà retirées ; les salons commençaient à s'éclaircir, mais cependant il y restait encore assez de monde pour que j'y pénétrasse sans être remarqué. Bientôt j'aperçus ma mère assise et ma sœur dansant, l'une avec toute sa sérénité d'âme habituelle, l'autre avec une joie d'enfant. Je restai à la porte, je n'étais pas venu pour faire une reconnaissance au milieu d'un bal ; d'ailleurs je cherchais encore une troisième personne, je présumais qu'elle ne devait pas être éloignée. En effet, mon investigation ne fut pas longue : le comte Horace était appuyé au lambris de la porte en face de laquelle je me trouvais moi-même.

Je le reconnus au premier abord ; c'était bien l'homme que m'avait dépeint Pauline, c'était bien l'inconnu que j'avais entrevu aux rayons de la lune dans l'abbaye de Grand-Pré ; je retrouvai tout ce que je cherchais en lui, sa figure pâle et calme, ses cheveux blonds, qui lui donnaient cet air de première jeunesse, ses yeux noirs qui imprimaient à sa physionomie un caractère si étrange, enfin ce pli du front que, depuis un an, à défaut de remords, les soucis avaient dû faire plus large et plus profond.

La contredanse finie, Gabrielle alla se rasseoir près de sa mère. Aussitôt je priai un domestique de dire à Mme de Nerval et à sa fille que quelqu'un les attendait dans la salle des pelisses et des manteaux. Ma mère et ma sœur jetèrent un cri de surprise et de joie en m'apercevant. Nous étions seuls, je pus les embrasser. Ma mère n'osait en croire ses yeux qui me voyaient et ses mains qui me serraient contre son cœur. J'avais fait une telle diligence qu'à peine pensait-elle que sa lettre m'était arrivée. En effet, la veille, à pareille heure, j'étais encore à Londres.

Ni ma mère ni ma sœur ne pensaient à rentrer dans les salons de danse ; elles demandèrent leurs manteaux, s'enveloppèrent dans leurs pelisses et donnèrent l'ordre au domestique de faire avancer la voiture. Gabrielle dit alors quelques mots à l'oreille de ma mère :

— C'est juste, s'écria celle-ci ; et le comte Horace...

— Demain je lui ferai une visite et vous excuserai près de lui, répondis-je.

— Le voilà, dit Gabrielle.

En effet, le comte avait remarqué que ces dames quittaient le salon ; au bout de quelques minutes, ne les voyant pas reparaître, il s'était mis à leur recherche, et il venait de les retrouver prêtes à partir.

J'avoue qu'il me passa un frissonnement par tout le corps en voyant cet homme s'avancer vers nous. Ma mère sentit mon bras se crisper sous le sien, elle vit mes regards se croiser avec ceux du comte, et avec cet instinct maternel qui devine tous les dangers, avant que ni l'un ni l'autre de nous deux eût ouvert la bouche :

— Pardon, dit-elle au comte, c'est mon fils, que nous n'avions pas vu depuis près d'un an, et qui arrive de Londres.

Le comte s'inclina.

— Serais-je le seul, dit-il d'une voix douce, à m'af-

fliger de ce retour, madame, et me privera-t-il du
bonheur de vous reconduire?

— C'est probable, monsieur, répondis-je, me conte-
nant à peine ; car, là où je suis, ma mère et ma sœur
n'ont pas besoin d'autre cavalier.

— Mais c'est le comte Horace! me dit ma mère
en se retournant vivement vers moi.

— Je connais monsieur, répondis-je avec un accent
dans lequel j'avais essayé de mettre toutes les
insultes.

Je sentis ma mère et ma sœur trembler à leur tour
le comte Horace devint affreusement pâle ; cependant aucun autre signe que cette pâleur ne trahit son
émotion. Il vit les craintes de ma mère, et, avec un
goût et une convenance qui me donnaient la mesure
de ce que j'aurais peut-être dû faire moi-même, il
s'inclina et sortit. Ma mère le suivit des yeux avec
anxiété ; puis, lorsqu'il eut disparu :

— Partons! partons! dit-elle en m'entraînant vers
le perron.

Nous descendîmes l'escalier, nous montâmes en
voiture, et nous rentrâmes à la maison sans avoir
échangé une parole.

XV

Cependant, on peut le comprendre facilement, nos
cœurs étaient pleins de pensées différentes; aussi
ma mère, à peine rentrée, fit-elle signe à Gabrielle de
se retirer dans sa chambre. La pauvre enfant vint me
présenter son front, comme elle avait l'habitude de
le faire autrefois: mais à peine eut-elle senti mes lèvres
la toucher et mes bras la serrer sur ma poitrine
qu'elle fondit en larmes. Alors ma vue, en s'abaissant
sur elle, pénétra jusqu'à son cœur, et j'en eus pitié.

— Chère petite sœur, lui dis-je, il ne faut pas m'en
vouloir des choses qui sont plus fortes que moi. C'est
Dieu qui fait les événements, et les événements commandent aux hommes. Depuis que mon père est
mort, je réponds de toi à toi-même; c'est à moi de
veiller sur ta vie et de la faire heureuse.

— Oh! oui, oui, tu es le maître, me dit Gabrielle;
ce que tu ordonneras, je le ferai, sois tranquille.
Mais je ne puis m'empêcher de craindre sans savoir
ce que je crains, et de pleurer sans savoir pourquoi
je pleure.

— Rassure-toi, lui dis-je; le plus grand de tes dangers est passé maintenant, grâce au ciel, qui veillait
sur toi. Remonte dans ta chambre, prie comme une
jeune âme doit prier: la prière dissipe les craintes et
sèche les pleurs. Va!

Gabrielle m'embrassa et sortit. Ma mère la suivit des yeux avec anxiété; puis, lorsque la porte fut refermée:

— Que signifie tout cela? me dit-elle.

— Cela signifie, ma mère, lui répondis-je d'un ton respectueux mais ferme, que ce mariage dont vous m'avez parlé est impossible, et que Gabrielle ne peut épouser le comte Horace.

— C'est que je suis presque engagée, dit ma mère.

— Je vous dégagerai, je m'en charge.

— Mais enfin, me diras-tu pourquoi, sans raison aucune...?

— Me croyez-vous donc assez insensé, interrompis-je, pour briser des choses aussi sacrées que la parole si je n'avais pas de motifs de le faire?

— Mais tu me les diras, je pense.

— Impossible! impossible, ma mère; je suis lié par un serment.

— Je sais qu'on dit bien des choses contre Horace; mais on n'a rien pu prouver encore. Croirais-tu à toutes ces calomnies?

— Je crois mes yeux, ma mère; j'ai vu!...

— Oh!...

— Écoutez. Vous savez si je vous aime et si j'aime ma sœur; vous savez si, lorsqu'il s'agit de votre bonheur à toutes deux, je suis capable de prendre légèrement une résolution immuable; vous savez enfin si, dans une circonstance aussi suprême, je suis homme à vous effrayer par un mensonge: eh bien! ma mère, je vous le dis, je vous le jure, si ce mariage s'était fait, si je n'étais pas venu à temps, si mon père, en mon absence, n'était pas sorti de la tombe pour se placer entre sa fille et cet homme, si Gabrielle s'appelait à cette heure Mme Horace de Beuzeval, il ne me resterait qu'une chose à faire, et je la ferais, croyez-moi: ce serait de vous enlever, vous et votre fille, de fuir la France avec vous pour n'y rentrer jamais, et d'aller

demander à quelque terre étrangère l'oubli et l'obscurité, au lieu de l'infamie qui vous attendrait dans
votre patrie.

— Mais ne peux-tu pas me dire?...

— Je ne puis rien dire... j'ai fait serment... Si je
pouvais parler, je n'aurais qu'à prononcer une parole,
et ma sœur serait sauvée.

— Quelque danger la menace-t-il donc?

— Non, pas tant que je serai vivant du moins.

— Mon Dieu! mon Dieu! dit ma mère, tu m'épou-
vantes!

Je vis que je m'étais laissé emporter malgré moi.

— Écoutez, continuai-je : peut-être tout cela est-il
moins grave que je ne le crains. Rien n'était arrêté
positivement entre vous et le comte, rien n'était
encore connu dans le monde; quelque bruit vague,
quelques suppositions, n'est-ce pas, et rien de plus?

— C'était ce soir seulement la seconde fois que le
comte nous accompagnait.

— Eh bien! ma mère, prenez le premier prétexte
venu pour ne pas recevoir; fermez votre porte à tout
le monde, au comte comme aux autres. Je me charge
de lui faire comprendre que ses visites seraient
inutiles.

— Alfred, dit ma mère effrayée, de la prudence
surtout, des ménagements, des procédés. Le comte
n'est pas un homme que l'on congédie ainsi sans lui
donner une raison plausible.

— Soyez tranquille, ma mère, j'y mettrai toutes
les convenances nécessaires. Quant à une raison
plausible, je lui en donnerai une.

— Agis comme tu voudras : tu es le chef de la
famille, Alfred, et je ne ferai rien contre ta volonté;
mais, au nom du ciel, mesure chacune des paroles
que tu diras au comte, et, si tu refuses, adoucis le
refus autant que tu pourras.

Ma mère me vit prendre une bougie pour me retirer

— Oui, tu as raison, continua-t-elle : je ne pense pas à ta fatigue. Rentre chez toi, il sera temps de penser demain à tout cela.

J'allai à elle et l'embrassai : elle me retint la main.

Tu me promets, n'est-ce pas, de ménager la fierté du comte ?

Je vous le promets, ma mère.

Et je l'embrassai une seconde fois et me retirai.

Ma mère avait raison, je tombais de fatigue. Je me couchai et dormis tout d'une traite jusqu'au lendemain dix heures du matin.

Je trouvai en me réveillant une lettre du comte : je m'y attendais. Cependant je n'aurais pas cru qu'il eût gardé tant de calme et de mesure ; c'était un modèle de courtoisie et de convenances. La voici :

« Monsieur,

» Quelque désir que j'eusse de vous faire promptement parvenir cette lettre, je n'ai voulu vous l'adresser ni par un domestique ni par un ami. Ce mode d'envoi, qui est cependant généralement adopté en pareille circonstance, eût pu éveiller des inquiétudes parmi les personnes qui vous sont chères et que vous me permettez, je l'espère, de regarder encore, malgré ce qui s'est passé hier chez lord G   comme ne m'étant ni étrangères ni indifférentes.

» Cependant, monsieur, vous comprendrez facilement que les quelques mots échangés entre nous demandent une explication. Serez-vous assez bon pour m'indiquer l'heure et le lieu où vous pourrez me la donner ? La nature de l'affaire exige, je crois, qu'elle soit secrète et qu'elle n'ait d'autres témoins que les personnes intéressées ; cependant, si vous le désirez, je conduirai deux amis.

» Je crois vous avoir donné la preuve hier que je vous regardais déjà comme un frère ; croyez qu'il m'en coûterait beaucoup pour renoncer à ce titre, et qu'il me faudrait faire violence à toutes mes espérances et à tous mes sentiments pour vous traiter jamais en adversaire et en ennemi.

> » Comte Horace. »

Je répondis aussitôt :

« Monsieur le comte,
» Vous ne vous étiez pas trompé, j'attendais votre lettre, et je vous remercie bien sincèrement des précautions que vous avez prises pour me la faire parvenir. Cependant, comme ces précautions seraient inutiles vis-à-vis de vous et qu'il est important que vous receviez promptement ma réponse, permettez que je vous l'envoie par mon domestique.

» Ainsi que vous l'avez pensé, une explication est nécessaire entre nous ; elle aura lieu si vous le voulez bien aujourd'hui même. Je sortirai à cheval et me promènerai de midi à une heure au bois de Boulogne, allée de la Muette. Je n'ai pas besoin de vous dire, monsieur le comte, que je serai enchanté de vous y rencontrer. Quant aux témoins, mon avis, parfaitement d'accord avec le vôtre, est qu'ils sont inutiles à cette première entrevue.

» Il ne me reste plus, monsieur, pour avoir répondu en tout point à votre lettre qu'à vous parler de mes sentiments pour vous. Je désirerais bien sincèrement que ceux que je vous ai voués pussent m'être inspirés par mon cœur ; malheureusement, ils me sont dictés par ma conscience.

> » Alfred de Nerval. »

Cette lettre écrite et envoyée, je descendis près de ma mère : elle s'était effectivement informée si personne n'était venu de la part du comte Horace, et sur la réponse que lui avaient faite les domestiques, je la trouvai plus tranquille. Quant à Gabrielle, elle avait demandé et obtenu la permission de rester dans sa chambre. À la fin du déjeuner, on m'amena le cheval que j'avais demandé. Mes instructions avaient été suivies, la selle était garnie de fontes : j'y plaçai d'excellents pistolets de duel tout chargés ; je n'avais pas oublié qu'on m'avait prévenu que le comte Horace ne sortait jamais sans armes.

J'étais au rendez-vous à onze heures un quart, tant mon impatience était grande. Je parcourus l'allée dans toute sa longueur ; en me retournant, j'aperçus un cavalier à l'autre extrémité : c'était le comte Horace. À peine chacun de nous eut-il reconnu l'autre qu'il mit son cheval au galop ; nous nous rencontrâmes au milieu de l'allée. Je remarquai que, comme moi, il avait des fontes à la selle de son cheval.

— Vous voyez, me dit le comte Horace en me saluant avec courtoisie et le sourire sur les lèvres, que mon désir de vous rencontrer était égal au vôtre, car tous deux nous avons devancé l'heure.

— J'ai fait cent lieues en un jour et une nuit pour avoir cet honneur, monsieur le comte, lui répondis-je en m'inclinant à mon tour ; vous voyez que je ne suis point en reste.

— Je présume que les motifs qui vous ont ramené avec tant d'empressement ne sont point des secrets que je ne puisse entendre ; et, quoique mon désir de vous connaître et de vous serrer la main m'eût facilement déterminé à faire une pareille course en moins de temps encore, s'il eût été possible, je n'ai pas la fatuité de croire que ce soit une pareille raison qui vous a fait quitter l'Angleterre.

— Et vous croyez juste, monsieur le comte. Des intérêts plus puissants, des intérêts de famille, dans lesquels notre honneur était sur le point d'être compromis, ont été la cause de mon départ de Londres et de mon arrivée à Paris.

— Les termes dont vous vous servez, reprit le comte en s'inclinant de nouveau, et avec un sourire dont l'expression devenait de plus en plus amère, me font espérer que ce retour n'a point eu pour cause la lettre que vous a adressée Mme de Nerval, et dans laquelle elle vous faisait part d'un projet d'union entre Mlle Gabrielle et moi.

— Vous vous trompez, monsieur, répondis-je en m'inclinant à mon tour ; car je suis venu uniquement pour m'opposer à ce mariage, qui ne peut se faire.

Le comte pâlit et ses lèvres se serrèrent ; mais presque aussitôt il reprit son calme habituel.

— J'espère, me dit-il, que vous apprécierez le sentiment qui m'ordonne d'écouter avec sang-froid les réponses étranges que vous me faites. Ce sang-froid, monsieur, est une preuve du désir que j'attache à votre alliance ; et ce désir est tel que j'aurai l'indiscrétion de pousser l'investigation jusqu'au bout. Me ferez-vous l'honneur de me dire, monsieur, quelles sont les causes qui peuvent me valoir de votre part cette aveugle antipathie, que vous exprimez si franchement ? Marchons, si vous voulez, l'un à côté de l'autre, et nous continuerons de causer.

Je mis mon cheval au pas du sien, et nous suivîmes l'allée avec l'apparence de deux amis qui se promènent.

— Je vous écoute, monsieur, reprit le comte.

— D'abord, permettez-moi, répondis-je, monsieur le comte, de rectifier votre jugement sur l'opinion que j'ai de vous : ce n'est point une antipathie aveugle, c'est un mépris raisonné.

Le comte se dressa sur ses étriers comme un homme arrivé au bout de sa patience ; puis il passa la main sur son front, et d'une voix où il était difficile de distinguer la moindre altération :

— De pareils sentiments sont assez dangereux, monsieur, pour qu'on ne les adopte et surtout qu'on ne les manifeste qu'après une connaissance parfaite de l'homme qui les a inspirés.

— Et qui vous dit que je ne vous connais pas parfaitement, monsieur ? répondis-je en le regardant en face.

— Cependant, si ma mémoire ne m'abuse, reprit le comte, je vous ai rencontré hier pour la première fois.

— Et cependant le hasard, ou plutôt la Providence, nous avait déjà rapprochés ; il est vrai que c'était la nuit, et que vous ne m'avez pas vu.

— Aidez mes souvenirs, dit le comte ; je suis fort gauche aux énigmes.

— J'étais dans les ruines de l'abbaye de Grand-Pré pendant la nuit du 27 au 28 septembre.

Le comte tressaillit et porta la main à ses fontes : je fis le même mouvement ; il s'en aperçut.

— Eh bien ? reprit-il en se remettant aussitôt.

— Eh bien ! je vous ai vu sortir du souterrain, je vous ai vu enfouir une clef.

— Et quelle détermination avez-vous prise à la suite de toutes ces découvertes ?

— Celle de ne pas vous laisser assassiner Mlle Gabrielle de Nerval comme vous avez tenté d'assassiner Mlle Pauline de Meulien.

— Pauline n'est point morte ?... s'écria le comte arrêtant son cheval et oubliant, pour cette fois seulement, ce sang-froid infernal qui ne l'avait pas quitté d'une minute.

— Non monsieur, Pauline n'est point morte, répondis-je en m'arrêtant à mon tour ; Pauline vit, malgré la lettre que vous lui avez écrite, malgré le poison que vous lui avez versé, malgré les trois portes que vous avez fermées sur elle, et que j'ai rouvertes, moi, avec cette clef que je vous avais vu enfouir. Comprenez-vous maintenant ?

— Parfaitement, monsieur, reprit le comte la main

cachée dans une de ses fontes; mais ce que je ne comprends pas, c'est que, possédant ces secrets et ces preuves, vous ne m'ayez pas tout bonnement dénoncé.

— C'est que j'ai fait un serment sacré, monsieur, et que je suis obligé de vous tuer en duel comme si vous étiez un honnête homme. Ainsi laissez là vos pistolets; car en m'assassinant vous pourriez gâter votre affaire.

— Vous avez raison, répondit le comte en boutonnant ses fontes et en remettant son cheval au pas. Quand nous battons-nous?

— Demain matin, si vous le voulez, repris-je en lâchant la bride du mien.

— Parfaitement. Où cela?

— À Versailles, si le lieu vous plaît.

— Très bien. À neuf heures je vous attendrai à la pièce d'eau des Suisses avec mes témoins.

— MM. Max et Henri, n'est-ce pas?...

— Avez-vous quelque chose contre eux?

— J'ai que je veux bien me battre avec un assassin, mais que je ne veux pas qu'il prenne pour seconds ses deux complices. Cela se passera autrement, si vous le permettez.

— Faites vos conditions, monsieur, dit le comte en se mordant les lèvres jusqu'au sang.

— Comme il faut que notre rencontre reste un secret pour tout le monde, quelque résultat qu'elle puisse avoir, nous choisirons chacun nos témoins parmi les officiers de la garnison de Versailles, pour qui nous resterons inconnus; ils ignoreront la cause du duel, et ils y assisteront seulement pour prévenir l'accusation de meurtre. Cela vous convient-il?

— À merveille, monsieur. Maintenant, vos armes?

— Maintenant, monsieur, comme nous pourrions nous faire avec l'épée quelque pauvre et mesquine égratignure, qui nous empêcherait peut-être de continuer le combat, le pistolet me paraît préférable. Apportez votre boîte, j'apporterai la mienne.

— Mais, répondit le comte, nous avons tous deux nos armes, toutes nos conditions sont arrêtées : pourquoi remettre à demain une affaire que nous pourrions terminer aujourd'hui même ?

— Parce que j'ai quelques dispositions à prendre pour lesquelles ce délai m'est nécessaire. Il me semble que je me conduis à votre égard de manière à obtenir cette concession. Quant à la crainte qui vous préoccupe, soyez parfaitement tranquille, monsieur, je vous répète que j'ai fait un serment.

— Cela suffit, monsieur, répondit le comte en s'inclinant : à demain, neuf heures.

— À demain, neuf heures.

Nous nous saluâmes une dernière fois, et nous nous éloignâmes au galop, gagnant chacun une extrémité de la route.

En effet, le délai que j'avais demandé au comte n'était point plus long qu'il ne me le fallait pour mettre ordre à mes affaires ; aussi, à peine rentré chez moi, je m'enfermai dans ma chambre.

Je ne me dissimulais pas que les chances du combat où j'étais engagé étaient hasardeuses ; je connaissais le sang-froid et l'adresse du comte, je pouvais donc être tué ; en ce cas-là j'avais à assurer la position de Pauline.

Quoique dans tout ce que je viens de te raconter je n'aie pas une fois prononcé son nom, continua Alfred, je n'ai pas besoin de te dire que son souvenir ne s'était pas éloigné un instant de ma pensée. Les sentiments qui s'étaient réveillés en moi lorsque j'avais revu ma sœur et ma mère s'étaient placés près du sien, mais sans lui porter atteinte ; et je sentis combien je l'aimais au sentiment douloureux qui me saisit lorsque, prenant la plume, je pensai que je lui

écrivais pour la dernière fois peut-être. La lettre ache-
vée, j'y joignis un contrat de rentes de 10 000 francs,
et je mis le tout sous enveloppe à l'adresse du docteur Sercey, Grosvenor-Square, à Londres.

Le reste de la journée et une partie de la nuit se
passèrent en préparatifs de ce genre ; je me couchai
à deux heures du matin en recommandant à mon
domestique de me réveiller à six.

Il fut exact à la consigne donnée ; c'était un homme
sur lequel je savais pouvoir compter, un de ces vieux
serviteurs comme on en trouve dans les drames allemands[1], que les pères lèguent à leurs fils et que
j'avais hérité de mon père. Je le chargeai de la lettre
adressée au docteur, avec ordre de la porter lui-
même à Londres si j'étais tué. Deux cents louis que je
lui laissai étaient destinés, en ce cas, à le défrayer de
son voyage ; dans le cas contraire, il les garderait à
titre de gratification. Je lui montrai, en outre, le
tiroir où étaient renfermés, pour lui être remis si la
chance m'était fatale, les derniers adieux que j'adres-
sais à ma mère ; il devait, de plus, me tenir une voiture de poste prête jusqu'à cinq heures du soir, et, si
à cinq heures je n'étais pas revenu, partir pour Versailles et s'informer de moi. Ces précautions prises,
je montai à cheval ; à neuf heures moins un quart
j'étais au rendez-vous avec mes deux témoins ;
c'étaient, comme la chose avait été arrêtée, deux
officiers de hussards qui m'étaient totalement inconnus et qui cependant n'avaient point hésité à me
rendre le service que je demandais d'eux. Il leur avait
suffi de savoir que c'était une affaire dans laquelle
l'honneur d'une famille recommandable était compromis pour qu'ils acceptassent sans faire une seule
question. Il n'y a que les Français pour être tout à la
fois, et selon les circonstances, les plus bavards ou
les plus discrets de tous les hommes.

Nous attendions depuis cinq minutes à peine lorsque

le comte arriva avec ses seconds; nous nous mîmes en quête d'un endroit convenable, et nous ne tardâmes pas à le trouver, grâce à nos témoins, habitués à découvrir ce genre de localité. Arrivés sur le terrain, nous fîmes part à ces messieurs de nos conditions, et nous les priâmes d'examiner les armes; c'était, de la part du comte, des pistolets de Lepage, et de ma part, à moi, des pistolets de Devismes[1], les uns et les autres à double détente et du même calibre, comme sont, au reste, presque tous les pistolets de duel.

Le comte alors ne démentit point sa réputation de bravoure et de courtoisie; il voulut me céder tous les avantages, mais je refusai. Il fut donc décidé que le sort réglerait les places et l'ordre dans lequel nous ferions feu; quant à la distance, elle fut fixée à vingt pas; les limites étaient marquées pour chacun de nous par un second pistolet tout chargé, afin que nous pussions continuer le combat dans les mêmes conditions si ni l'une ni l'autre des deux premières balles n'était mortelle.

Le sort favorisa le comte deux fois de suite: il eut d'abord le choix des places, puis la priorité: il alla aussitôt se placer en face du soleil, adoptant de son plein gré la position la plus désavantageuse: je lui en fis la remarque, mais il s'inclina, en répondant que, puisque le hasard l'avait fait maître d'opter, il désirait garder le côté qu'il avait choisi: j'allai prendre la mienne à la distance convenue.

Les témoins chargeaient nos armes, j'eus donc le temps d'examiner le comte, et, je dois le dire, il garda constamment l'attitude froide et calme d'un homme parfaitement brave: pas un geste, pas un mot ne lui échappa qui ne fût dans les convenances. Bientôt les témoins se rapprochèrent de nous, nous présentèrent à chacun un pistolet, placèrent l'autre à nos pieds et s'éloignèrent Alors le comte me renouvela une seconde fois l'invitation de tirer le premier : une seconde fois je refusai. Nous nous inclinâmes chacun vers nos témoins pour les saluer ; puis je m'apprêtai à essuyer le feu, m'effaçant autant que possible, et me couvrant le bas de la figure avec la crosse de mon pistolet, dont le canon retombait sur ma poitrine dans le vide formé entre l'avant-bras et l'épaule. J'avais à peine pris cette précaution que les témoins nous saluèrent à leur tour, et que le plus vieux donna le signal en disant : « Allez, messieurs. » Au même instant je vis briller la flamme, j'entendis le coup de pistolet du comte, et je sentis une double commotion à la poitrine et au bras : la balle avait rencontré le canon du pistolet, et, en déviant, m'avait traversé les chairs de l'épaule. Le comte parut étonné de ne pas me voir tomber.

— Vous êtes blessé ? me dit-il en faisant un pas en avant.

— Ce n'est rien, répondis-je en prenant mon pistolet de la main gauche. À mon tour, monsieur.

Le comte jeta le pistolet déchargé, reprit l'autre et se remit en place.

Je visai lentement et froidement, puis je fis feu. Je crus d'abord que je ne l'avais pas touché, car il resta immobile, et je lui vis lever le second pistolet ; mais, avant que le canon n'arrivât à ma hauteur, un tremblement convulsif s'empara de lui ; il laissa échapper l'arme, voulut parler, rendit une gorgée de sang et tomba raide mort : la balle lui avait traversé la poitrine.

Les témoins s'approchèrent d'abord du comte, puis revinrent à moi. Il y avait parmi eux un chirurgien-major : je le priai de donner ses soins à mon adversaire, que je croyais plus blessé que moi.

— C'est inutile, me répondit-il en secouant la tête, il n'a plus besoin des soins de personne.

— Ai-je fait en homme d'honneur, messieurs[1]?
leur demandai-je.

Ils s'inclinèrent en signe d'adhésion.

— Alors, docteur, ayez la bonté, dis-je en défaisant mon habit, de me mettre la moindre chose sur
cette égratignure, afin d'arrêter le sang, car il faut
que je reparte à l'instant même.

— À propos, me dit le plus vieux des officiers
comme le chirurgien achevait de me panser, où faudra-t-il faire porter le corps de *votre ami*?

— Rue de Bourbon, nᵒ 16, répondis-je en souriant malgré moi de la naïveté de ce brave homme,
à l'hôtel de M. de Beuzeval.

À ces mots, je sautai sur mon cheval, qu'un hussard tenait en main avec celui du comte, et, remerciant une dernière fois ces messieurs de leur bonne
et loyale assistance, je les saluai de la main et je
repris au galop la route de Paris.

Il était temps que j'arrivasse; ma mère était au
désespoir: ne me voyant pas descendre à l'heure du
déjeuner, elle était montée dans ma chambre, et dans
un des tiroirs de mon secrétaire elle avait trouvé la
lettre qui lui était adressée.

Je la lui arrachai des mains et la jetai au feu avec
celle qui était destinée à Pauline, puis je l'embrassai
comme on embrasse une mère qu'on a manqué de
ne plus revoir et que l'on va quitter sans savoir
quand on la reverra.

XVI

Huit jours après la scène que je viens de te raconter, continua Alfred, nous étions dans notre petite
maison de Piccadilly, assis et déjeunant de chaque
côté d'une table à thé, lorsque Pauline, qui lisait une
gazette anglaise, pâlit tout à coup affreusement, laissa
tomber le journal, poussa un cri et s'évanouit. Je
sonnai violemment, les femmes de chambre accou-
rurent ; nous la transportâmes chez elle, et, tandis
qu'on la déshabillait, je descendis pour envoyer chercher le docteur et voir sur le journal la cause de son
évanouissement. À peine l'eus-je ouvert que mes
yeux tombèrent sur ces lignes traduites du *Courrier
Français* [1] :

« Nous recevons à l'instant les détails les plus sin-
guliers et les plus mystérieux sur un duel qui vient
d'avoir lieu à Versailles, et qui paraissait emprunter
ses causes aux motifs inconnus d'une haine violente.

» Avant-hier matin, 5 août 1833, deux jeunes gens
qui paraissaient appartenir à l'aristocratie parisienne
arrivèrent dans notre ville, chacun de son côté, à cheval et sans domestique. L'un se rendit à la caserne de
la rue Royale, l'autre au café de la Régence ; là,
prière fut faite par eux à deux officiers de les accompagner sur le terrain. Chacun des combattants avait

apporté ses armes ; les conditions de la rencontre furent réglées, et les adversaires, placés à vingt pas de distance, firent feu l'un sur l'autre ; l'un des deux est mort sur le coup, l'autre, dont on ignore le nom, est reparti à l'instant même pour Paris, malgré une blessure grave, la balle de son ennemi lui ayant traversé les chairs de l'épaule.

» Celui des deux qui a succombé se nomme le comte Horace de Beuzeval ; on ignore le nom de son adversaire[1] »

Pauline avait lu cet article, et l'effet qu'il avait produit sur elle avait été d'autant plus grand qu'aucune précaution ne l'y avait préparée. Depuis mon retour, je n'avais point prononcé le nom de son mari devant elle ; et il y a plus, quoique je sentisse la nécessité de lui faire connaître, un jour ou l'autre, l'accident qui la rendait libre, tout en lui laissant ignorer la cause de sa liberté, je ne m'étais encore arrêté à aucun mode de révélation, bien éloigné que j'étais de penser que les journaux prendraient les devants sur ma prudence et lui annonceraient brutalement et violemment ainsi une nouvelle qui demandait, pour être dite à elle surtout dont la santé était toujours chancelante, plus de ménagements encore qu'à toute autre femme.

En ce moment le docteur entra ; je lui dis qu'une émotion violente venait d'amener chez Pauline une nouvelle crise. Nous remontâmes ensemble chez elle ; la malade était toujours évanouie, malgré l'eau qu'on lui avait jetée au visage et les sels qu'on lui avait fait respirer. Le docteur parla de la saigner, et commença les préparatifs de cette opération ; alors le courage me manqua, et, tremblant comme une femme, je me sauvai dans le jardin.

Là je restai une demi-heure à peu près, la tête appuyée dans mes mains et le front brisé par les mille pensées qui se heurtaient dans mon esprit. Dans tout

ce qui venait de se passer, j'avais suivi passivement
le double intérêt de ma haine pour le comte et de
mon amitié pour ma sœur ; je détestais cet homme
du jour où il m'avait enlevé tout mon bonheur en
épousant Pauline, et le besoin d'une vengeance per-
sonnelle, le désir de rendre le mal physique en échange
de la douleur morale m'avait emporté comme malgré moi ; j'avais voulu tuer ou être tué, voilà tout.
Maintenant que la chose était accomplie, j'en voyais
se dérouler toutes les conséquences.

On me frappa sur l'épaule, c'était le docteur.

— Et Pauline ! m'écriai-je en joignant les mains.

— Elle a repris connaissance...

Je me levai pour courir à elle, le docteur m'arrêta.

— Écoutez, continua-t-il : l'accident qui vient de
lui arriver est grave ; elle a besoin avant tout de repos...
N'entrez pas dans sa chambre en ce moment

— Et pourquoi cela ? lui dis-je.

— Parce qu'il est important qu'elle n'éprouve
aucune émotion violente. Je ne vous ai jamais fait de
question sur votre position vis-à-vis d'elle ; je ne vous
demande pas de confidence ; vous l'appelez votre
sœur : êtes-vous ou n'êtes-vous pas son frère ? cela ne
me regarde point comme homme, mais cela m'importe
beaucoup comme médecin. Votre présence, votre
voix même ont sur Pauline une influence visible...
Je l'ai toujours remarqué, et tout à l'heure encore,
comme je tenais sa main, votre nom seul prononcé
accéléra d'une manière sensible le mouvement de
son pouls. J'ai défendu que personne entrât dans son
appartement aujourd'hui, que moi et ses femmes de
chambre ; n'allez pas contre mon ordonnance.

— Est-ce donc dangereux ? m'écriai-je.

— Tout est dangereux pour une organisation ébran-
lée comme l'est la sienne : il aurait fallu que je pusse
donner à cette femme un breuvage qui lui fît oublier

le passé ; il y a en elle quelque souvenir, quelque chagrin, quelque regret qui la dévore.

— Oui, oui, répondis-je, rien ne vous est caché, et
vous avez tout vu avec les yeux de la science... Non,
ce n'est pas ma sœur, non, ce n'est pas ma femme,
non, ce n'est pas ma maîtresse : c'est un être angélique, que j'aime au-dessus de tout, à qui cependant
je ne puis rendre le bonheur et qui mourra dans mes
bras avec sa couronne de vierge et de martyre !... Je
ferai ce que vous voudrez, docteur, je n'entrerai que
lorsque vous me le permettrez, je vous obéirai comme
un enfant ; mais quand vous reverrai-je ?

— Je reviendrai dans la journée...

— Et moi, que vais-je faire, mon Dieu ?...

— Allons, du courage !... Soyez homme !...

— Si vous saviez comme je l'aime !...

Le docteur me serra la main, je le reconduisis jusqu'à la porte ; puis je restai immobile à l'endroit où
il m'avait quitté. Enfin je sortis de cette apathie ; je
montai machinalement les escaliers ; je m'approchai
de sa porte, et, n'osant pas entrer, j'écoutai. Je crus
d'abord que Pauline dormait ; mais bientôt quelques
sanglots étouffés parvinrent jusqu'à mon oreille ; je
mis la main sur la clef. Alors je me rappelai ma promesse, et, pour ne pas y manquer, je m'élançai hors
de la maison, je sautai dans la première voiture venue,
et je me fis conduire à Regent's Park.

J'errai deux heures, à peu près comme un fou, au
milieu des promeneurs, des arbres et des statues ;
puis je revins. Je rencontrai sur la porte un domestique qui sortait en courant ; il allait chercher le
docteur ; Pauline avait éprouvé une nouvelle crise
nerveuse, à la suite de laquelle le délire s'était emparé
d'elle. Cette fois je n'y pus pas tenir, je me précipitai dans sa chambre, je me jetai à genoux, et je pris
sa main qui pendait hors du lit ; elle ne parut pas
s'apercevoir de ma présence ; sa respiration était

entrecoupée et haletante, elle avait les yeux fermés et quelques mots sans suite et sans raison s'échappaient fiévreusement de sa bouche. Le docteur arriva.

— Vous ne m'avez pas tenu parole, me dit-il.

— Hélas! elle ne m'a pas reconnu! lui répondis-je.

Néanmoins, au son de ma voix, je sentis sa main tressaillir. Je cédai ma place au docteur, il s'approcha du lit, tâta le pouls de la malade et déclara qu'une seconde saignée était nécessaire. Cependant, malgré le sang tiré, l'agitation alla toujours croissant; le soir une fièvre cérébrale s'était déclarée.

Pendant huit jours et huit nuits, Pauline resta en proie à ce délire affreux, ne reconnaissant personne, se croyant toujours menacée et appelant sans cesse à son aide; puis le mal commença à perdre de son intensité, une faiblesse extrême, une prostration complète de forces, succéda à cette exaltation insensée. Enfin, le matin du neuvième jour, en rouvrant les yeux après un sommeil un peu plus tranquille, elle me reconnut et prononça mon nom. Ce qui se passa en moi alors est impossible à décrire; je me jetai à genoux, la tête appuyée contre son lit, et je me mis à pleurer comme un enfant. En ce moment le docteur entra, et, craignant pour elle les émotions, il exigea que je me retirasse; je voulus résister; mais Pauline me serra la main, et me disant d'une voix douce:

— Allez!...

J'obéis. Il y avait huit jours et huit nuits que je ne m'étais couché, je me mis au lit, et, un peu rassuré sur son état, je m'endormis d'un sommeil dont j'avais presque autant besoin qu'elle.

En effet, la maladie inflammatoire disparut peu à peu, et au bout de trois semaines il ne restait plus à Pauline qu'une grande faiblesse; mais pendant ce temps la maladie chronique dont elle avait déjà été menacée un an auparavant avait fait des progrès. Le

docteur nous conseilla le remède qui l'avait déjà gué-
rie, et je résolus de profiter des derniers beaux jours
de l'année pour parcourir avec elle la Suisse et de là
gagner Naples, où je comptais passer l'hiver. Je fis
part de ce projet à Pauline : elle sourit tristement de
l'espoir que je fondais sur cette distraction ; puis,
avec une soumission d'enfant, elle consentit à tout. En
conséquence, vers les premiers jours de septembre,
nous partîmes pour Ostende : nous traversâmes la
Flandre, remontâmes le Rhin jusqu'à Bâle ; nous visitâmes les lacs de Bienne et de Neuchâtel, nous nous
arrêtâmes quelques jours à Genève ; enfin nous par-
courûmes l'Oberland, nous franchîmes le Brunig, et
nous venions de visiter Altorf lorsque tu nous ren-
contras, sans pouvoir nous joindre, à Fluelen, sur les
bords du lac des Quatre-Cantons.

Tu comprends maintenant pourquoi nous ne pûmes
t'attendre : Pauline, en voyant ton intention de profiter de notre barque, m'avait demandé ton nom, et
s'était rappelé t'avoir rencontré plusieurs fois, soit
chez Mme la comtesse M.. , soit chez la princesse
Bel... À la seule idée de se retrouver en face de toi,
son visage prit une telle expression d'effroi que j'en
fus effrayé, et que j'ordonnai à mes bateliers de
s'éloigner à force de rames, quelque chose que tu
dusses penser de mon impolitesse.

Pauline se coucha au fond de la barque, je m'assis
près d'elle, et elle appuya sa tête sur mes genoux. Il y
avait juste deux ans qu'elle avait quitté la France
ainsi souffrante et appuyée sur moi. Depuis ce temps,
j'avais tenu fidèlement l'engagement que j'avais pris :
j'avais veillé sur elle comme un frère, je l'avais res-
pectée comme une sœur ; toutes les préoccupations
de mon esprit avaient eu pour but de lui épargner
une douleur ou de lui ménager un plaisir ; tous les
désirs de mon âme avaient tourné autour de l'espérance d'être aimé un jour par elle. Quand on a vécu

longtemps près d'une personne, il y a de ces idées qui vous viennent à tous deux en même temps. Je vis ses yeux se mouiller de larmes, elle poussa un soupir, et me serrant la main qu'elle tenait entre les siennes :

— Que vous êtes bon ! me dit-elle.

Je tressaillis de la sentir répondre aussi complètement à ma pensée.

— Trouvez-vous que j'aie fait ce que je devais faire ? lui dis-je.

— Oh ! vous avez été pour moi l'ange gardien de mon enfance, qui s'était envolé un instant, et que Dieu m'a rendu sous le nom d'un frère !

— Eh bien ! en échange de ce dévouement, ne ferez-vous rien pour moi ?

— Hélas ! que puis-je maintenant pour votre bonheur ? dit Pauline ; vous aimer ?... Alfred, en face de ce lac, de ces montagnes, de ce ciel, de toute cette nature sublime, en face de Dieu, qui les a faits, oui, Alfred, je vous aime ! Je ne vous apprends rien de nouveau en vous disant cela.

— Oh ! oui, oui, je le sais, lui répondis-je ; mais ce n'est point assez de m'aimer, il faut que votre vie soit attachée à la mienne par des liens indissolubles ; il faut que cette protection, que j'ai obtenue comme une faveur, devienne pour moi un droit.

Elle sourit tristement.

— Pourquoi souriez-vous ainsi ? lui dis-je.

— C'est que vous voyez toujours l'avenir de la terre, et moi l'avenir du ciel.

— Encore !... lui dis-je.

— Pas d'illusions, Alfred : ce sont les illusions qui rendent les douleurs amères et inguérissables. Si j'avais conservé quelque illusion, moi, croyez-vous que je n'eusse point fait connaître à ma mère que j'existais encore ? Mais alors il m'aurait fallu quitter une seconde fois ma mère et vous, et c'eût été trop.

Aussi ai-je eu d'avance pitié de moi-même et me suis-je privée d'une grande joie pour m'épargner une suprême douleur.

Je fis un mouvement de prière.

— Je vous aime! Alfred, me répéta-t-elle, je vous redirai ce mot tant que ma bouche pourra prononcer deux paroles; ne me demandez rien de plus, et veillez vous-même à ce que je ne meure pas avec un remords...

Que pouvais-je dire, que pouvais-je faire en face d'une telle conviction? Prendre Pauline dans mes bras et pleurer avec elle sur la félicité que Dieu aurait pu nous accorder et sur le malheur que la fatalité nous avait fait.

Nous demeurâmes quelques jours à Lucerne, puis nous partîmes pour Zurich; nous descendîmes le lac et nous arrivâmes à Pfeffers. Là nous comptions nous arrêter une semaine ou deux; j'espérais que les eaux thermales feraient quelque bien à Pauline. Nous allâmes visiter la source féconde sur laquelle je basais cette espérance. En revenant, nous te rencontrâmes sur ce pont étroit, dans ce souterrain sombre: Pauline te toucha presque, et cette nouvelle rencontre lui donna une telle émotion qu'elle voulut partir à l'instant même. Je n'osai insister, et nous prîmes sur-le-champ la route de Constance.

Il n'y avait plus à en douter pour moi-même, Pauline s'affaiblissait d'une manière visible. Tu n'as jamais éprouvé, tu n'éprouveras jamais, je l'espère, ce supplice atroce de sentir un cœur qu'on aime cesser lentement de vivre sous votre main, de compter chaque jour, le doigt sur l'artère, quelques battements fiévreux de plus, et de se dire, chaque fois que dans un sentiment réuni d'amour et de douleur on presse sur sa poitrine ce corps adoré, qu'une semaine, quinze jours, un mois encore, peut-être, cette création de

Dieu, qui vit, qui pense, qui aime, ne sera plus qu'un froid cadavre sans parole et sans amour!

Quant à Pauline, plus le temps de notre séparation semblait s'approcher, plus on eût dit qu'elle avait amassé pour ces derniers moments les trésors de son esprit et de son âme. Sans doute mon amour poétise ce crépuscule de sa vie; mais, vois-tu, ce dernier mois qui s'écoula entre le moment où nous te rencontrâmes à Pfeffers et celui où, du haut de la terrasse d'une auberge, tu laissas tomber au bord du lac Majeur ce bouquet d'oranger dans notre calèche, ce dernier mois sera toujours présent à ma pensée, comme a dû l'être à l'esprit des prophètes l'apparition des anges qui leur apportaient la parole du Seigneur.

Nous arrivâmes ainsi à Arona. Là, quoique fatiguée, Pauline semblait si bien renaître aux premières bouffées de ce vent d'Italie que nous ne nous arrêtâmes qu'une nuit; car tout mon espoir était maintenant de gagner Naples. Cependant le lendemain elle était tellement souffrante qu'elle ne put se lever que fort tard, et qu'au lieu de continuer notre route en voiture je pris un bateau pour atteindre Sesto Calende. Nous nous embarquâmes vers les cinq heures du soir. À mesure que nous nous approchions, nous voyions aux derniers rayons tièdes et dorés du soleil la petite ville, couchée aux pieds de ses collines, et sur ses collines ses délicieux jardins d'orangers, de myrtes et de lauriers-roses. Pauline les regardait avec un ravissement qui me rendit quelque espoir que ses idées étaient moins tristes.

— Vous pensez qu'il serait bien doux de vivre dans ce délicieux pays? lui demandai-je.

— Non, répondit-elle : je pense qu'il serait moins douloureux d'y mourir. J'ai toujours rêvé les tombes ainsi, continua Pauline, placées au milieu d'un beau jardin embaumé, entourées d'arbustes et de fleurs. On ne s'occupe pas assez, chez nous, de la dernière demeure de ceux qu'on aime : on pare leur lit d'un jour, et on oublie leur couche de l'éternité !... Si je mourais avant vous, Alfred, reprit-elle en souriant, après un moment de silence, et que vous fussiez assez généreux pour continuer à la mort les soins de la vie, je voudrais que vous vous souvinssiez de ce que je viens de vous dire.

— Oh ! Pauline ! Pauline ! m'écriai-je en la prenant dans mes bras et en la serrant convulsivement contre mon cœur, ne me parlez pas ainsi, vous me tuez !

— Eh bien ! non, me répondit-elle ; mais je voulais vous dire cela, mon ami, une fois pour toutes ; car je sais qu'une fois que je vous l'aurai dit vous ne l'oublierez jamais. Non, vous avez raison, ne parlons plus de cela... D'ailleurs, je me sens mieux ; Naples me fera du bien. Il y a longtemps que j'ai envie de voir Naples...

— Oui, continuai-je en l'interrompant, oui, nous y serons bientôt. Nous prendrons pour cet hiver une petite maison à Sorrente ou à Resina ; vous y passerez l'hiver, réchauffée au soleil, qui ne s'éteint pas ; puis, au printemps, vous reviendrez à la vie avec toute la nature... Qu'avez-vous, mon Dieu ?...

— Oh ! que je souffre ! dit Pauline en se raidissant et en portant sa main à sa poitrine. Vous le voyez, Alfred, la mort est jalouse même de nos rêves, et elle m'envoie la douleur pour nous réveiller !...

Nous demeurâmes en silence jusqu'au moment où nous abordâmes. Pauline voulut marcher ; mais elle était si faible que ses genoux plièrent. Il commençait à faire nuit ; je la pris dans mes bras et je la portai jusqu'à l'hôtel

Je me fis donner une chambre près de la sienne. Depuis longtemps il y avait entre nous quelque chose de saint, de fraternel et de sacré qui faisait qu'elle s'endormait sous mes yeux comme sous ceux d'une mère. Puis, voyant qu'elle était plus souffrante que je ne l'avais vue encore, et désespérant de pouvoir continuer notre route le lendemain, j'envoyai un exprès en poste, dans ma voiture, pour aller chercher à Milan et ramener à Sesto le docteur Scarpa.

Je remontai près de Pauline : elle était couchée ; je m'assis au chevet de son lit. On eût dit qu'elle avait quelque chose à me demander et qu'elle n'osait le faire. Pour la vingtième fois, je surpris son regard fixé sur moi avec une expression inouïe de doute.

— Que voulez-vous ? lui dis-je ; vous désirez m'interroger et vous n'osez pas le faire. Voilà déjà plusieurs fois que je vous vois me regarder ainsi : ne suis-je pas votre ami, votre frère ?

— Oh ! vous êtes bien plus que tout cela, me répondit-elle, et il n'y a pas de nom pour dire ce que vous êtes. Oui, oui, un doute me tourmente, un doute terrible ! Je l'éclaircirai plus tard... dans un moment où vous n'oserez pas me mentir ; mais l'heure n'est pas encore venue. Je vous regarde pour vous voir le plus possible... je vous regarde, parce que je vous aime !...

Je pris sa tête et je la posai sur mon épaule. Nous restâmes ainsi une heure à peu près, pendant laquelle je sentis son souffle haletant mouiller ma joue, et son cœur bondir contre ma poitrine. Enfin elle m'assura qu'elle se sentait mieux et me pria de me retirer. Je me levai pour lui obéir, et, comme d'habitude, j'approchais ma bouche de son front, lorsqu'elle me jeta les bras autour du cou, et appuyant ses lèvres sur les miennes :

— Je t'aime ! murmura-t-elle dans un baiser, et elle retomba la tête sur son lit.

Je voulus la prendre dans mes bras ; mais elle me repoussa doucement, et sans rouvrir les yeux :

— Laisse-moi, mon Alfred, me dit-elle ; je t'aime !... je suis bien .. je suis heureuse !...

Je sortis de la chambre ; je n'aurais pas pu y rester dans l'état d'exaltation où ce baiser fiévreux m'avait mis. Je rentrai chez moi ; je laissai la porte de communication entrouverte afin de courir près de Pauline au moindre bruit ; puis, au lieu de me coucher, je me contentai de mettre bas mon habit, et j'ouvris la fenêtre pour chercher un peu de fraîcheur.

Le balcon de ma chambre donnait sur ces jardins enchantés que nous avions vus du lac en nous approchant de Sesto. Au milieu des touffes de citronniers et des massifs de lauriers-roses, quelques statues debout sur leurs piédestaux se détachaient aux rayons de la lune, blanches comme des ombres. À force de fixer les yeux sur une d'elles, ma vue se troubla, il me sembla la voir s'animer et qu'elle me faisait signe de la main en me montrant la terre. Bientôt cette illusion fut si grande que je crus m'entendre appeler ; je portai mes deux mains à mon front, car il me semblait que je devenais fou. Mon nom, prononcé une seconde fois d'une voix plus plaintive, me fit tressaillir, je rentrai dans ma chambre et j'écoutai ; une troisième fois mon nom arriva jusqu'à moi, mais plus faible. La voix venait de l'appartement à côté, c'était Pauline qui m'appelait, je m'élançai dans sa chambre.

C'était bien elle... elle, expirante, et qui n'avait pas voulu mourir seule, et qui, voyant que je ne lui répondais pas, était descendue de son lit pour me chercher dans son agonie ; elle était à genoux sur le parquet... Je me précipitai vers elle, voulant la prendre dans mes bras, mais elle me fit signe qu'elle avait quelque chose à me demander... Puis, ne pouvant parler et sentant qu'elle allait mourir, elle saisit la manche de ma chemise, l'arracha avec ses mains, mit à découvert la blessure à peine refermée, que trois mois auparavant m'avait faite la balle du comte Horace, et, me montrant du doigt la cica-

trice, elle poussa un cri, se renversa en arrière et
ferma les yeux.

Je la portai sur son lit, et je n'eus que le temps
d'approcher mes lèvres des siennes pour recueillir
son dernier souffle et ne pas perdre son dernier
soupir.

La volonté de Pauline fut accomplie; elle dort
dans un de ces jardins qui dominent le lac, au milieu
du parfum des orangers et sous l'ombrage des myrtes
et des lauriers-roses.

— Je le sais, répondis-je à Alfred, car je suis arrivé
à Sesto quatre jours après que tu l'avais quitté; et,
sans savoir qui elle renfermait, j'ai été prier sur sa
tombe.

DOSSIER

CHRONOLOGIE

Ses parents

1762. Naissance à Saint-Domingue de Thomas-Alexandre Dumas, fils du marquis Alexandre-Antoine Davy de la Pailleterie, et d'une esclave noire, Marie-Césette Dumas.

1776. Il rejoint son père en France, où il mène une vie errante.

1786. Il entre dans le régiment des dragons de la Reine. Sur l'ordre de son père, il adopte alors le nom de sa mère, Dumas. Sous la Révolution, ce régiment devient le 6e dragon et est intégré à l'armée du Nord.

1792. À Villers-Cotterêts, il épouse Marie-Louise-Élisabeth Labouret dont il aura trois enfants : Marie-Alexandrine-Aimée (1793-1881), Louise-Alexandrine (1796-1797) et Alexandre (1802-1870).

1794-1797. Il est général en chef de l'armée des Alpes (1794), puis sert dans l'armée d'Italie (1796-1797).

1798. Il participe à l'expédition d'Égypte. Au retour de cette expédition, il échoue fortuitement dans les prisons du roi de Naples, où il sera maltraité et peut-être même victime d'une tentative d'empoisonnement.

1801. Il rentre à Villers-Cotterêts, malade et diminué, et sera mis à la retraite l'année suivante.

L'enfance et l'adolescence

1802.   24 juillet: naissance à Villers-Cotterêts d'Alexandre
        Dumas, fils de Thomas-Alexandre Dumas, général de
        l'Empire, et de Marie-Louise-Élisabeth Labouret.
1806.   Mort du général Dumas. L'enfance et la jeunesse de
        Dumas, marquées par une certaine gêne matérielle, se
        déroulent dans le cadre champêtre de Villers-Cotterêts.
1811-1813.   Dumas fait de sommaires études au petit collège
        de l'Abbé Grégoire, qu'il complétera par des lectures
        personnelles. Un peu de calcul, de latin, de calligraphie
        et de maniement des armes: Dumas lui-même jugera
        plus tard son éducation «complètement manquée».
1816.   Il devient clerc de notaire et occupera deux postes
        successifs (à Villers-Cotterêts puis à Crépy-en-Valois)
        avant de quitter sa région natale pour Paris.

La conquête de Paris (1823-1829)

1823.   Dumas s'installe à Paris. Il obtient, grâce à la recom-
        mandation du général Foy, une place de secrétaire
        surnuméraire du duc d'Orléans. Il n'est pas excessive-
        ment chargé de travail et en profite pour se consacrer
        de plus en plus à l'écriture.
1824.   Naissance de son fils Alexandre dont la mère, Marie-
        Catherine Laure Labay, est couturière, et voisine de
        palier de Dumas. Celui-ci ne reconnaîtra son fils qu'en
        1831.
1825.   *La Chasse et l'Amour*, pièce écrite en collaboration
        avec Adolphe de Leuven et James Rousseau, est jouée
        à l'Ambigu-Comique.
1826.   Nouvelles contemporaines (*Laurette, Blanche de Beau-
        lieu, Marie*). Première de *La Noce et l'Enterrement* à la
        Porte-Saint-Martin.
1827.   Liaison avec Mélanie Waldor qui servira de modèle à
        Adèle, l'héroïne d'*Antony*. En septembre, une troupe de
        comédiens anglais jouent *Hamlet* et *Roméo et Juliette* à
        l'Odéon et font découvrir Shakespeare au public pari-
        sien. C'est une révélation pour Dumas.
1829.   Première triomphale d'*Henri III et sa Cour*, le 10 février
        à la Comédie-Française, en présence du duc d'Orléans

et de sa famille. À partir de ce moment, Dumas est un auteur reconnu.

L'ambition théâtrale : réussites et échecs (1830-1844)

1830.   Dumas participe à la bataille d'*Hernani* (25 février) avant la première de sa pièce *Christine* à l'Odéon, le 30 mars. Avec enthousiasme, il prend part aux événements de juillet 1830. Il est encore (pour peu de temps) en bons termes avec le nouveau roi des Français, le duc d'Orléans devenu Louis-Philippe.

1831.   Une année très riche en créations : 10 janvier, *Napoléon Bonaparte* à l'Odéon ; 5 mars, naissance de sa fille Marie, dont la mère, Belle Krelsamer, est comédienne ; 3 mai, triomphe d'*Antony* à la Porte-Saint-Martin ; 20 octobre, *Charles VII chez ses grands vassaux* à l'Odéon ; 10 décembre, *Richard Darlington*.

1832.   Encore une année très chargée : 6 février, *Térésa*, 4 avril, *Le Mari de la veuve* ; 29 mai, *La Tour de Nesle* ; 28 août, *Le Fils de l'émigrée* ; une nouvelle, *Le Cocher de cabriolet*, réécriture de *Marie*. Cette année-là, le choléra ravage Paris. Atteint en avril, Dumas se rétablit en mai.
          Par ailleurs, il entreprend au cours de l'été un grand voyage dans les Alpes et en Suisse, dont il publiera le récit dans ses *Impressions de voyage* dans la *Revue des Deux Mondes*.

1833.   30 mars : Dumas donne un grand bal costumé pour le carnaval où il reçoit le Tout-Paris artistique.
          28 décembre : succès d'*Angèle* à la Porte-Saint-Martin, avec Belle Krelsamer et Ida Ferrier, la nouvelle maîtresse de Dumas.

1834.   7 mars : *La Vénitienne* ne connaît qu'un succès d'estime. Le 2 juin, *Catherine Howard* est un échec.

1835.   Voyage en Méditerranée avec la comédienne Ida Ferrier et le peintre Jadin.

1836.   30 avril : échec de *Don Juan de Marana* à la Porte-Saint-Martin. 31 août, première de *Kean* aux Variétés. Par ailleurs, à partir de juillet, Dumas commence à collaborer à *La Presse*, le journal d'Émile de Girardin, où il fait paraître *Murat*.

1837   *Pascal Bruno* dans *La Presse* ; *Impressions de voyage en*

Suisse dans *Le Figaro* puis chez Dumont. Par ailleurs, Dumas écrit, en collaboration avec Nerval, un opéra-comique, *Piquillo*, et une tragédie, *Caligula*, qui est un échec.

1838. Mars-juin : *Quinze jours au Sinaï*, d'après des notes du peintre Adrien Dauzats. Sous le titre *La Salle d'armes*, *Pascal Bruno*, *Murat* et *Pauline* paraissent chez Dumont après une annonce publicitaire dans *La Presse*, le 1ᵉʳ avril 1838. Le 21 mai, grand succès du *Bourgeois de Gand* à l'Odéon. Le 1ᵉʳ août, Mme Dumas meurt. Très affecté, son fils entreprend peu après, avec Ida Ferrier, un voyage en Belgique et en Allemagne où ils sont rejoints par G. de Nerval. *La Belgique et la Confédération germanique* paraît dans *La Revue de Paris* de septembre à novembre, et sera publiée ensuite sous le titre *Excursions sur les bords du Rhin*. En novembre, Dumas fait la connaissance d'Auguste Maquet, qui deviendra son collaborateur attitré.

1839. Sur le plan théâtral, gros succès de *Mademoiselle de Belle-Isle* à la Comédie-Française, en avril, mais dans le même temps, échec de *Léo Burckart* à la Porte-Saint-Martin. Sur le plan romanesque et historique, *Vie et aventures de John Davis*, *Le Capitaine Pamphile*, *Les Crimes célèbres*.

1840. Le 5 février, Dumas épouse Ida Ferrier. Fin mai, ils partent pour Florence, où ils resteront jusqu'en 1843, avec de nombreux allers et retours à Paris.
Très peu de production théâtrale cette année. Dumas se consacre au récit de voyage (*Le Midi de la France*, *Une année à Florence*) et au roman (*Mémoires d'un maître d'armes*, écrit en collaboration avec Grisier).

1841. Juin : *Un mariage sous Louis XV* connaît un succès mitigé à la Comédie-Française. L'œuvre théâtrale de Dumas est éditée chez Gosselin. *Le Chevalier d'Harmental*, un des premiers romans écrits en collaboration avec Maquet. *Le Speronare*, souvenirs de son voyage en Sicile de 1835.

1842. En août, Dumas revient à Paris pour les obsèques du duc d'Orléans, dont il se sentait très proche. Sur le plan littéraire, nombreux témoignages sur l'Italie distribués entre *La Presse* et *Le Siècle* : *La Villa Palmieri*, *Le Corricolo*.

1843. *Les Demoiselles de Saint-Cyr* à la Comédie-Française : grand succès, mais échec fracassant du *Laird de Dumbicky* à l'Odéon. Deux grands romans, *Ascanio* et *Georges*.

La grande décennie romanesque (1844-1854)

1844. Une année très importante pour la production romanesque : *Les Trois Mousquetaires*, *Gabriel Lambert*, *Une fille du Régent*, *Le Comte de Monte-Cristo*, *La Reine Margot* (à partir de décembre) paraissent en feuilletons. Dumas découvre le site de Port-Marly et décide de s'y faire construire un château. Ce projet se réalise grâce à l'immense succès des *Trois Mousquetaires* et de *Monte-Cristo*, qui donnera son nom au château. Par ailleurs, il se sépare d'Ida Ferrier.

1845. C'est l'année de *Vingt ans après*, *Le Chevalier de Maison-Rouge*, *La Dame de Montsoreau*, cependant que Dumas termine *La Reine Margot* et continue *Monte-Cristo*. En février, Eugène de Mirecourt, un pamphlétaire dont Dumas a refusé la collaboration, publie une brochure incendiaire intitulée *Fabrique de romans : Maison Alexandre Dumas et Cie*. Dumas l'attaque pour diffamation et gagne son procès. Par ailleurs, Dumas revient au théâtre avec *Sylvandire* et *Les Mousquetaires* (adaptation de *Vingt ans après*).

1846. *Le Bâtard de Mauléon*, *Joseph Balsamo*, qui paraîtra jusqu'en 1848, premier pan d'un cycle romanesque sur la Révolution. *Une fille du Régent* à la Comédie-Française. D'octobre à janvier 1847, Dumas part pour l'Espagne (pour assister au mariage du duc de Montpensier avec l'infante Luisa Fernanda), puis poursuit jusqu'au Maroc, en Algérie et en Tunisie. Le récit de ce voyage sera publié en feuilletons l'année suivante *(De Paris à Cadix)* puis en 1848 *(Le Véloce, ou Tanger, Alger, Tunis)*.

1847. En février, il ouvre le Théâtre-Historique et y donne *La Reine Margot* : c'est un triomphe. Puis suivent *Intrigue et amour*, *Le Chevalier de Maison-Rouge* (adaptation du roman) et *Hamlet, prince de Danemark*. Sur le plan romanesque, *Balsamo* continue de paraître cependant que *Bragelonne* démarre dans *Le Siècle* (septembre). C'est aussi l'année de l'installation à Monte-Cristo, où Dumas organise une grande fête le 25 juillet.

1848. Une année capitale sur le plan historique. En février, Dumas participe aux journées révolutionnaires qui déboucheront sur la chute de Louis-Philippe. Sa position est assez ambiguë; il est en fait tiraillé entre ses sympathies républicaines et sa fidélité à la famille d'Orléans. C'est ainsi qu'il se prononce pour la régence de la duchesse d'Orléans, mais se rallie à la République quand celle-ci est proclamée (27 février 1848). Il se présente à la députation en Seine-et-Oise (avril) et dans l'Yonne (juin, septembre, novembre); il est battu à chaque fois.

Après les journées insurrectionnelles de mai et juin, le regard de Dumas sur la révolution change et son discours devient nettement plus conservateur, du côté du «parti de l'ordre». C'est ce qui l'amène, en novembre, à soutenir la candidature à la présidence de la République de Louis-Napoléon Bonaparte.

Par ailleurs, *Monte-Cristo* débute au Théâtre-Historique en février. En octobre, *Catilina* sera également un succès. Mais l'agitation politique nuit à la fréquentation théâtrale; Dumas en subira le contrecoup lors des années suivantes.

1849. *La Jeunesse des Mousquetaires* au Théâtre-Historique, *Le Chevalier d'Harmental*, puis *Le Comte Herman*. Parallèlement, Dumas donne de nombreuses nouvelles au *Constitutionnel* (*Les Mille et Un Fantômes*, *Les Gentilshommes de la Sierra Morena*, *La Femme au collier de velours*) tandis que *Bragelonne* continue de paraître dans *Le Siècle*, avec une participation de Maquet de plus en plus importante.

C'est par ailleurs une mauvaise année pour Dumas : criblé de dettes, il doit vendre Monte-Cristo (le château) en mars. En mai, meurt la comédienne Marie Dorval, créatrice du rôle d'Adèle dans *Antony*, une grande amie de jeunesse dont il prendra en charge l'enterrement en vendant ses décorations.

1850. Encore une année de difficultés financières; il est saisi de ses biens. *Pauline* (adaptation du roman) est jouée au Théâtre-Historique, puis *La Chasse au Chastre* et *Le Capitaine Lajonquière*. Mais le

15 octobre, les représentations s'interrompent. En décembre, c'est la faillite.

La production romanesque continue vaillamment : en janvier, *Bragelonne* s'est achevé, Dumas enchaîne avec *Dieu dispose*, *La Tulipe noire* et *Ange Pitou*.

1851. Le 17 mars naît un fils présumé, Henry Baüer. Deux drames (tirés de *Monte-Cristo*), *Le Comte de Morcerf*, *Villefort*, sont joués à l'Ambigu-Comique. Un grand roman, *Olympe de Clèves*, paraît dans *Le Siècle*.

Pour fuir ses créanciers (et non pas, comme Hugo, à la suite du coup d'État du 2 décembre), il se réfugie à Bruxelles. Il commence à jeter un regard rétrospectif sur sa vie : ses *Mémoires* (commencés en 1847) paraissent dans *La Presse* et à partir de juin remplacent *Ange Pitou* assujetti au droit de timbre.

1852. Dumas est à Bruxelles et collabore à *L'Indépendance belge*. Il fait un bref aller-retour à Paris pour voir son *Benvenuto Cellini* à la Porte-Saint-Martin. Il rédige également, en s'inspirant de Michelet, *La Comtesse de Charny*, suite d'*Ange Pitou*, qui paraîtra jusqu'en 1856.

1853. Au cours de brefs séjours à Paris, Dumas dirige les répétitions de *La Jeunesse de Louis XIV* puis essaye, sans y parvenir, d'obtenir la levée de l'interdiction qui pèse sur cette pièce. Il fonde un journal, *Le Mousquetaire*, dont le 1er numéro paraît le 20 novembre, mais qui connaîtra vite des difficultés. Fin novembre, il se réinstalle à Paris.

1854. Dumas écrit de nombreuses chroniques dans *Le Mousquetaire*. Il y fait paraître également un grand roman, *Les Mohicans de Paris* (achevé en 1859).

Le reflux progressif (1855-1868)

1855. Encore des chroniques dans *Le Mousquetaire* : *Les Grands Hommes en robe de chambre*. Pour acheter une concession perpétuelle à Marie Dorval, morte en 1849, Dumas publie *La Dernière Année de Marie Dorval*, dont chaque exemplaire est vendu 50 centimes.

1856. Succès de l'*Orestie* à la Porte-Saint-Martin. *Les Compagnons de Jéhu* commencent à paraître en décembre.

1857. Voyages en Angleterre (il en profite pour voir Hugo à

Guernesey) et en Allemagne. *Le Mousquetaire* cesse de paraître. En avril, il fonde *Le Monte-Cristo*, dont il est pratiquement l'unique rédacteur.

1858.   De juin à mars 1859, il voyage en Russie, invité par le comte et la comtesse Kouchelev. Presque simultanément, il raconte son voyage dans *Le Monte-Cristo (De Paris à Astrakan)*.

1859.   De nombreuses nouvelles et causeries dans *Le Monte-Cristo*. À la fin de l'année, il part pour l'Italie avec sa jeune maîtresse Émilie Cordier.

1860.   Après un retour en France, navigation en Méditerranée sur son yacht l'*Emma*. Dumas rencontre Garibaldi et participe à l'expédition des Mille. Il publie dans *Le Siècle* les *Mémoires de Garibaldi*, d'après des notes données par Garibaldi lui-même. Il fonde en novembre *L'Indipendente*, dont il veut faire « le journal de l'unité italienne » et qui paraîtra de manière irrégulière, avec des interruptions.
        Le 24 décembre, naissance de Micaëlla Josepha, fille de Dumas et d'Émilie Cordier.

1861.   Il vit entre Paris et l'Italie. Avril : *Le Pape devant les Évangiles, l'histoire et la raison humaine*, brochure attaquant le pouvoir temporel du Pape. *L'Indipendente* cesse de paraître le 15 mai.

1862.   Année napolitaine. Articles divers dans *Le Monte-Cristo* qui cesse de paraître le 10 octobre. Reprise de *L'Indipendente* qui publie en supplément *I Borboni di Napoli*.

1863.   Encore des allers et retours entre Paris et Naples. Articles dans *La Presse*, où paraissent, à partir de décembre, *Emma Lyonna ovvero le Confessioni d'una favorita (Souvenirs d'une favorite)* et *La San Felice* (jusqu'en mars 1865).

1864.   Dumas est de retour à Paris. En août, interdiction des *Mohicans de Paris* : la pièce, tirée du roman, est jugée subversive. Après l'intervention de Napoléon III, le drame est représenté à la Gaîté.

1865.   Causeries et conférences en province. Un roman inachevé, *Le Comte de Moret*. Voyage en Autriche et en Hongrie.

1866.   *Gabriel Lambert* à l'Ambigu-Comique. Voyage en Italie, alors en guerre avec l'Autriche. En novembre, renaissance du *Mousquetaire* sous une nouvelle forme; Dumas en est le directeur littéraire.

1867. *Les Blancs et les Bleus* paraissent dans *Le Mousquetaire*, puis *La Terreur prussienne* dans *La Situation*.

1868. En février, Dumas fonde le *Dartagnan* (*Le Mousquetaire* a cessé de paraître en avril 1867); nombreux articles et causeries.

Les dernières années (1869-1870)

1869. *Les Blancs et les Bleus* au Châtelet en mars. Ennuis de santé. Séjours en Normandie et en Bretagne. Il rédige son *Grand dictionnaire de cuisine*, qui ne sera publié qu'après sa mort. À partir de décembre, *Création et rédemption*, son dernier roman, paraît dans *Le Siècle* (jusqu'en mai 1870).

1870. Après un voyage en Espagne, très affaibli, il s'installe à partir de septembre chez son fils, à Puys, près de Dieppe. Il y meurt le 5 décembre.
        Enterré une première fois à Neuville-lès-Pollet, près de Dieppe, son corps sera ensuite inhumé en 1872 au cimetière de Villers-Cotterêts.

2002. Le 30 novembre, les cendres de Dumas sont transférées au Panthéon.

Parution

Pauline ne paraît pas en revue ou feuilleton, ce qui est rare dans la production romanesque de Dumas. À titre publicitaire, une partie du chapitre VII paraît dans *La Presse* du 1er avril 1838, sous le titre *Le Comte Horace*. Début mai, le roman est publié chez Dumont regroupé avec deux nouvelles, *Murat* et *Pascal Bruno*; l'ensemble s'intitule *La Salle d'armes*. Le lien entre ces trois œuvres est très lâche : comme dans *Pauline*, ce sont des amis rencontrés chez Grisier qui deviennent narrateurs; c'est ainsi qu'un général italien relate les derniers instants de Murat, et que le musicien Bellini raconte l'histoire du bandit Pascal Bruno. Tout laisse à penser que cet ensemble assez hétéroclite résulte de tractations entre Dumas et le libraire Dumont et n'a aucun fondement littéraire. D'après *Le Figaro* du 26 mai 1838, la maison Dumont voulait absolument publier en format in-8°, et les deux nouvelles « ne se trouvent là que pour la forme ». D'où l'intérêt d'une réédition de *Pauline* considérée isolément.

Genèse

Sources biographiques

Tout ce que nous savons sur la genèse de *Pauline* vient de Dumas lui-même, par le biais de récits à caractère autobiographique : les *Mémoires*, les *Impressions de voyage en Suisse*. Histoire extrêmement séduisante, mais il importe de faire la part de la recomposition *a posteriori*.

Dans les chapitres CLXIX et CLXX des *Mémoires*, qui commencent à paraître en 1851, Dumas relate un voyage sur la Loire entrepris en mai 1829. À Paimbœuf, il rencontre une jeune femme en pleurs qui doit s'embarquer pour suivre son mari à la Guadeloupe. Galamment, il escorte le couple, embarque avec lui sur le trois-mâts *La Pauline*, puis, du large, regagne la côte en barque. Il a promis à la jeune femme (prénommée Pauline) d'aller à Tours embrasser sa mère de sa part. En la quittant, il lui assure qu'elle retrouvera son nom dans un de ses prochains romans. Cela dit, cette inconnue n'aura guère fourni que son prénom : le personnage de Pauline se réfère plutôt à l'univers poétique et ne semble pas avoir de modèle dans la réalité, sauf peut-être la Malibran, étoile du salon de la comtesse Merlin et morte tragiquement en 1836, à l'âge de vingt-huit ans. On peut également penser à Caroline Ungher, également cantatrice, qui triomphe à cette époque dans des opéras de Donizetti, Bellini et Rossini. En 1835, elle vit avec Dumas, en Sicile, une liaison brève mais passionnée. On peut supposer que c'est d'elle que Dumas tient son goût pour l'opéra italien et le *bel canto*.

Dans les *Impressions de voyage en Suisse*, qui relatent un voyage effectué en 1832 (ce texte paraît en 1833 à *La Revue des Deux Mondes*, est repris en 1837 dans *Le Figaro* et publié également chez Dumont), Dumas fait mention à trois reprises de sa rencontre avec un ami peintre, Alfred de N., accompagné d'une jeune femme mourante. Le nom est laissé en points de suspension. Dumas pense-t-il déjà au nom de Nerval, en manière de clin d'œil à son ami ? Ce n'est pas encore sûr. Mais des rapports étroits se forment entre les deux écrivains : en 1837, ils composent ensemble un drame, *Piquillo* (qui sera un demi-échec), dans lequel chante la cantatrice Jenny Colon, dont Nerval est amoureux sans espoir et par laquelle il est éconduit en février 1838 (au moment de la rédaction de *Pauline*). En août 1838, après la mort de Mme Dumas, les deux amis partent sur les bords du Rhin, avant d'entamer une autre œuvre commune, *Léo Burckart*. L'emprunt du nom de Nerval est sans aucun doute un hommage affectueux rendu au poète et à l'amant malheureux. On peut également penser au comte Alfred d'Orsay, un ami très cher à qui Dumas dédie ses *Mémoires*. C'est un jeune homme de la bonne société parisienne, passionné de peinture, vivant à Londres de 1830 à 1847. Mais la ressemblance s'arrête là : Alfred d'Orsay est un modèle de dandysme, à la vie privée tapageuse, au contraire du héros éthéré de *Pauline*. De ce point de vue, on pourrait plutôt avancer le nom d'Alfred de Vigny. On l'aura compris, le personnage de Nerval fait référence à plusieurs amis de Dumas.

Le premier chapitre de *Pauline* est une reprise pure et simple des chapitres xxxiv, li et lxvi des *Impressions de voyage*, mais avec un agencement littéraire radicalement différent. Les apparitions pathétiques de Pauline scandent la deuxième partie du voyage en Suisse, entrecoupées d'événements variés, de rencontres avec des personnages célèbres (Chateaubriand, la reine Hortense, Madame Récamier). Le récit de voyage favorise les changements de climats, de centres d'intérêt. Le lecteur se laisse porter par la suite des épisodes et accepte de ce fait de «rester sur sa faim» sur tel ou tel sujet. L'histoire de Pauline n'est qu'un élément parmi d'autres dans un ensemble foisonnant. Tout autre est la portée des premières pages du roman, qui obéissent à la logique du concentré. En un chapitre, une destinée se conclut, sans que la cause en soit donnée. Il y a donc nécessité d'une explication ultérieure. La mort de Pauline ne résonne pas comme une fin, mais comme un commencement nécessaire à l'éclaircissement de l'énigme.

Influences littéraires

Pauline se trouve à la croisée de plusieurs courants et illustre ainsi la rencontre entre les champs littéraires français et étrangers. Ce n'est pas une donnée nouvelle : ainsi, Horace Walpole et Ann Radcliffe étaient déjà traduits en France dès leur parution et rencontraient un immense succès. Le phénomène se poursuit et s'amplifie dans la première moitié du xixe siècle : les jeunes Romantiques découvrent Byron dans la traduction d'Amédée Pichot (1819) et Walter Scott dans la version d'Auguste Defauconpret (à partir de 1821). Mme de Staël, avec *De l'Allemagne* (1810), avait suscité l'intérêt pour la littérature allemande : Gérard de Nerval traduit en 1828 le premier *Faust*, qui devient la référence de toute une génération. Il traduira le second en 1840. La presse se fait l'écho de cette ouverture des horizons. En 1800 paraît le *Journal général de la littérature étrangère* qui deviendra en 1830 le *Bulletin de la littérature étrangère* ; le *Mercure de France* se double en 1815 d'un supplément, *Le Mercure étranger*.

Les influences étrangères concernent essentiellement le personnage d'Horace, qui, comme on l'a vu, tient certains de ses traits de Faust, Karl Moor, Manfred, Childe Harold, Don Juan... Et la liste est loin d'être exhaustive. Il y a également une source française moins connue, le *Jean Sbogar* (1818) de Charles Nodier, dont le héros offre des similitudes frappantes avec le comte, et bien sûr l'*Antony* de Dumas lui-même. Mais la critique de l'époque ne percevra pas nettement ces influences.

Par ailleurs, *Pauline* emprunte largement au domaine lyrique et musical : les références à Mozart et Schubert donnent à l'intrigue une dimension supplémentaire, les citations de Lizst, Weber et Rossini précisent le contexte culturel de l'époque. Le roman évoque ainsi les interférences qui se créent entre la littérature et la musique (alors que les références picturales, en revanche, sont quasi absentes). Walter Scott, par exemple, l'auteur de prédilection de Pauline et Alfred, inspire des opéras à Boieldieu (*La Dame blanche*, 1825) et à Donizetti (*Lucia di Lammermoor*, 1835). On retrouve Schiller chez Rossini (*Guillaume Tell*, 1829). Berlioz compose en 1828 ses *Huit scènes pour Faust* et en 1834 *Harold en Italie*. L'assassinat d'un couple d'Anglais par le comte Horace est comme un contrepoint tragique à l'opéra d'Auber *Fra Diavolo* (1830). Le roman plonge ainsi le lecteur dans le climat artistique de son époque.

Réception

Au moment de la parution de *Pauline*, Lamartine publie *La Chute d'un ange* et Chateaubriand un important extrait de ses *Mémoires* intitulé *Le Congrès de Vérone*. Ces deux événements littéraires éclipsent quelque peu le roman de Dumas. On en retrouve quand même quelques traces critiques dans *La Presse* (11 mai 1838), *Le Commerce* (13 mai 1838) et *Le Figaro* (26 mai 1838) ainsi que dans quelques journaux féminins, comme *Le Petit Courrier des dames* (20 mai 1838) et *La Psyché* (21 juin 1838).

De manière générale, les critiques louent l'intérêt du roman qu'ils qualifient tous de «divertissant»; c'est «un roman qui n'ennuie pas» (*Le Commerce*). Ils rendent hommage à l'art du récit de Dumas ainsi qu'à son style. Mais ils s'accordent tout autant pour insister sur son manque d'originalité, qu'il s'agisse des caractères ou des situations. Ils visent là les emprunts dont Dumas est redevable, et que le critique du *Commerce* répertorie consciencieusement. Curieusement, si tous distinguent bien l'influence d'Ann Radcliffe, ils sont beaucoup moins sensibles à celle des auteurs romantiques, comme Goethe et Byron, pourtant explicitement affirmée. Et cette perception un peu partielle rend à leurs yeux le roman légèrement anachronique : Francis Wey, dans *La Presse*, souligne ironiquement que l'univers du roman gothique est «d'autant plus éloigné de nos jours, que le bandit va se raréfiant sur ce pauvre pays de France, tout parfleuri de gendarmes et tout enrubanné de grandes routes».

Il faut également souligner qu'à la parution de *Pauline*,
Dumas, déjà très connu pour ses succès dramatiques, est
presque un débutant en matière de romans. Le genre romanesque est lui-même nettement dévalué par rapport au théâtre.
Cela peut expliquer la lecture réductrice qu'on a faite de
l'œuvre, qualifiée d'«histoire de brigands qui en vaut bien
une autre» *(Le Commerce)*, ayant «la sagesse de ne tenter la
démonstration d'aucun problème social» *(La Presse)*.

Quant à la présence de Dumas lui-même dans le roman, elle
est diversement appréciée. Pour Francis Wey, «son drame n'y
perd pas en vérité, il y gagne en vraisemblance». En revanche,
selon *Le Petit Courrier des dames*, cela donne à l'auteur «l'air
d'un présomptueux ou d'un paillasse».

Toujours est-il que *Pauline* connaît un grand succès : *Le Siècle*
du 9 juin 1838 le signale, et précise qu'une réimpression est en
cours, un mois après la mise en vente. Les rééditions se succè-
dent : en 1840, chez Dumont, en 1848 chez Michel Lévy, dans les
années 1850 au bureau du *Siècle*, en 1861 chez Gaittet (sous le
titre *Pauline de Meulien*)... Le livre a trouvé son lectorat.

Pauline va connaître une seconde vie. Comme il le fait pour
bon nombre de ses romans, Dumas en tire une version théâtrale qui sera jouée à partir du 1er juin 1850 au *Théâtre-Historique*. Cette fois-ci, il fait appel à des collaborateurs (Grangé
et Montépin) avec qui il partage les bénéfices. La pièce présente
des remaniements importants, dus au plan chronologique : elle
débute par l'épisode aux Indes (la chasse au tigre), à laquelle
assiste Pauline. La critique l'accueille assez sévèrement, allé-
guant un manque de réalisme social : *Le Constitutionnel*, souvent
acharné contre Dumas, fustige «ces écrivains qui paraissent
avoir entrepris de démontrer que les bagnes sont peuplés de fils
de famille» (3 et 10 juin). Plus nuancé, *Le Siècle* va néanmoins
dans le même sens et expose une conception moralisatrice du
théâtre : «Les hommes de talent comme M. Alexandre Dumas
ont charge d'âme ; en ce moment, leur mission est grande et
belle : ils devraient faire tout autre chose que de mettre sous les
yeux du peuple de tels tableaux» (10 juin). Même sans partager
cette opinion, on est bien obligé de reconnaître que la pièce, frô-
lant le grand-guignol, est moins réussie que le roman.

DOCUMENT

Dumas revient souvent sur ses œuvres dans les Causeries *qu'il fait paraître dans son journal* Le Mousquetaire *(puis* Le Monte-Cristo). *En décembre 1853, c'est le sombre personnage d'Horace qu'il évoque dans un texte intitulé* Une chasse aux éléphants *dont nous reproduisons ici le début.*

Portrait physique, profil psychologique : les concordances avec Pauline *sont évidentes. Cependant, la prudence est de règle ; ce texte est postérieur au roman de quinze ans. On ne peut pas savoir avec certitude si cet ami de Dumas a réellement existé et inspiré le personnage du comte. Il n'en est pas fait mention dans* Mes Mémoires *(qui, il est vrai, s'arrêtent en 1833 et ne sont d'ailleurs pas toujours fiables). Cette* Causerie *peut être tout simplement une broderie sur un thème déjà exploité.*

Quoi qu'il en soit, ce texte témoigne de l'intérêt prolongé de Dumas pour ses œuvres, et, de romans en causeries, du contact renforcé qu'il établit avec le lecteur.

UNE CHASSE AUX ÉLÉPHANTS

J'ai connu — sauf le vol et l'assassinat — le type du comte Horace de mon roman de *Pauline*. C'était un homme de trente ans, pâle, mince, affecté d'une petite toux nerveuse, qui s'augmentait chez lui lorsqu'il éprouvait une émotion quelconque, dont cette toux, au reste, était le seul signe extérieur. Il était, dans la vie ordinaire, sensuel comme un Oriental, voluptueux comme un Sybarite ; puis, dans l'occasion, sobre et dur comme un pâtre de la Sabine. Ne trouvant jamais de coussins assez doux, de sofa assez élastique, quand il s'agissait de fumer le narguilhé dans mon salon ; et, avec cela, faisant d'une traite cinquante lieues à franc étrier, couchant sur la terre humide ou glacée dans son manteau, bravant le chaud, bravant le froid, comme si le froid et la chaleur n'eussent eu aucune prise sur lui ; enfin, étant, je le répète, moins le crime, ce composé étrange d'extrêmes que j'ai essayé de peindre dans le mari de Pauline ; — et encore je ne voudrais pas répondre qu'il n'eût pas été un peu marchand de nègres, comme Jacques Munier, ou un peu pirate, comme Lara.

Rarement parlait-il morale ou philosophie. Il disait que cela l'ennuyait, et qu'il ne craignait rien tant que l'ennui. Quand cette maladie, qu'il appelait son cancer, le prenait, il passait du tabac à l'opium, et, en cas d'insuffisance, de l'opium au hachich. Alors, pendant huit, dix, quinze jours, il s'engourdissait comme un serpent qui digère, restait chez lui avec ses rêves et ses hallucinations, gardé par son seul domestique ; puis, au bout de ce temps, il reparaissait guéri, momentanément du moins, de son ennui.

J'ai inutilement, à plusieurs reprises, essayé de lui faire dire s'il croyait en Dieu, oui ou non.

« Que lui importe, s'il est grand, éternel, tout-puissant, comme on le dit, que je croie ou ne croie pas en lui ? Ma foi le rendra-t-elle plus puissant ? mon doute le rendra-t-il moins fort ? »

Il ne parlait jamais de son passé. On eût dit que, pour des raisons fatales, il avait rompu avec lui, et qu'autant qu'il le pouvait faire, il éteignait ces lueurs de mémoire qui scintillent, pareilles à des feux follets ou à des restes de foyer mal éteints, dans les champs obscurs de l'*autrefois*. S'il lui échappait de dire un mot de ce passé, c'était toujours un mot imprévu pour ceux qui l'entendaient, et qui faisait tressaillir ; car ce mot révélait une de ces existences exceptionnelles qui ont fourni à Byron le sujet du *Corsaire*, à Charles Nodier la fable de *Jean Sbogar*.

Un soir d'hiver qu'il était venu prendre une tasse de thé avec moi, et qu'il fumait des cigarettes de tabac turc, accommodé de son mieux sur un canapé bourré de coussins, en regardant monter au plafond les cercles de fumée :

« Je suis venu pour vous voir hier, dit-il ; où étiez-vous donc ?

— J'étais à la chasse à Villers-Cotterets.

— N'est-ce pas là que vous êtes né ?

— Oui; c'est là que sont mes plus vieux amis.

— Et qu'avez-vous fait à votre chasse?

— Ma foi, un assez beau coup. Tambeau a fait lever deux chevreuils.

— Qu'est-ce que c'est que Tambeau?

— Le chien de Jules Dué, un des amis dont je vous parlais tout à l'heure... Tambeau a fait lever deux chevreuils dans un roncier, et je les ai tués de mes deux coups.

— J'en ai fait autant un jour sur deux éléphants », répondit insoucieusement Horace en envoyant une nouvelle bouffée de fumée au plafond.

« Hein? demandai-je.

— Je dis qu'un jour, en chassant à Ceylan, j'ai fait le même coup sur un éléphant mâle et un éléphant femelle dont j'avais tué le petit.

— Vous avez donc été à Ceylan?

— Oui.

— À quelle époque?

— En 1820.

— Quel âge aviez-vous?

— Dame, dix-huit ans, vingt ans, vingt-deux ans... Je ne me rappelle pas, moi : c'était du temps de ma *vie morte*.

— Avez-vous quelque répugnance à me raconter une de vos chasses?

— Non... Laquelle?

— Celle que vous voudrez.

— J'en ai fait beaucoup.

— Eh bien, celle à laquelle vous faisiez allusion tout à l'heure.

— Volontiers. »

Et immédiatement, lentement, insoucieusement, de ce ton monotone et presque sans accentuation qui lui était habituel quand aucune émotion ne l'agitait, il commença :

« J'étais arrivé à Ceylan depuis trois mois...

— Que diable aviez-vous été faire à Ceylan?

— Oh! cela ne vous intéresserait aucunement, je vous assure. Supposez que j'y étais venu pour y pêcher des perles.

— Vous en avez une à votre cravate qui me paraît assez belle pour avoir été récoltée là-bas.

— Oui, c'est la plus belle que j'aie vue à Paris. Jannisset l'a estimée trente mille francs; Marlé, trente-deux mille. Froment Meurice m'a dit franchement qu'elle n'avait pas de prix. Hier, mon domestique, en balayant chez moi, l'avait jetée aux ordures ; je le grondais de sa négligence, — pas bien fort, vous savez comme je le gronde, — il s'impatienta : "Eh bien, dit-il, si j'ai perdu la perle de monsieur, monsieur me la retiendra sur mes gages." Une heure après, il me l'a rapportée : il l'avait retrouvée dans les cendres du foyer. Je lui ai donné cent louis ; il n'a pas encore compris pourquoi.

» J'étais donc venu à Ceylan pour pêcher des perles. Il y avait trois mois que j'y étais ; je logeais à Mansion-House, sur le bord de cette mer splendide dans laquelle se jette le Gange. — Quand vous irez à Ceylan, logez là ; c'est un des plus charmants endroits qui se puissent voir dans le monde entier.

» Un matin, un de mes amis, neveu ou pupille — je ne me rappelle plus bien — de sir Robert Peel, entra dans ma chambre, comme je regardais de mon lit le paysage, par la fenêtre ouverte.

— Vous aimez donc bien la vie horizontale ?

— C'est la meilleure.

— À votre avis ?

— Mais à l'avis de Dieu aussi, en supposant que Dieu s'occupe de ces choses-là. La moitié de notre vie à peine se passe debout, et toute notre mort se passe couché. Il est donc bon de s'habituer, par la manière dont on est dans son lit, à la façon dont on sera dans son tombeau... Puis-je continuer ?

— Oui.

— Seulement, je vous préviens, — la chose ne m'est pas désagréable, comprenez bien, — je vous préviens que, si vous m'interrompez ainsi à chaque mot, ce sera long.

— Tant mieux !

— Mais je ne pourrai pas finir aujourd'hui.

— Eh bien, vous finirez demain.

— Demain ! qui sait où je serai demain ? Gaymard veut absolument m'emmener avec lui au pôle nord.

— Et... ?

— Et j'ai bien envie d'y aller. Vous savez que je suis un enragé chasseur ?

— Non, je ne le savais pas. Je vous ai offert deux ou trois fois de venir à la chasse avec moi, et vous avez refusé.

— C'est bien peu de choses, vos chasses de France !

— Remarquez que c'est vous qui vous interrompez cette fois.

— Vrai ?

— Vous disiez que vous aviez bien envie d'accepter la proposition de Gaymard, parce que vous êtes un enragé chasseur.

— Oui.

— Eh bien, en quoi la proposition de l'illustre capitaine de frégate caresse-t-elle vos instincts cynégétiques ?

— Voici. J'ai tiré des éléphants à Ceylan, des lions en Afrique, des tigres dans l'Inde, des hippopotames au Cap, des élans en Norvège, des ours noirs en Russie ; je voudrais bien tuer des ours blancs au Spitzberg.

— Il n'y en a plus.

— Comment, il n'y en a plus ?

— Non ; les voyageurs ont tout mangé.

— Alors, je n'irai pas au Spitzberg ; je n'y allais que pour cela.

— Vous plaît-il de revenir à nos éléphants ?

— Oh ! mon cher, nous n'y sommes pas encore... je vous ai dit que ce serait long. Il faut bien que je vous donne quelques détails de localité ; sans quoi, l'on vous sait tant d'imagination, que l'on dirait que vous avez inventé mes chasses, comme vous avez inventé vos romans.

— Quelque chose que vous fassiez et que je fasse, on le dira toujours ; ainsi ne vous préoccupez pas de si peu.

— Je disais donc qu'un de mes amis, sir Williams... Vous ne tenez pas à savoir son nom de famille, n'est-ce pas ?

— Oh ! mon Dieu, non.

— Sir Williams entra dans ma chambre, comme j'étais, tout en prenant mon thé impérial, occupé à regarder, de mon lit et par la fenêtre de ma chambre, des requins qui jouaient à fleur d'eau.

» "Quel bon vent vous amène si matin ? lui demandai-je.

» — Vous êtes chasseur ?

» — Oui.

» — Voulez-vous venir, demain, à la chasse avec nous ?

» — À quelle chasse ?

» — À la chasse aux éléphants." »

Horace s'arrêta.

« Je suis un singulier homme, me dit-il.

— Bon !

— Oui... Il faut que vous sachiez une chose que vous ne savez peut-être pas, afin de me bien comprendre.

— Dites-la.

— Je suis poltron ! »

J'éclatai de rire.

BIBLIOGRAPHIE

Le lieu d'édition n'est pas mentionné quand il s'agit de Paris.

ÉDITIONS DE *PAULINE*

La Salle d'armes: Pauline, Pascal Bruno, Murat, 2 vol. in-8°, Dumont, 1838. C'est l'édition originale, que nous avons utilisée pour ce travail. On s'est contenté de moderniser l'orthographe, notamment les terminaisons *ents*, orthographiées autrefois *ens*. Quelques points de suspension, surabondants chez Dumas, ont été supprimés.

D autres éditions sont à signaler:

Pauline, 1 vol. in-8°, Dumont, 1840. C'est la seconde édition. Elle ne reprend pas *Murat* et *Pascal Bruno*.

Pauline, Pascal Bruno, 1 vol. in-18°, Michel Lévy, 1848. *Murat* est compris dans le volume, mais n'apparaît pas sur la page de titre.

Œuvres complètes, 17 vol. in-4°, publiés au bureau du *Siècle* (1850-1857). *Pauline* se trouve dans le vol. 4, avec *Georges, Fernande, Amaury, Murat, Pascal Bruno, Les Frères corses, Othon l'archer, Mes infortunes de garde national.*

Pauline de Meulien, 1 vol. in-8°, gravures de Staal, impr. de Gaittet, 1861.

Nous avons utilisé également l'édition d'art Athos de *Pauline* qui date de 1947.

AUTRES ŒUVRES DE DUMAS
ÉVOQUÉES DANS NOTRE ÉDITION

Antony (1831), Gallimard, Folio théâtre, 2002.

Le Comte de Monte-Cristo (1844), Gallimard, Folio classique, 1998.

Le Corricolo (1842), Desjonquères, 1984.

Don Juan de Marana (1835), in «Trois Don Juan» (Dumas, Tolstoï, Espronceda), Florent-Massot, 1995.

Impressions de voyage en Suisse (1833-1834), 2 vol., Maspéro, 1982.

Les Mohicans de Paris (1854-1859), Gallimard, Quarto, 1998.

Mes Mémoires (1851-1855), Robert Laffont, Bouquins, 1989

Nouvelles contemporaines (1826), P.O.L., 1993.

Le Speronare (1842), «Les chemins de l'Italie», Desjonquères, 1988.

INFLUENCES

BALZAC, Honoré de, *Gobseck* (1830), suivi de *Maître Cornélius* et de *Facino Cane*, Le Livre de Poche, 1969.

, «Histoire des Treize»: *Ferragus* (1833); cette édition contient la Préface à l'«Histoire des Treize», Gallimard, Folio classique, 2001.

, *La Duchesse de Langeais* (1834), *La Fille aux yeux d'or* (1834-1835), Gallimard, Folio classique, 1976.

BYRON, George Gordon Lord, *Le Captif de Chillon, Le Chevalier Harold* (1812-1818), bilingue, Aubier-Flammarion, 1971.

, *Don Juan* (1819), bilingue, Aubier-Montaigne, 1968.

, *Manfred* (1817), in «Poetical Work», Londres, Oxford Paperbacks, 1970.

, *Manfred, Le Corsaire*, Grands écrivains, 1987.

CHATEAUBRIAND, François-René de, *René* (1802), précédé d'*Atala* et suivi du *Dernier Abencerage*, Gallimard, Folio classique 1971.

GOETHE, Johann Wolfgang von, *Faust* (1808), in «Théâtre complet», Gallimard, La Pléiade, 1988.

LEWIS, Matthew Gregory, *Le Moine* (1796), in «Romans terrifiants», Robert Laffont, Bouquins, 1984.

MUSSET, Alfred de, *La Confession d'un enfant du siècle* (1835-1836), Gallimard, Folio classique, 1973.

Nodier, Charles, *Jean Sbogar* (1818), Champion, 1987.

Radcliffe, Ann, *Les Mystères d'Udolphe* (1794), Gallimard, Folio classique, 2001.

, *L'Italien ou le Confessionnal des pénitents noirs* (1797), Robert Laffont, Bouquins, 1984.

Schiller, Friedrich, *Les Brigands* (1781), bilingue, Aubier-Montaigne, 1962.

Walpole, Horace, *Le Château d'Otrante* (1765), Robert Laffont, Bouquins, 1984

AUTRES ŒUVRES CITÉES DANS LE ROMAN

Balzac, *Contes bruns* (1832), l'Harmattan, Les Introuvables, 1996.

Schiller, Friedrich, *Marie Stuart* (1800), bilingue, Aubier-Montaigne, 1964.

Scott, Walter, *The Abbot* (1820, *L'Abbé*), Londres, Everyman's Library, 1969.

, *The Fair Maid of Perth* (1828, *La Jolie Fille de Perth*), Londres, Everyman's Library, 1969.

, *The Monastery* (1820, *Le Monastère*), Londres, Everyman's Library, 1969.

OUVRAGES CRITIQUES, HISTORIQUES ET BIOGRAPHIQUES

Barberis, Pierre, *Balzac et le Mal du siècle*, Gallimard, Bibliothèque des Idées, 1970.

Berlioz, Hector, *Mémoires*, Garnier-Flammarion, 1969.

Bertier de Sauvigny, Guillaume de, *La Restauration*, Flammarion, Champs, 1990.

Broglie, Gabriel de, *Le XIXᵉ siècle : l'éclat et le déclin de la France*, Perrin, 1995.

Brunel, Pierre, *Dictionnaire de Don Juan*, Robert Laffont, Bouquins, 1999.

Coquillat, Michelle, *La Poétique du mâle*, Gallimard, Idées, 1982.

Jan, Isabelle, *Alexandre Dumas romancier*, Éditions ouvrières, 1973.

Maillé, duchesse de, *Souvenirs des deux Restaurations*, Perrin, 1984.

MARTIN-FUGIER, Anne, *La Vie élégante ou la Formation du Tout-Paris : 1815-1848*, Fayard, 1990 ; Points, Seuil, 1993.

MILNER, Max, *Le Diable dans la littérature française*, José Corti, 1960.

PINKNEY, David H., *La Révolution de 1830 en France*, PUF, 1988.

PRAZ, Mario, *La Chair, la Mort et le Diable dans la littérature du XIXe siècle*, Denoël, 1977 ; Gallimard, Tel, 1998.

SCHOPP, Claude, *Alexandre Dumas, le génie de la vie*, Mazarine, 1985 ; Librairie Arthème Fayard, 1997 ; nouvelle édition augmentée sous le titre : *Alexandre Dumas*, Fayard, 2002.

NOTES

Page 29.

1. Grisier, Augustin-Edmé (1791-1865): escrimeur professionnel. Après avoir parcouru l'Europe, et notamment la Russie, il revient à Paris en 1825 et ouvre une salle d'armes, rendez-vous des jeunes Parisiens habitués aux duels. Dumas vient régulièrement s'y exercer, ainsi qu'Eugène Sue. Dans *Le Maître d'armes*, que Dumas écrit d'après ses souvenirs, il occupe le rôle de narrateur et relate sa vie à Saint-Pétersbourg.

2. Alfred de Nerval: voir la Genèse du roman (Notice, p. 220).

3. Fluelen: voir *Impressions de voyage en Suisse*, chap. xxxiv ·

Page 30.

1. *Pauline*: voir la *Genèse du roman* (Notice, p. 220).

2. Pfeffers: cf. *Impressions de voyage en Suisse*, chap. li.

Page 31.

1. Baveno, près du lac Majeur: voir *Impressions de voyage en Suisse*, chap. lxviii.

Page 32.

1. Doma d'Ossola: orthographe moderne, Domodossola.

Page 33.

1. Ossian: barde légendaire du iiie siècle. L'écrivain écossais Macpherson lui attribue des textes qu'il publie sous le titre *Fragments de poésie ancienne* (1760), qui vont avoir une large influence sur le romantisme européen.

Page 34.

1. Trois îles: il s'agit des fameuses îles Borromées qui sont Isola Madre (l'île-jardin), Isola dei Pescatore (le village) et Isola Bella (le palais).

Page 36.

1. Labattut: Charles de La Battut. C'est un dandy célèbre pour ses extravagances. Dans le premier chapitre des *Mohicans de Paris*, Dumas fait mention de la richesse de ses équipages. Il meurt en 1836 d'une maladie de poitrine.

Page 37.

1. Cette «thèse générale» rejoint les préférences de Dumas à ce sujet: voir *Mes Mémoires*, chap. ccxxxvii.

Page 38.

1. *Contes bruns* ou *Contes bleus*: Alfred de Nerval fait sans doute allusion aux *Contes bruns* que Balzac a fait paraître en 1832. L'adjectif «brun» évoque un climat mélancolique et sombre, au contraire des contes bleus, voués au merveilleux et à la fantaisie, comme la fameuse «bibliothèque bleue». La deuxième acception (conte bleu: sornette) ne paraît pas recevable ici.

Page 39.

1. L'Écosse, les Alpes et l'Italie: ce sont là des destinations romantiques par excellence, riches de souvenirs littéraires et de paysages pleins d'attraits pour un peintre amateur. Mais on peut aussi voir dans les projets d'Alfred de Nerval une expression du malaise d'une jeunesse oisive et sans buts définis, se réfugiant dans le dandysme et l'esthétisme. Ce malaise a été, à des degrés différents, ressenti par toute la génération romantique. Plus précisément, dans le cas d'Alfred de Nerval, la révolution de 1830 a pu jouer un rôle décisif en reléguant la noblesse à l'arrière-plan de la vie politique. Ce type de héros inadapté est rare chez Dumas, qui préfère les personnages actifs et énergiques affrontant volontairement le monde et la société dans lesquels ils vivent.

2. Dauzats et Jadin: Dumas entretient des relations personnelles avec ces deux peintres. En février 1838, Dauzats et lui publient dans *La Revue des Deux Mondes* des pages écrites en collaboration (Dauzats a fourni les notes et Dumas les a mises en forme) sous le titre de *Quinze jours au Sinaï*. Avec Jadin,

Dumas a visité en 1834-1835 le midi de la France, l'Italie, la Sicile.

3. Trouville : encore une référence biographique. En juillet 1831 (chap. ccvi des *Mémoires*), Dumas s'installe pour quelques semaines à Trouville à l'auberge de Mme Oseraie, la seule de l'endroit. C'est là qu'il rédige *Charles VII chez ses grands vassaux*, une pièce qui connaîtra un demi-échec. Trouville en 1832 est encore un lieu fort peu connu, et Dumas se présente plaisamment comme un explorateur (*Mes Mémoires*, chap. ccviii).

Cependant, le bruit commençait à se répandre à Paris que l'on venait de découvrir un nouveau port de mer entre Honfleur et La Délivrande.

Il en résultait que l'on voyait arriver de temps en temps un baigneur hasardeux qui demandait d'une voix timide :

— Est-ce vrai qu'il existe un village appelé Trouville, et que ce village est celui dont voici le clocher ?

Et je répondais oui, à mon grand regret ; car je pressentais l'heure où Trouville deviendrait un autre Dieppe, un autre Boulogne, un autre Ostende.

Page 40.

1. Mme Oseraie : voir note 3 de la page 39.

2. Cette vague d'incendies a lieu en fait au printemps 1830 (donc sous Charles X). L'opposition libérale soupçonne les royalistes d'allumer ces feux pour effrayer la population en brandissant le spectre de la Révolution, et accuse le gouvernement de complicité. Mais on n'a jamais pu établir la cause de ces incendies, qui cessent après juillet 1830.

Page 42.

1. remise : (substantif masculin) voiture de louage qui stationne sous une remise.

Page 43.

1. Fasier, faseyer ou encore faseiller : terme de marine. Battre au vent, en parlant d'une voile que le vent n'enfle pas.

Page 45.

1. Vernet, Joseph (1714-1789) : peintre français, célèbre pour ses marines. Dumas fait brièvement allusion à cet épisode au chapitre ccxviii des *Mémoires*, consacré à son ami Horace Vernet, petit-fils de Joseph Vernet et peintre comme lui.

Page 52.

1. La princesse B. : voir note 1 de la page 85.

2. Le duc de F. : sans doute le duc de Fitz-James, pair de France, ami de Dumas ; il crée un incident le jour de l'enterrement du général Lamarque le 5 juin 1832 en refusant d'ôter son chapeau lors du passage du convoi.

3. Mme de M. : Maria de Las Mercedes de Jaruco, comtesse Merlin, fille d'un noble espagnol et femme d'un général français aux ordres de Joseph Bonaparte. Dans son salon de la rue de Bondy, elle donne de grandes soirées musicales très prisées, où se côtoient amateurs de la bonne société et professionnels de premier plan. C'est chez elle notamment que débute la Malibran, au début des années 1820.

Page 55.

1. La Charité : fondé en 1607, cet hôpital est considéré comme un des meilleurs de Paris. Corvisart, avant de devenir le médecin personnel de l'Empereur, y exerça de 1788 à 1794.

Page 68.

1. « ... la prescience de Dieu » : tout ce passage évoque nettement *Antony*, acte II, scène 3.

Page 81.

1. Mme Duchambge, Labarre, Plantade : ce sont des musiciens de second ordre. De Pauline Duchambge, on connaît notamment une romance intitulée *La Ronde* vendue au profit des pauvres à l'occasion du Bal des Indigents du 15 février 1830. Théodore Berry, dit Labarre, est harpiste et compositeur, auteur de romances en vogue. En 1831, il compose un ballet pour la Taglioni. Il sera le chef d'orchestre préféré de Napoléon III. Quant à Plantade, qui anime une société chantante, le *Caveau moderne*, c'est aussi un auteur à la mode.

2. L'opéra italien, qui consacre le *bel canto*, règne en maître dans le Paris romantique, notamment avec :

— Vincenzo Bellini (1801-1835) : le jeune compositeur, qui remporte des triomphes à Paris avec, entre autres, *La Somnambule, Norma* (1831) et *Les Puritains* (1835), fait partie des amis de Dumas, et quand ce dernier, en 1835, part pour la Sicile, il le charge d'aller rendre visite à son père à Catane. L'épisode est raconté dans *Le Speronare*. Ce sont les dernières nouvelles que recevra le vieil homme : Bellini meurt la même année à Puteaux (24 septembre 1835). D'après la chronologie romanesque, Pauline a pu chanter des airs du *Pirate* (1827) et de *L'Étrangère* (1829).

— Gioacchino Rossini (1792-1868): ses opéras les plus joués sont *Le Barbier de Séville* (1816), *La Pie voleuse* (1817), *Guillaume Tell* (1829). En 1823, il est nommé directeur du Théâtre-Italien à Paris. Il fait partie des relations de Dumas qui l'a invité à sa grande réception costumée du 30 mars 1833. Le chapitre v du *Corricolo* raconte avec force détails burlesques ses démêlés avec l'impresario Barbaia lors de la composition d'*Otello* (1816). Voir aussi *Un dîner chez Rossini* (1849).

— Giacomo Meyerbeer (1791-1864): compositeur allemand, va connaître lui aussi la gloire, notamment avec *Robert le Diable* (1831) et *Les Huguenots* (1836). Dumas fait sa connaissance à la première de *Robert le Diable* (voir *Mes Mémoires*, chap. ccxvii). En 1836, Meyerbeer lui demande un livret d'opéra intitulé *Le Carnaval romain*. Mais ce projet n'aboutit pas.

3. Voir n. 3, p. 52.

Page 83.

1. S'harmonier · s'harmoniser; forme courante au xixᵉ siècle.

Page 85.

1. La princesse Bel., c'est-à-dire Belgiojoso. Elle fait partie du mouvement libéral italien, qui, allié à la Charbonnerie, œuvre pour réaliser l'unité de l'Italie et la sortir de la tutelle autrichienne. En février 1831 éclate l'insurrection de Modène qui renverse dans un premier temps le duc François IV. Exilée en France depuis 1830, la princesse soutient financièrement le mouvement. Mais l'attitude de Louis-Philippe, qui refuse aux insurgés l'aide qu'ils lui demandent, fait tout avorter. Quelques semaines plus tard, les troupes autrichiennes ramènent François IV. Une dure répression s'ensuit. Les libéraux quittent massivement l'Italie pour la France. Comme la comtesse Merlin, le prince et la princesse Belgiojoso, installés à Paris, donnent de grandes soirées musicales. La princesse organisera même un «tournoi» entre le compositeur Liszt et le pianiste Thalberg.

Page 87.

1. Sur le voyage en Sicile de Dumas, voir *Le Speronare*.

2. Giotto (v. 1266-1337): le premier des grands peintres et mosaïstes florentins. Gaddo (début xivᵉ), qui donnera son nom

à la famille, fut son assistant et Cimabue (v. 1240-1302) fut probablement son maître.

Page 88.

1. L'automne de 1830: Pauline ne s'intéresse guère à la vie politique, pas un mot pour les journées de juillet! Il est vrai qu'en été la bonne société quitte Paris pour la campagne.

2. Méléagre: c'est un des Argonautes, un des compagnons de Jason. Il tua le sanglier qui ravageait la ville de Calydon, et l'offrit en trophée à Atalante.

Page 89.

1. La vue: par métonymie, sonnerie marquant la phase finale de la poursuite, quand les chasseurs chassent à vue.

Page 92.

1. Ce portrait d'Horace évoque de façon frappante une silhouette entrevue dans la Préface de l'*Histoire des Treize* où Balzac décrit un narrateur fictif qui lui aurait confié «de calmes atrocités, de surprenantes tragédies de famille»: «Cet homme en apparence jeune encore, à cheveux blonds, aux yeux bleus, dont la voix douce et claire semblait annoncer une âme féminine, était pâle de visage et mystérieux dans ses manières, il causait avec amabilité, prétendait n'avoir que quarante ans et pouvait appartenir aux plus hautes classes sociales. Le nom qu'il avait pris paraissait être un nom supposé; dans le monde, sa personne était inconnue...»

Page 95.

1. «Il dévora tout ce qu'il entendit»: *dévorer* prend ici un sens particulier encore en usage au xixᵉ siècle. Il signifie «supporter en silence, sans rien manifester». Cf. l'expression «dévorer un affront».

Page 101.

1. Ce combat entre le comte et la tigresse s'inspire d'un épisode similaire relaté à l'acte I, scène 1 de *Charles VII chez ses grands vassaux* (1831). L'esclave Yaqoub raconte ainsi un épisode de sa jeunesse aventureuse:

> *Par moments,*
> *On entendait au loin de sourds rugissements:*
> *Vers eux, comme un serpent, je me glissai dans l'ombre.*
> *Sur mon chemin un antre ouvrait sa gueule sombre;*

> *Et dans ses yeux profonds j'aperçus sans effroi*
> *Deux yeux étincelants qui se fixaient sur moi.*
> *Je n'avais plus besoin ni de bruit ni de traces*
> *Puisque la lionne et moi étions face à face...*
> *Ah! ce fut un combat terrible et hasardeux*
> *Où l'homme et le lion rugissaient tous les deux...*
> *Mais les rugissements de l'un d'eux s'éteignirent;*
> *Puis du sang de l'un d'eux les sables se teignirent;*
> *Et quand revint le jour, il éclaira d'abord*
> *Un enfant qui dormait auprès d'un lion mort.*

Dans *Pauline*, la narration a beaucoup gagné en subtilité et en complexité, ce qui est dû à la multiplicité des points de vue (celui du narrateur, celui des officiers). L'effet de surprise final s'en trouve accru.

Page 102.

1. «... se réfugier au théâtre ou dans les romans»: Pauline exprime là sa version (féminine) du «mal du siècle», que ressentent, chacun à sa manière, les trois protagonistes.

Page 104.

1. «... notre société usée, où tout est mesquin, crimes et vertus, où tout est factice, visage et âme»: on retrouve là des échos de *René* (1802), de la *Confession d'un enfant du siècle* (1836), et bien sûr de la Préface des *Treize* (1833) dans laquelle Balzac évoque «des hommes trempés comme le fut Trelawney, l'ami de Byron, et, dit-on, l'original du *Corsaire*, tous fatalistes, gens de cœur et de poésie, mais ennuyés de la vie plate qu'ils menaient, entraînés vers des jouissances asiatiques par des forces d'autant plus excessives que, longtemps endormies, elles se réveillaient plus furieuses».

2. Manfred: le héros du drame de Byron (1817) est une figure capitale dans le romantisme européen. Il incarne l'homme fatal, meurtrier de sa bien-aimée. Créature maudite et solitaire, retiré dans les Alpes, tenté par le suicide, il aspire à la mort comme à une délivrance.

3. Karl Moor: héros du drame de Schiller *Les Brigands* (1781). Chassé de sa maison, dépouillé de son héritage à la suite des machinations de son frère Franz, il se réfugie dans les bois où il devient capitaine de brigands. Protecteur des faibles, redresseur de torts, il incarne le brigand au grand cœur, le hors-la-loi généreux. C'est un grand héros romantique, en révolte contre la société.

Page 105.

1. Méphistophélès, Marguerite : comme Schiller, Goethe est largement diffusé et traduit en France. Le premier *Faust* est traduit par Nerval en 1828, le second le sera en 1840. Ce mythe exerce une influence décisive dans le romantisme européen.

Dans le chapitre ccxxxi de ses *Mémoires*, Dumas évoque avec une certaine ironie le climat de ces années 1830 où la gaieté, la bonne humeur et l'humour n'étaient pas de mise, ce qui l'obligeait à voiler son véritable tempérament : « Alors, la seule gaieté permise était la gaieté satanique, la gaieté de Méphisto-phélès ou de Manfred. Goethe et Byron étaient les deux grands rieurs du siècle. [...] je le répète, en 1832, je posais encore pour Manfred et Childe Harold. » Et il est vrai que l'humour de Dumas ne se manifeste pas encore dans *Pauline*.

Page 106.

1. La comtesse M... : voir note 3 de la page 52.

Page 108.

1. Se caver : miser. Les louis et les francs : un louis vaut 20 francs (germinal). Mais il est très difficile de convertir ces valeurs en monnaie actuelle.

2. Il fut tenu : il fut retenu.

Page 109.

1. Liszt, Franz (1811-1866) : il mène simultanément une carrière de pianiste et de compositeur. Fêté dans toutes les capitales de l'Europe, et spécialement à Paris, il est très lié avec les jeunes Romantiques français et fait partie des rela-tions de Dumas.

2. Weber, Carl Maria von (1786-1826) : compositeur roman-tique allemand célèbre pour ses opéras (*Le Freischütz*, *Euryanthe*, *Obéron*) et son œuvre pour piano, dont la fameuse *Invitation à la valse*.

Page 110.

1. Le *Freyschütz* : orth. moderne, Freischütz. Cet opéra est créé à Berlin en 1821. Il est donné à Paris en 1824 dans la ver-sion (méconnaissable) d'un médiocre arrangeur, Castil-Blaze, sous le titre de *Robin des Bois*, ce qui provoque l'indignation de Berlioz (voir le chapitre xvi des *Mémoires* de ce dernier).

Page 111.

1. «Une mélodie de Schubert»: ce lied reprend le monologue de Faust dans la Nuit, juste après les deux prologues (dans le premier *Faust*).

Page 112.

1. «Le duo du premier acte de *Don Juan*»: créé à Prague en 1787, l'opéra de Mozart sera représenté en France pour la première fois en 1811 seulement. Il remporte un immense succès dans les grandes villes occidentales, notamment Londres et New York, où la Malibran tenait le rôle de Zerline. Don Juan est par ailleurs, comme Faust, un personnage largement repris dans la tradition romantique, entre autres par Hoffmann (*Don Juan*, 1814), Pouchkine (*Le Convive de pierre*, 1830) et Dumas lui-même (*Don Juan de Marana*, 1836).

2. *Partner*: ce mot se maintient avec la graphie anglaise pendant une grande partie du xixe. À l'origine, il s'applique au cavalier avec lequel on danse, puis il prendra un sens légèrement différent en désignant la personne avec qui un acteur (ou une actrice) est en représentation.

Page 113.

1. *Là ci darem la mano*: ce duo, qui réunit Don Giovanni et la soubrette Zerline dans le premier acte de l'opéra de Mozart, est une extraordinaire scène de séduction, dont voici le texte:

Don Giovanni
Là ci darem la mano,
là mi dirai di si.
Vedi, non è lontano;
partiam, ben mio, da qui.

Don Juan: Là-bas, tu me donneras la main,/Là-bas, tu me diras oui./Tu vois, ce n'est pas loin;/Partons, mon trésor, partons d'ici.

Zerlina
Vorrei, e non vorrei...
Mi trema un poco il cor...
Felice, è ver, sarei:
ma può burlarmi ancor.

Zerline: Irais-je, ou non?/Mon cœur tremble un peu.../Je serai sans doute heureuse,/mais peut-être se moque-t-il de moi.

Don Giovanni
Vieni, mio bel diletto!

Don Juan: Viens, mon bel amour!

Zerlina
Mi fa pietà Masetto.

Zerline: Masetto me fait pitié.

Don Giovanni
Io cangerò tua sorte.

Don Juan: Je changerai ta vie.

Zerlina
Presto... non son più forte.

Zerline: Vite... Je ne résiste plus.

Don Giovanni
Vieni! Vieni! Là ci darem, ecc.

Don Juan: Viens! Viens! Là-bas, etc.

Zerlina
Vorrei, e non vorrei ecc.

Zerline: Irais-je, ou non? etc.

Zerlina e Don Giovanni
Andiam, andiam, mio bene
a ristorar le pene
d'un innocente amor!

Zerline et Don Juan: Allons, allons mon amour/et goûtons les joies/d'un amour innocent!

2. «Et je m'évanouis...»: toute cette scène est largement inspirée du chapitre VII de *Jean Sbogar* de Nodier (1818), qui relate la rencontre entre Antonia et Lothario/Jean Sbogar. Voir la n. 2 de la p. 157.

Page 114.

1. Entendre à rien : ne prêter attention à rien.

Page 124.

1. Le faubourg Saint-Germain : quartier de Paris (situé dans les VIe ^et VIIe arrondissements) où se retrouve la noblesse légitimiste. À partir des années 1830, le «noble faubourg» est concurrencé par la Chaussée d'Antin, quartier de l'aristocratie orléaniste et de la grande bourgeoisie.

Page 126.

1. «Horace était fort répandu» : être répandu signifie fréquenter le monde. Usage courant au XIXe siècle.

Page 128.

1. Le confortable : le confort. L'adjectif substantivé et le nom (écrit parfois *comfort*) se font concurrence jusqu'en 1850 environ. Puis *confort* l'emporte petit à petit.

Page 140.

1. Ces trois auteurs évoquent un climat très différent (libre-pensée, libertinage) du climat romantique. Voltaire en particulier se retrouve au purgatoire, considéré comme l'antithèse de la modernité.

2. L'ouvrage de Daniel sur l'Inde : William Daniell (orth. Daniel en France au XIXe siècle), peintre anglais (1796-1837). Très jeune, il part pour l'Inde, et acquiert une réputation de spécialiste de la peinture exotique. Il rédige un *Voyage en Inde* qui connaît un grand succès en Angleterre, largement relayé en France où des chapitres entiers de cet ouvrage paraissent dans des revues à grand tirage, notamment *Le Musée des Familles*.

Page 145.

1. Dévouée : destinée, vouée à la mort. Sens encore fréquent au XIXe siècle.

Page 157.

1. Karl Moor. voir la n. 3, p. 104.

2. *Jean Sbogar* : roman de Charles Nodier (1818), une des sources de Dumas. En particulier, le personnage-titre a une double personnalité : il est sous le nom de Lothario un jeune noble vénitien, en même temps que le chef d'une bande de

brigands. Amoureux d'une jeune fille, Antonia, il la fuit avant de la réduire à la folie.

Page 164.

1. *La Gazza*: *La Gazza ladra*, ou *La Pie voleuse*, opéra de Rossini, créé à Milan en 1817, représenté pour la première fois à Paris en 1821.

Page 172.

1. Schiller, *Marie Stuart* (1800): saluée par Mme de Staël dans *De l'Allemagne*, la tragédie de Schiller est traduite en français en 1816, et montée au Théâtre-Français dans une adaptation (libre) en vers de Pierre Lebrun. Le passage cité ici se situe dans l'acte I, scène VII.

Le personnage de Marie Stuart a également inspiré au musicien italien Donizetti un opéra en trois actes (1834).

Page 173.

1. Walter Scott (1771-1832): ses romans sont traduits en France dès leur parution, notamment par Auguste Defauconpret, et remportent un grand succès. Créateur du roman historique, Scott exerce une influence déterminante sur le romantisme européen. Dumas lui rend un hommage appuyé dans son *Introduction à nos feuilletons historiques*, parue dans *La Presse*, le 15 juillet 1836.

2. Dalgetty: personnage central de *La Légende de Montrose* de Walter Scott, paru en 1819, relatant la victoire d'Inverlochy du chef de guerre écossais. Dugald Dalgetty est un mercenaire, hésitant entre les covenanters et les royalistes et se donnant au plus offrant, d'où le titre français parfois utilisé: *Un soldat de fortune.*

3. La Dame blanche d'Avenel: cf. *Le Monastère* (1820) de Walter Scott. L'action de ce roman se situe en 1560 près de la frontière entre l'Angleterre et l'Écosse, dans le petit village de Kennaquhaire, au pied du château d'Avenel. L'histoire relate l'expansion progressive du protestantisme en Écosse, malgré l'opposition du puissant monastère de Sainte-Marie. Quant à la Dame blanche, c'est une sorte de fantôme qui veille sur la famille d'Avenel et fait de temps à autre quelques apparitions. En 1825 est joué à l'Opéra-Comique un opéra de Boieldieu intitulé *La Dame blanche*, librement inspiré du *Monastère* et de *Guy Mannering* (1815), autre roman de Scott.

4. Lochleven: cf. *L'Abbé* (1820), suite du *Monastère*, qui relate l'évasion de Marie Stuart du château de Lochleven,

avant son embarquement pour l'Angleterre où elle croit (à tort) pouvoir obtenir l'appui d'Élisabeth Ire. Sa destinée tragique en fait une héroïne importante du romantisme européen.

5. Torquil du Chêne : cf. *La Jolie Fille de Perth* (1828) de Walter Scott, dont l'action se situe dans l'Écosse de la fin du XIVe siècle, en proie aux luttes claniques et marquée par la rivalité entre les nobles et les bourgeois.

Page 179.

1. Lord G. : lord Granville, ambassadeur d'Angleterre en France de 1824 à 1828, puis de 1830 à 1841. Lady Granville donne des bals et des réceptions qui ont un grand succès. Elle a laissé une abondante correspondance qui offre un reflet intéressant de la vie mondaine à Paris.

Page 192.

1. « Un de ces vieux serviteurs comme on les trouve dans les drames allemands » : on peut penser, entre autres, à Daniel dans *Les Brigands*, à Diego dans *La Fiancée de Messine*, également de Schiller.

Page 193.

1. Lepage, Devismes : les Le Page sont une dynastie d'arquebusiers établis à Paris depuis 1716, 13, rue de Richelieu. Ils sont fournisseurs du Roi. Devismes : armurier français né en 1804, célèbre pour ses pistolets à six coups.

Page 195.

1. « Ai-je fait en homme d'honneur, messieurs ? » : citation du *Cocher de cabriolet*.

Page 196.

1. Le *Courrier Français* : journal politique. Sous la Restauration, c'est l'organe des doctrinaires et des constitutionnels (Guizot, Royer-Collard).

Page 197.

1. Dans *Marie*, l'entrefilet sert de conclusion.

DU MÊME AUTEUR

Dans la même collection

LES TROIS MOUSQUETAIRES. *Préface de Roger Nimier. Édition établie et annotée par Gilbert Sigaux.*

GEORGES. *Édition présentée et établie par Léon-François Hoffmann.*

LE VICOMTE DE BRAGELONNE, I, II et III. *Édition présentée et établie par Jean-Yves Tadié.*

LE COMTE DE MONTE-CRISTO, I et II. *Préface de Jean-Yves Tadié. Édition établie et annotée par Gilbert Sigaux.*

LE COLLIER DE LA REINE. *Édition présentée et établie par Sylvie Thorel-Cailleteau.*

PAULINE. *Édition présentée et établie par Anne-Marie Callet-Bianco.*

LE CAPITAINE PAMPHILE. *Édition présentée et établie par Claude Schopp.*

LE CHEVALIER DE MAISON-ROUGE. *Édition présentée et établie par Sylvie Thorel-Cailleteau.*

LES MILLE ET UN FANTÔMES précédé de LA FEMME AU COLLIER DE VELOURS. *Édition présentée et établie par Anne-Marie Callet-Bianco.*

LES FRÈRES CORSES. *Édition présentée et établie par Claude Schopp.*

LA DAME DE MONSOREAU. *Édition présentée, établie et annotée par Janine Garrisson.*

LA REINE MARGOT. *Nouvelle édition présentée, établie et annotée par Janine Garrisson.*

GABRIEL LAMBERT. *Édition présentée et établie par Claude Schopp.*

Dans la collection Folio Théâtre

ANTONY. *Édition présentée et établie par Pierre-Louis Rey.*

Impression Maury-Imprimeur
à Malesherbes, le 19 juin 2013
Dépôt légal : juin 2013
1ᵉʳ dépôt légal dans la collection : mai 2002.
N° d'imprimeur : 182842.

ISBN 978-2-07-041230-3 / Imprimé en France.